交通肇事逃逸侦破纪实

逃也枉然

编著：福建省泉州市公安局交通巡逻警察支队编写组

执笔：苏天才

群众出版社

·北京·

图书在版编目（CIP）数据

逃也枉然/福建省泉州市公安局交通巡逻警察支队编写组编著. —北京：群众出版社，2014.11

ISBN 978-7-5014-5296-5

Ⅰ.①逃…　Ⅱ.①福…　Ⅲ.①纪实文学—中国—当代　Ⅳ.①I25

中国版本图书馆 CIP 数据核字（2014）第 248374 号

逃也枉然

编著：福建省泉州市公安局交通巡逻警察支队编写组

执笔：苏天才

出版发行：群众出版社

地　　址：北京市西城区木樨地南里

邮政编码：100038

经　　销：新华书店

印　　刷：北京蓝空印刷厂

版　　次：2014 年 11 月第 1 版

印　　次：2014 年 11 月第 1 次

印　　张：15.5

开　　本：787 毫米×1092 毫米　1/16

字　　数：252 千字

书　　号：ISBN 978-7-5014-5296-5

定　　价：45.00 元

网　　址：www.qzcbs.com

电子邮箱：qzcbs@ sohu.com

营销中心电话：010-83903254

读者服务部电话（门市）：010-83903257

警官读者俱乐部电话（网购、邮购）：010-83903253

公安综合分社电话：010-83901870

为了不再有人逃逸

（代序）

品读完泉州市交巡警支队送来的交通肇事逃逸侦破纪实《逃也枉然》之后，我掩卷沉思，心情久久不能平静，脑海里总翻滚着书中那些让人记忆深刻的故事。全书由七十多个侦破故事组成，洋洋洒洒二十多万字，没有一个逃逸故事是重复的，也没有一个侦破过程是可以复制的，极大地彰显了办案民警面对狡猾的犯罪嫌疑人时所展现出来的大智大勇。民警们充分运用所学的专业知识，以坚韧意志，克服种种困难和挑战，谱写了一曲曲振奋人心的高昂战歌。

这是一个高速发展的时代，现代化交通是这个时代的高级润滑剂，它的存在滋润了人们的生活，但同时也出现了不和谐的音符。交通肇事逃逸，就是这些不和谐音符中的一个。在道路上发生交通事故，是一件很不幸的事情，不论是肇事者还是受害者，双方在发生碰撞的一刹那，损失和伤痛就不可避免地发生了。根据《道路交通安全法》的规定，遇有交通事故，驾驶人员应当立即停车报警，保护现场，抢救伤者，等候处理。这本来是一道再正常不过的程序，每个公民都应当遵守，不可逾越。但在现实生活中，就是有那么一些人，为了逃避经济赔偿和承担法律责任的双重处罚，选择驾车逃离现场。这种违法犯罪行为可耻可恨，令人深恶痛绝，贻误了伤者的最佳抢救时间，让受害者及其亲属索赔无门，给伤者和死者亲属在物质和精神上带来了难以承受的打击和无法抚慰的痛苦，也给社会造成了不稳定因素。

为了不再有人逃逸，是编写组编与这本书的良苦用意。逃，是枉费心机的。面对一个个交通事故逃逸现场，办案民警认真对待，仔细捕捉每一个蛛丝马迹，循线追踪，调查走访，组织抓捕，直至将犯罪嫌疑人捉拿归案。近年来，泉州市公安交警取得了交通肇事逃逸案件全破的可喜成绩，这里面包含着办案民警的几多辛勤、几多汗水、几多智慧。在此，我要向他们道一声辛苦，说一声感谢！

逃逸案件难以杜绝，过去是，现在是，将来也是。为了减少交通肇事逃逸现象的发生，我建议广大交通参与者看看这本书，想一想，是逃合算，还是不逃合算，聪明人肯定会选择后者。同时，我也也建议广大交通民警多看看这本书，学习借鉴他人的办案经验，努力提高自己的办案能力。

以上由衷感言，谨为序。

泉州市人民政府副市长、公安局局长　卢炳椿
2014 年 9 月

目　录

东躲西藏

应该说，苏木水在肇事逃逸后精心设计的潜逃计划是相当成功的，以至于警方在八年之后才将其抓捕归案。办案民警在茶余饭后说起苏木水的这种行为时，那是恨得牙根痒痒的，说他不但具有狐狸的狡猾，还兼备狡兔的狡诈。这起潜逃八年的案件到底是怎么回事，期间又发生了些什么呢？话还得从头说起。

2003年1月31日21时许，除夕之夜，正是万家团圆的日子。可是谁能想到，就在这样的一个日子里，在安溪县打工的湖北人齐舞和李宾，却在安溪县凤城镇吾都村横遭劫难。正在步行回家的两人被一辆疾驰的汽车撞倒，当场不省人事，肇事车辆趁着夜色逃离现场。被撞后的这两个年轻人倒在水泥路边，附近的村民发现后就赶紧报了警。接警后的办案民警赶到现场时，发现两人已经没有了生命迹象。

安溪县公安局交警大队办案民警余木生说："我们赶到事发现场时，没有发现肇事车辆，只在路肩上看到两个被撞死的人。"

除夕之夜，发生了两人死亡的交通事故，引起了当地警方的高度重视，立即组织警力上路，在肇事车辆可能逃走的路线进行围堵。沿途的魁斗派出所、凤城派出所及南安市的诗山交警中队都派出警力上路拦截，但就是这样沿途设卡，也没有拦截到肇事车辆。事发省道206线，车流量大。当时，路面上还没有监控探头，这给办案民警的侦破工作带来了很大难度，警方立即成立专案组，对事故现场再次进行仔细勘查。

余木生说："现场痕迹勘查发现，肇事车撞人后刹过车，没撞之前没有刹车。现场只遗留一个小灯的灯壳，别的就什么都没有了。"

办案民警对事故现场周边和沿途进行了大量的走访调查，努力寻找肇事车辆的蛛丝马迹。

余木生说："后来通过对周边群众的走访，获得一条算是比较重要的线索，即肇事车是一辆轻型小货车，也就是我们说的深色的皮卡车，车牌号的第一位是个'2'字，别的线索就没有了。"

两名死者都是湖北人，还是一对连襟，他们的意外死亡给各自的家庭带来了巨大的悲痛，老乡们也组织起来一同寻找嫌疑车辆，但同样没有结果。这对死者家属来说，实在是无法承受的打击。

死者齐舞的妻子曾舒云说："小孩的爸爸去世了，少了一个人，我们感到非常悲伤和痛苦。"

死者李宾的弟弟李衡说："当时的情况真的是很悲惨的，大年三十晚上，两个顶梁柱走了，我们受不了。第二天早上，我们湖北老乡一起到魁斗附近去寻找那辆可能肇事的车，两三天三四十个老乡都在那边，还是没有找到那辆车。"

余木生说："家属当时情绪比较激动，他们认为是交警办事不力，当然这种心情可以理解，我们也做了很多解释工作。他们是外来打工的，经济非常困难，我们通过协调，先行垫付了丧葬费。"

日子就这样一天天地过去，死者家属的心情也越来越复杂，希望和绝望交织在一起。死者家属曾经到安溪交警大队、泉州交警支队打听案件的进展情况。

几年来，死者家属非常关注案件的侦破工作，办案民警也在高度关注、积极寻找任何可能的侦破线索。

安溪县公安局交警大队教导员陈志锋说："这是两条鲜活的生命，如果我们抓不到犯罪嫌疑人的话，就没办法结案，死者的家属就没办法得到赔偿。作为从事交通事故处理的交警，我们觉得对不起人家，更对不起身上的警服。"

2011年11月，办案民警获得了一条消息：安溪县蓬莱镇岭南村的苏木水涉嫌多年前的一起交通肇事案件。这条线索可靠吗？

办案民警通过调查得知：苏木水，安溪县蓬莱镇岭南村人，长期在外谋生，先后在福州、厦门等地从事装潢生意，开过百货公司，还曾经到贵州从事过矿业开采，持有机动车B1驾驶证。办案民警随后查询得知，这本机动车驾驶证被注销了，注销的时间就在这起事故发生的那一年。这本驾驶证的意外情况引起了警方的高度重视，也进一步证实了线人为警方提供的这条线索的真实性。

余木生说："这本驾驶证的持有人在 2003 年到期以后就没去换证，我们就进一步推断他有作案的可能，因为按常理来讲，很少有人不去换证的。这是一个重大的嫌疑对象。"

时任安溪县公安局交警大队事故处理中队中队长林少彬说："好几年的驾驶证干吗不去换呢？一定事有蹊跷，他当时肯定是知道自己撞人了，心里害怕。"

办案民警立即到福州、厦门及安溪本地进行排查，得到的初步信息是，肇事嫌疑人可能藏匿在厦门打工。办案民警赶到厦门，对苏木水在厦门的居住地、从业情况等进行详细的调查后，加深了对他的怀疑，因为他暂住证的相关信息是伪造的。

余木生说："他有两个身份证信息，只差一个字。用的是柯钦松的身份证号码，最后一个字是'X'，而苏木水自己的身份证号码的最后一个字是'4'。暂住证也一样是伪造的。"

苏木水为什么要用别人的名字、自己的身份证号码办理暂住证呢？他的用意很明显，就是躲避警方的视线。种种迹象表明，他有重大肇事嫌疑。可是，当办案民警准备抓人的时候，发现苏木水已经不在厦门了。

余木生说："通过排查，他现在的百货公司已经注销了，通过走访其居住地的派出所和房东，确定这个人已经在 2010 年 2 月搬走了，就这样厦门的这条线索断了。"

经过十五天的工作，确认苏木水不在厦门，之后又得到信息说苏木水在贵州，办案民警就马不停蹄地赶往贵州。到贵州以后，通过两天两夜的蹲守，最后确定苏木水在贵州的一家公司担任副总。当办案民警突然出现在面前时，机关算尽的苏木水终于明白，八年的躲避都是枉费心机。

苏木水说："那天晚上，我从安溪往蓬莱方向开，天下着雨。因为是除夕，公路两边有很多人在放烟花，放爆竹的更多。那边又是一个弯道，车子开到那里的时候感觉碰到了什么东西，当时车子还是正常行驶的，感觉车子损坏不大就没有停车，直接把车子开回了家。"

苏木水承认肇事，但否认逃逸。为什么撞倒两人之后没有停车查看，而是直接驶离现场呢？他为自己作着最后的辩解。

苏木水说："当时我撞到了东西，但感觉不是太大的东西，以为是撞到狗了，就没有在意这个事。然后隔了一天，我有事情就去厦门了。到了初八才回家，后来那辆车被我卖掉了。"

办案民警不相信他的话，加大讯问力度，苏木水终于扛不住了，承认了他当年肇事逃逸的事实，他说肇事回家后曾经查看了车辆，发现车前部及引擎盖都坏掉了，卖掉车子是想甩掉警方的追捕。

一起逃逸八年的案件终于破了，苏木水家人马上跟死者家属达成了民事赔偿协议，每个家庭获赔 15 万元，这让死者家属心里得到了一些安慰。

【林少彬、余木生的侦破体会】破案要走群众路线，广泛深入地发动和依靠群众。具体到侦破交通肇事逃逸案中，就是要深入群众做详细的调查研究，做好群众的思想工作。例如，在本案的侦破中，首先通过走访群众得知肇事车辆是一辆轻型货车；其次通过分析梳理犯罪嫌疑人的综合信息，如在办案中得到的一条很重要的线索——肇事者苏木水的驾驶证在事发那年就没再年检了，使办案民警找到了侦破此案的突破口。

手机号码露玄机

事故发生在 2003 年的安溪县，肇事司机撞死一个行人后，死者家属上前拦截，司机竟驾车将死者家属撞伤，随后驾车逃逸，这一逃就是整整八年。安溪交警不懈追踪，终于抓到了潜逃八年的肇事司机。

2003 年 12 月 28 日晚上 6 点多，天空下着小雨，一辆无牌三轮摩托车从湖上乡往盛富村方向行驶，当车开到湖上乡盛富村村部门口时，撞死了一位站在路边的老人，眼见肇事司机想驾车逃逸，陪老人站在路边的儿媳妇跑上前，想把车拦下来，没想到，肇事司机竟猛踩油门，将她撞伤后驾车逃逸。

闻讯赶来的村民纷纷帮忙追赶肇事车辆，肇事者看到这种情形后，知道大事不妙，就弃车连滚带爬地往山下跑去。

死者的儿子钟剑飞在接受办案民警的调查时说："我母亲站在路边被一辆'三脚虎'（即三轮摩托车）撞死了，我大嫂当时想要把车子拦住就跟着车子跑，跑出三四十米时，被肇事者一脚给踢倒了，更令人气愤的是，肇事者又开车用轮胎轧过去，想置我嫂子于死地。结果我嫂子侥幸捡回一条命，但盆骨和三根肋骨被撞断了。"

肇事的"三脚虎"遗留在了现场，随后赶到的安溪县公安局交警大队事故处理中队办案民警根据车上的纸箱、纸板、酒瓶等废弃物品判断，肇事者以收购废品为业。办案民警立刻以此为线索，排查出了一个名叫钟海南的肇事嫌疑人。但是，当办案民警和受害人家属一同找到肇事嫌疑人的住所时，已经人去屋空了。

钟剑飞说："凌晨 1 点多的时候，我们就找到他家，此时他家里的人全都跑掉了。"

交通肇事造成一死一伤，事件的性质已经很严重了，肇事后又畏罪潜逃，这使死伤者家庭雪上加霜。

钟剑飞说："当时那个情况太惨了，我母亲死了，要办后事，我大嫂要手术，需要人照顾，当时那个惨啊，无以言表。"

而钟剑飞最不愿意提及的就是他的家庭厄运连连：几年前他的前妻和弟弟先后死于交通事故，甚至弟弟的死亡赔偿至今还没有了结，如今母亲又遭车祸，接二连三的事故几乎把这一家人的精神给击垮了，而肇事者钟海南的逃逸行为，更让他有一种难以名状的悲愤。他说："做人不能这样，他把我母亲撞死了还不停车，还想把我大嫂撞死，这是一种很不道德的行为。"

只有抓到肇事逃逸者，才能追究他的法律责任，帮助受害者理清责任，兑现赔偿。但是，由于钟海南畏罪潜逃，又是拾荒者，行踪不定，没有通信工具，这让办案民警一直未能确切掌握肇事嫌疑人的藏匿地点。

办案民警苏坤辉说："钟海南逃跑以后，我们跟当地的派出所组织了多次围捕，但是均没有取得效果。"

办案民警了解到，钟海南盖的房子在大山沟里，很少有人跟他接触，要打听到他的消息相当困难。再加上他一个人在外面过着流浪式的生活，行踪飘忽不定，很难找到他的固定居住点。

不与人来往，居无定所。偶尔有人说，看见钟海南在哪儿流浪，或者说在哪个煤矿见过他。办案民警只要接到线报或零星的消息，就立即组织抓捕，但总是没有成效。

苏坤辉说："后来我们又组织人员到外市抓捕，但我们去的时候，钟海南又先我们一步离开了。"

就这样，七年多的时间过去了，对受害者家属来说，亲人突然离去，又没有一个圆满的处理结果，这七年当中没有一天让他们安心。

钟剑飞说："作为儿女没办法把这个冤情结了，我还算为人之子吗？"

钟剑飞心里有放不下的冤情，办案民警也有说不出的郁闷。都说天网恢恢，疏而不漏。可是，钟海南还是溜出了天网。案发八年了，警方还能找到案件的突破口吗？

安溪县公安局交警大队教导员陈志锋说："针对交通肇事逃逸案网上在逃人员长期无法归案致使案件无法结案的现象，我们大队的所有民警达成了共识，就是要在这方面加大力度，在人力、物力上有所倾斜，所以我们对这类案件逐条逐案逐人进行梳理，以寻找突破口。"

寻找突破口是从查找肇事者妻子的行踪入手的。2011 年，办案民警得到线报，钟海南的三个孩子陆续上学，需要增加花费，为此，一年前，肇事者的妻子随着丈夫一同外出打工，以贴补家用，这给警方带来了一个新的追查方向。

苏坤辉说："夫妻两个一起生活就会有一个固定的居住地，当时我们就想从钟海南老婆的娘家入手，看能不能确定钟海南的行踪。"

办案民警后来经过大量的摸排，确定钟海南跟妻子在晋江市青阳一带活动，办案民警的视线就转移到了晋江。办案民警联系了当地的派出所、村委会甚至计生办，对他们有可能居住的地点、打工的地点进行全面摸排。

青阳镇是过去晋江市老城区的叫法，几年前已经划分为几个街道办事处，办案民警的追查范围逐步缩小到了竹树下社区，这个社区属于梅山街道，去年正赶上城区大规模拆迁，大量常住人口外迁，同时由于开发商进驻，又有大量施工队伍进入，带来了人口的大迁徙，这无疑给寻找肇事者的工作带来了巨大困难。办案民警估计，钟海南畏罪潜逃，不会用实名，于是便把寻找的目标锁定为会说本地方言，带安溪、永春、德化口音的务工人员；再加上钟海南没有专业技能，只能在小工厂做些杂工，办案民警就盯住那些小加工厂进行查访。但是，在进一步的查访中，又碰到了一个问题，钟海南本人的相貌特征无法确定。因为他的户口本上没有照片，没人认得他。这样，即便是面对面，办案民警也未必能辨认出来，怎么办？正在办案民警难以寻找到新的突破口的时候，又一条意外的线索让民警眼前一亮。

苏坤辉说："有个自称是永春人的妇女，在这边经常给人家洗衣服，今天让这户居民雇去洗衣服，明天让另一家雇去洗衣服，每天都不同。她丈夫有可能在这边打工，而且是安溪的。得到这个消息以后，我们很振奋。"

办案民警认为，这名洗衣女工很可能就是钟海南的妻子。为什么会这样判断呢？因为安溪湖上乡一带的口音与永春相近，可是情况接近并不等于就是事实，必须进一步核对。用什么办法核对这个洗衣女工的身份呢？

苏坤辉说："这个洗衣女工大家用闽南话称呼她'美呀'，我们想起钟海南的老婆叫苏维，这个音有点像。"

又是一个相似点！可是要最终确认，还必须找到准确无误的证据。民警忽然想到：通过核对两个人的手机号码，就可以确定这个洗衣女工是不是警方要找的钟海南的妻子了。

苏坤辉说："她被人雇用洗衣服，应该有个联系方式，线报有钟海南老婆的电话号码，我们就拿去跟当地居民雇用洗衣工的那个号码对一下，结果发现两个号码是一样的。"

终于对上号了，2011年12月30日深夜，逃逸了近八年的肇事嫌疑人钟海南在被害人家属的指认下终于归案了。

精心设计潜逃计划的钟海南，或许至今还不知道自己是怎么被警方查获的。

【苏坤辉的侦破体会】一起逃逸八年之久的交通肇事案最终得以侦破，我最大的心得是"天网恢恢，疏而不漏"。肇事逃逸案的侦破需要同时寻找到肇事者及肇事车辆，本案属于肇事后弃车逃逸，有些人会认为以车找人不是什么难事，而且本案又很快就确定了肇事者，但肇事者是一位身居高山的拾荒者，身边没有多少亲戚朋友，又没有固定的联系方式，事发后又举家外逃，给办案民警带来了巨大压力。随着时间的推移，肇事者的儿子已到了上学年龄，于是办案民警分析认为，肇事者的妻子应该会出来上班以补贴家用，就紧紧抓住这一点，通过种种方法调查摸排，得知了肇事者妻子的行踪，最后找到了肇事者。

偏移的光柱

"细"字，在交通事故案件侦破工作的各个环节中显得尤为重要。只有经过认真细致的勘查、排查、走访，才能在第一时间获得肇事车辆、肇事人员的第一手资料和信息，为领导的决策、布控、协查提供依据。发生在2011年的那起交通肇事逃逸案就是因"细"字侦破的。

2011年1月1日凌晨3时许，石狮市八七路德辉路段发生一起重大交通事故。一辆汽车与一名行人相撞，事故造成行人当场死亡。

石狮市公安局交警大队事故处理中队办案民警林志坚说："这是一起毫无头绪的交通肇事逃逸案，最让我们抓瞎的是，在肇事路段德辉路口的监控视频里，发现这辆肇事车没有牌照。"

在现场勘查中，办案民警未发现任何有价值的碎片。对于肇事车，目击者有的称是丰田，有的则说是福特，但没人看清车牌号。根据附近路段的视频监控资料以及一些目击者的介绍，办案民警只能初步判断肇事车为黑色汽车，事发时沿八七路自东向西行驶，至事发路段掉头时将行人撞倒并碾轧过行人的身体。事故发生后，肇事车辆没有停留便直接向东逃逸。事后查明，被撞死的人是在石狮某鞋厂做高管的40岁的辽宁籍人刘尽力。刘尽力当时是在斑马线上横穿，办案民警分析，刘尽力之所以会被撞死，主要原因是驾驶人在掉头过程中产生了视觉盲区。

不管是什么原因，查获肇事车辆是当务之急。然而，尽管办案民警费尽所有精力，反复查看肇事地段监控录像，还是没有发现肇事车辆——黑色小轿车的身影。此时，办案民警产生了两种不同的意见。

林志坚说："我当时坚持认为，这辆车在红绿灯路口掉头，应该是从远处驶过来的车辆，会到这里突然掉头的原因无非两点：一是外地车辆，到市区迷路了；二是本地车辆，驾驶人临时改变主意，突然改变行驶路线。

基于这个原因，我认为应该把侦查的目光盯向来车方向的几个路口监控。"

大家顺着林志坚的侦查思路，调取了来车方向的几个监控点的资料，均没有发现肇事嫌疑车的踪影。心有不甘的办案民警又查看了肇事逃逸方向的监控视频，还是没有发现有价值的线索。

林志坚说："怎么办？难道就这样让他消失在夜幕之中，而我们却是束手无策？"

就在大家觉得这起案件很难侦查的时候，副大队长邱国泉在反复观看一段肇事车辆的视频资料时，突然有了新的发现，他指着画面说："肇事车辆出现了。"

林志坚说："当时我们都不相信，认为邱副是在跟我们开玩笑，调节大家几天来紧绷的神经。"

邱国泉见大家都不相信，就非常认真地说："我说的是真的，你们仔细看看肇事前几分钟的画面，这里有一束偏移的光柱，说明这辆车当时不是直行的。"

林志坚说："这时我更迷糊了，我顺着邱副指定的画面反复查看，根本没有发现他所说的那束光柱，只发现斜对面的墙上有个很微小的光点。"

尽管邱副摆出很多观点和他所看到的画面的事实来说明，我还是不能接受，还是坚持我原来的观点：查看这辆小轿车来与去的路线的所有监控录像。

林志坚说："我们不相信邱副的观点，就把所有的警力压到来与去的路线上，只派出两个民警去查看邱副所说的偏移的光柱的对应点。后来的事实证明，邱副的观点是正确的。"

这个对应点是德辉广场，两个办案民警在这里查看了一段监控视频，发现一辆与事故现场的车辆极其相似的车在事故前的几分钟里从这里出来，而这里距离事故现场只有100多米。再往前查看视频，发现这辆车是在一个多小时前进入广场停车场的。

林志坚说："好戏就此开场了。我们再看肇事现场的视频时，就觉得邱副是个'神人'了。我们凡人肉眼看不到的东西，他看到了，好像他就是目击者。"

这样，办案民警就顺理成章地分析：这辆肇事车在上德辉路段行驶时，其车前照灯的"光柱"并非像其他车辆那样与路面的标线"平行"，而是有一定的偏移。在偏移的过程中，其并不太强的光束照到了对面的一堵白色墙壁上，形成了邱副看到的那个光点。办案民警据此推断，这辆车在停车场停留一个多小时，应该是到这里办事的，于是就集中警力和精力，在停车场内调查走访，并调阅了停车场、广场出入口的所有监控视频资料。然而，令办案民警失望的是，找到的监控视频资料中虽然有疑似肇事车的信息，但因为肇事车后面未系车牌，加上光线、监控像素等原因，无法确定肇事车的车型。几位有经验的汽修厂的师傅帮忙看后，也无法确定车型，有的认为可能是"锐志"车型。无奈之下，办案民警只好带着视频资料前往各4S店，对视频中的肇事车辆进行一一比对，并最终将肇事车的车型确定为"凯越"。肇事车型确定之后，办案民警派出一部分警力对全市所有的"凯越"车辆进行排查，另一部分则再次走进德辉广场。办案民警在德辉广场又有了新的发现，因为这里的一家酒吧被他们遗漏了。查看这家酒吧的监控视频，发现肇事车辆在酒吧对面停车，驾驶人下车之后直奔酒吧，接着查酒吧里的监控视频，发现在酒吧大厅及电梯里的监控视频中都有这个人的身影，并留有清晰的头像。而在吧台的视频里，这个人还和一个吧女有过面对面的交谈。办案民警截图后，就直接找到这个吧女，让她辨认截图里的人。面对警方的询问，这个吧女不敢隐瞒，如实供述说，这个人她认识，前几天的一个晚上，他来这里的目的是订台。这个吧女怕惹祸上身，就主动向警方提供了这个人的手机号码。

根据吧女提供的手机号码，办案民警把目标锁定在蚶江镇林进身上。查林进的资料显示，此人几年前在成都与"小姐"开房时，因为嫖资问题起争执，扇了"小姐"一耳光，"小姐"一怒之下报警说他强奸，林进被判有期徒刑三年。出狱后回到家里，成为无业游民。办案民警到他家里抓捕的时候，发现他早已逃离。而几乎与此同时，负责排查"凯越"车的办案民警发现，有一辆"凯越"车迟迟未到指定地点接受勘验，后经查证，该车系林进当晚开的肇事车，车主是某出租行。经网上追逃，2011年8月19日，逃逸了两百多天的林进终于落网。据林进交代，他出狱后干不了其他事情，认为贩毒来钱快，就做起了这个营生。问他肇事后为何选择逃逸，他说车上有毒品。

【林志坚的侦破体会】首先是韧劲。韧劲在案件侦破的关键时刻所起的作用是不可低估的。交通肇事后，为了逃避法律的追究，肇事者常常会逃离事故现场，同时想方设法掩盖事故车辆的痕迹，并通过编造各种谎言来转移侦查人员的视线。因此，我们要始终保持攻坚克难的勇气和永不言弃的韧劲，遇到困难和挫折时要冷静分析研究，才能拨云见日，取得案件的进一步突破。其次是细查。细查在交通事故侦破工作的各个环节中显得尤为重要。只有经过认真细致地勘查、排查、走访，我们才能在第一时间获得肇事车辆和肇事人员的第一手资料和信息，为领导的决策、布控、协查提供依据。若提供的信息资料不准确，就很容易给破案带来不可估量的损失。在盘查嫌疑车辆和驾驶员时，如果检查得不够细致，就很难揭穿肇事驾驶员的谎言，肇事车辆就会从我们眼皮底下逃走，到时候我们将后悔莫及。

带血的热狗肠

这起案件从接到报警到最终侦破，历时一个多月，耗费了办案民警大量的精力和财力，是让办案民警最头痛的一起棘手案件。它最让人困惑的是案件一波三折，线索若有若无，缥缈不定，让人抓瞎。怎么回事？诸君别急，这个被大家称为"带血的热狗肠"的故事，有一定的看头，让我慢慢道来。

这个故事源于 2011 年 1 月 17 日 19 时的一起车祸。车祸发生在永春县横口乡一个大山沟里的一处"无人区"，具体地点是在省道 307 线 162km+500m 处的煤管站附近。一个行人被撞伤倒在地上，肇事车辆却在黑色的夜幕下逃得无影无踪。

永春县公安局交警大队事故处理中队中队长周江华说："这起案件的侦破难度就在于发生地不但是荒山野岭，而且是个与安溪剑斗接壤的县际接合部。"

办案民警到达现场后，经勘查发现，现场留有一包葵花籽、一瓶雪碧、八根热狗肠。其中，八根热狗肠进入了办案民警的"侦查法眼"，因为这些热狗肠上都有新鲜的血迹。初步判断是肇事者受伤流血沾上去的。而肇事车辆为一辆二轮摩托车，逃逸线路是从横口往永春方向。

横口乡整个乡只有 8000 多人，是永春县人口最少的一个乡，也是距离县城最远的乡镇之一。肇事现场距离有人烟的地方大约 500 米，办案民警从现场提取到的热狗肠之类的食品，有可能就是在来车方向的某个村庄的食杂店购买的。带着这样的判断，办案民警首先来到开食杂店的地方进行走访排查。山里的食杂店不多，好找。这家食杂店叫"惠鑫超市"，再走 50 米就是安溪县的剑斗镇仙荣村了。这里每天到店里来买货物的人并不多，且多不是陌生人。办案民警带着热狗肠来到这家食杂店的时候，不用多费口舌，老板王四姐就一口说这些东西是从她家买走的没错。她打开监控录像回放，办案民警发现当时进来三个年轻人，其中有一个人是染红色头发的，时间是18时55分。但这个"很差劲"的录像，只录到那个染头发的人的鼻子以下的部位，且画质不好不说，最让人不可理喻的是画面变形。之后，办案民警先后走访了横口加油站、双恒卫生所、横口卫生院等多个地方，但都没有发现线索。

周江华说："当时，我们都把希望寄托在'惠鑫超市'那个监控视频上，但倒腾了半天就是弄不出一点名堂来，于是我们把这个视频送到有关部门进行技术处理，最终还是无功而返。没有了监控视频的支撑，接下来怎么办？只能搞人海战术，接着查。"

办案民警在接下来的日子里，前往紧邻的安溪县桃州乡、大田县的吴山等地的村庄、煤矿、个人诊所、卫生院、摩托车修理店、田间农舍里"转悠"。这期间还在主要路口、繁华集镇张贴视频截图、悬赏通告。此后，有群众反映，有一个叫东泉的人和警方张贴的视频截图非常相似，这个人以前在牛姆林风景区做过厨师。办案民警立即赶往横口派出所，调取东泉的户口资料，得知这个人的实际姓名叫陈东泉，家住下洋镇长汀村。陈东泉在接到警方的传讯之后，不敢怠慢，立即主动到警方指定的地点接受调查。经一番调查取证，陈东泉被排除嫌疑。紧接着，伤者家属反映，横口乡福鼎村的郭经有重大嫌疑，但事实证明郭经是清白之人。

周江华说："我们做了这么多工作，进行了海量排查，但还是没有进展。此时，受害人家属反映说，伤者病情加重，急需大笔医疗费。我们知道这个叫郭梅生的60多岁的伤者，家庭经济比较困难。他一直省吃俭用准备为儿子举办婚礼的6万多元钱，这个时候都砸进了医院，还到处借债10多万元。儿子的婚礼也因为这场车祸而泡汤。"

这边找不到肇事嫌疑人，无法为伤者讨回赔偿款，那边伤者无钱就医告急，很是令办案民警着急。

周江华说："我们非常同情伤者及其家属目前面临的困境，就先后两次发动我们的民警和协管员捐资。钱虽不多，聊表我们的一点心意。"

眼看着肇事者就在视频里，却没有办法把他找出来，这令办案民警心里非常着急。

周江华说："有些办案民警此时出现了畏难情绪，我给大家鼓劲儿说，此案必破，只是时间问题。接下来，我们还是依靠两条腿走路的老办法，重点走访横口乡的煤矿。"

横口乡有 80 多家大小煤矿，3000 多名挖煤工人。2 月 16 日上午，办案民警在这些煤矿进进出出走访调查。期间，有一名挖煤工人向办案民警反映了一条线索，说他们隔壁的煤洞，大概在一个月前曾经来过三个骑摩托车的年轻人，其中有一个很像警方张贴的图像里的人，也是染着红色头发。那个煤老板好像不想得罪他们，很客气地接待他们吃喝一顿，又很客气地把他们送走了。之后，这三个人好像再也没有来过。

这条线索非常重要，办案民警立即找到这家煤矿的矿主，矿主是坑仔口西坪村人，他说他在一个月前确实招待过来自家乡的三个年轻人。这三个人是他惹不起的"刺头青"，他们来这里就是要吃要喝，临了，还得送些钱给他们。办案民警立即驱车赶到坑仔口西坪村，并将肇事嫌疑人官新网、官小兵、官大头抓捕归案。官新网对其交通肇事逃逸行为供认不讳。

【周江华的侦破体会】"两条腿走路"，管用！这起案件，从接处警到最终侦破，民警们走访了案发现场紧邻的安溪县桃舟乡、大田县吴山镇、永春县横口乡等地的村庄、煤矿、商场、超市、卫生院、个人诊所、摩托车修理店、田间农舍等，单走访大小煤矿就有 80 多个、挖煤工人 3000 多人，依靠"两条腿走路"的老办法，进行了海量的摸底排查，历时一个多月，终使案件告破，正是"踏破铁鞋无觅处，得来全不费工夫"最本真的体现。"两条腿走路"，过去是、现在是、未来也必将是人民警察的职业精神。案件的侦破、矛盾的化解、纠纷的排除、隐患的整治，大多数是要靠"两条腿走路"的。基层民警是最前沿的执法者，只有直接地气、直面群众，深入基层、深入群众、深入一线，才能做到底子清、线索明、案件白。"两条腿走路"的老办法管用，这一优良传统不但不能丢，而且要发扬光大。

没有被监控到的嫌疑车

德化是泉州市有名的山区县之一，这里大山重重叠叠，各种树木苍翠欲滴。有人说走进德化就是走进了一个巨型氧吧，让人精神焕发，心气儿倍增。但让人烦恼的是，这里的山路十八弯，从道路交通的角度来讲，弯弯的山路很容易发生道路交通事故，也很容易发生交通事故逃逸案件。一旦有这种事情发生，办案民警就得全身心投入到案件的侦破之中。

2011年2月5日20时30分许，赤水镇西洋村梓岭乾角落的45岁的涂信服驾驶二轮助力车从国宝镇往城区方向行驶，在省道206线114km+980m的浔中镇土坂村路口，与一辆从城区往国宝镇方向行驶的车辆发生猛烈碰撞，涂信服瞬间被撞倒在地，不省人事，二轮助力车则被撞出路外，坠落路外田里的杂草丛中。发生交通事故后，肇事车的驾驶员不顾伤者的死活驾车逃逸了。更为不幸的是躺在路上孤立无援的涂信服在之后的几分钟内又被第二辆车再次碾轧，造成二次伤害。这辆车同样没有停车报警救助，同样选择逃逸。接到群众报警后，办案民警赶到现场将涂信服送往医院抢救时，他已经伤重不治而亡。

德化县公安局交警大队办案民警林振强说："我们到达现场的时候，一个家住事故现场附近的中年男子向我们叙述了他所知道的事发经过。据这位热心的报警人说，他当时在家里吃夜宵，突然听到砰的一声巨响，就放下碗筷，冲出门外一看，一辆小轿车在黑暗中扬起一股灰尘，很快隐没在夜幕之中，还没等他缓过神儿来，黑暗中的公路上又急速驶来一辆小轿车，停也没停地就从伤者身上碾轧而过。他说他看清了这辆车的车牌号，是闽C5A××6，就是这个号码，他记得清清楚楚。"

现场缓弯，坡道，中心虚线隔离，双向二车道，道路两侧为田地，水泥路面，路面干燥。夜间有路灯照明，光线条件一般，道路有效宽度为9

米。办案民警在现场勘查时发现，现场留有摩托车的散落物——反光镜、面板碎片，还有两辆肇事车的散落物——一个不知是哪一辆车的挡泥板、一个捷达车的后视镜。办案民警随后调取国宝镇路段的监控视频，发现闽C5A××6小轿车在事故发生后经过这个卡口，还没等民警采取进一步措施，这辆小轿车的驾驶人陈金龙就主动打电话给他认识的交警队的协警朋友，称他今晚好像在土坂村路段撞人了，他要自首，并且就在县第三实验小学门口等候。办案民警赶到后，发现这辆车左前轮的一个挡泥板已经掉落了，经比对，与事故现场遗留的挡泥板相符。陈金龙说，他当时在行驶过程中好像是撞到了石头一类的东西，也没太在意，回家后，车行老板打电话给他，说现场有目击群众看到他的车撞死人逃逸，他当时就惊出了一身冷汗，他想他可能是在那个路段肇事了，就报警投案了。

肇事逃逸的第二辆车及其驾驶人于当天晚上找到后，紧接就是查找逃逸的第一辆车，这辆车查起来比较费劲，让办案民警颇费周折。办案民警根据现场遗留的左后视镜初步判断这是捷达车所拥有；再根据这个后视镜比较陈旧、划痕比较多的情况来分析，初步锁定目标是教练车。遂对德化全县100多辆教练车进行比对筛选，忙活了十几天，却无功而返。

林振强说："案件回到原点，或许有人会问，你们当时为什么不去好好利用监控视频呢？其实，我们利用了，关键是找不到这辆车的踪影。按理，第一辆车通过国宝镇监控点的时候应该是在第二辆车的前几分钟，但监控视频显示，这辆肇事嫌疑车根本没有出现在监控中。后来，我们重新对侦查思路进行调整，以后视镜是银灰色的为突破口，对全县拥有这类车辆的20多辆捷达车进行人车见面。"办案民警在查到第十五辆车的时候，这辆车没有按照警方的要求把车开到交警大队接受比对，打电话过去，是车主的老婆接的电话，她在电话那头说，她老公外出不在家。这辆车的车主叫赖开山，大铭乡琼英村山后角落人，家住城关。办案民警放下电话后，立即直奔他家，发现赖开山的老婆根本就是在撒谎，她老公在家，而且她老公的车也在家。

林振强说："我们在对这辆车进行比对的时候，发现这辆车的左后视镜是全新的，不用说，这辆车的肇事嫌疑上升。赖开山人车到案。"

见罪行败露，赖开山就不再做无谓的抵抗，很痛快地说出了他肇事后的所作所为。他说他当天晚上驾车从城关出发，想回老家大铭乡，谁知运气不佳，到了土坂村路口发生了车祸。他说他肇事后其实并没有逃得很远，而是在距离肇事现场约 50 米的地方把车停下，坐在车里考虑是逃还是报警，最后决定逃的理由是，既然已经离开了现场，就逃吧，跟交警赌一把，如果赢了，就是赚了，否则就去监狱里吃牢饭。有了这种想法，他就壮着胆子继续逃逸。到了国宝监控路段，他又犯难了，听说这个路段的探头是高清的，如果现在轻易把车开过去，不就是自投罗网吗？于是，他就把车停在监控探头前面不远处抽烟。两个小时后决定掉头，原路返回。

林振强说："难怪我们在监控里找不到肇事车辆，原来这个肇事者是南京大学毕业的，属于高智商一族。从他的逃逸轨迹就可以看出这一点。"林振强说，他在肇事后的次日就到一个汽车修配店购买后视镜。据店老板向警方反映，这个人怪怪的，进店后，起初说要买一个左后视镜，后来又说不买了，就匆匆离去。

赖开山说他不买的原因是怕警方会以此为线索，追踪到自己头上，就干脆把车开到永春蓬壶的一家汽车修理厂修理。

林振强说："他这个人非常狡猾，离开德化城关的时候，他不走出城大道，而是走偏僻的乡村路，待修好车后，他就大摇大摆地走进城大道。你说，我们办案民警能从监控里找到答案吗？恐怕不能吧。"

【林振强的侦破体会】对于该案件的侦破，开始接受案件时我充满信心，因为我知道在事故路段几公里处设置了卡口，肇事车辆经过卡口的几率很高。但在卡口的监控视频中，办案民警只调取到第二辆碾轧伤者的肇事车，没有发现左侧后视镜损坏的捷达汽车。民警有些沮丧，同事们觉得查到一辆肇事车对死者家属有个交代就可以了，特别是已经春节放假了，但我还是执着地查找，功夫不负有心人，终于在春节后上班的第一天查找到了第一辆肇事车，此案的侦破工作终于完美落幕。

"打鸟赐平" 的逃脱术

2011 年 2 月 14 日 11 时许，安溪县公安局交警大队接到报警称：308 省道金谷三元水泥厂路段发生一起摩托车翻到桥下的交通事故。办案民警到达现场后，发现一辆摩托车侧翻于桥下，摩托车驾驶人李震动及乘员陈好媚已送往铭选医院抢救。在对事故现场进行仔细勘查后，民警发现现场留有一个受损的摩托车后视镜，根据事故遗留物及周围群众的反映，初步得知肇事逃逸方系一名驾驶二轮摩托车的男子。

数小时后，摩托车驾驶人李震动经医院抢救无效死亡，鉴于案情重大，安溪县公安局交警大队立即启动重大逃逸交通事故预案，并成立侦查专案组，张振良大队长担任组长，陈文章副大队长任副组长，事故处理中队与湖头中队民警为专案组成员。张大队长立即组织召开案件分析会，并部署案件侦破工作。专案组人员分为三个小组，一组通过走访、排查、调取事故现场周边卡口监控视频，认真查找嫌疑车辆；一组针对现场遗留的摩托车后视镜，通过咨询各修理厂、配件店确定肇事车辆的类型，通过车辆信息系统查询相关车辆信息；一组进一步展开事故现场及周边走访工作，对事故路段附近的村民逐户排查走访。

办案民警黄龙军说，死者李震动是云南人，前几年到蓬莱镇新板村陈好媚家做上门女婿。死者李震动不会说话，而躺在医院里的陈好媚是个轻度弱智的残疾人，要让她描述事故经过及肇事逃逸者的相貌特征以及所驾车型，无疑比登天还难。怎么办？黄龙军说，此路不通，我们就另想办法，走群众路线。我们通过走访现场附近群众，得到一条重要线索。有目击者说，有个驼背的、平时打鸟、人称"打鸟赐平"的人在事故现场出现过。

最近几年茶叶走俏，几乎每座山头上的树林都变成了层层茶园，这鸟没了栖身之地，没了生活乐园，不等你来打，它早就远走高飞了。这没了鸟打，头脑活络的"打鸟赐平"就来了个华丽转身，变成了放养蜜蜂的"养蜂老头"。不过，这"养蜂老头"虽狡猾，但他却犯了一个致命的错误。黄龙军说，经进一步走访得知，所谓的"打鸟赐平"、"养蜂老头"的真实姓名是林赐平，金谷镇丽山村人。事发后，他曾到过洋内村的一个小卖部买东西，并对店主说他在三元桥头被一辆摩托车撞了一下，还好人没事。有了这两条信息，专案组信心满满地立即赶赴"打鸟赐平"家中，但"打鸟赐平"矢口否认自己是肇事者。

"你们可别冤枉我这老头子，你看我差一岁就七十了，还能骑摩托车吗？"他见办案民警不吱声，便自鸣得意地说："不信你们可以看，我家那辆'草蜢公'（力帆牌）就放在厝角落里，上面都布满灰尘了。"

"那你说，你那天都去哪里了？"黄龙军问。

"我哪里也没去呀，整天都待在家里。""打鸟赐平"振振有词地说。

黄龙军说，第一次交锋，我们默认了他的某种说法，因为在他家里确实看到了那辆很久没有骑过的"草蜢公"。但对他所说的一整天没出门表示怀疑。坦白地说，这一次我们输了，可我们并不灰心，并坚定地认为我们的侦查方向是正确的。

随后，办案民警调取了林赐平在事故发生后的手机通话记录，一个个查问该时段与林赐平联系过的人。那个小卖部的老板进一步证实说，"打鸟赐平"曾打电话给他，说他在小卖部对他说的话千万别跟外人说，否则他就死定了。专案组得知这一重要信息后，立即再次前往林赐平家中，将林赐平带回协助调查。但林赐平极力否认犯罪事实，声称没有证据证明他就是肇事者。

专案组成员再次进村，对林赐平所在的村庄进行地毯式搜索，同时对林赐平的儿子和儿媳妇展开思想工作，告知交通事故逃逸的严重性及恶劣性，希望他们找出肇事车辆，并及时说服林赐平坦白犯罪事实，争取宽大处理。

2月16日，在强大的政策攻心下，林赐平的儿子承认了自己的父亲确实是该事故的肇事者，并将肇事"草蜢公"交给民警。专案组通过对车辆痕迹进行比对，证实事故现场遗留下的后视镜正是林赐平的"草蜢公"上的。在众多证据面前，在亲人的劝说和民警的政策攻心下，林赐平最终承认了犯罪事实。

原来"打鸟赐平"在肇事后曾经下到桥下，将那对死伤的夫妻从没膝深的水中拖到没水的堤坝边，而后逃到小卖部买了一瓶蜂蜜，再将"草蜢公"骑到该村山边一座废弃的旧厝后沟丢掉，然后步行回家。黄龙军说，"打鸟赐平"是个老江湖了，心理素质相当好，他利用其家里有两辆"草蜢公"的有利条件与民警周旋，想以此蒙混过关，侦破难度就在这里。但他的如意算盘打错了，最终还是栽了。而从另一个角度去想，这起案件要是没有遇到像"打鸟赐平"这样强大的对手，这故事本身可能就变了个味儿了。

这下三年的监狱生活足够"打鸟赐平"品味一阵子了。死者家属得到了13万元的赔偿，这也算是对死者的在天之灵有个告慰吧。黄龙军说。

【黄龙军的侦破体会】做好群众的思想工作，发动群众提供破案线索，是最终侦破案件的有力手段和可靠保障。在走访群众过程中，不能只限于现场周围的群众，要把面放宽些、线放长些，对逃逸车辆走向的沿途群众、侦查范围内的群众，都要进行深入细致的走访。本案中的"打鸟赐平"是个老江湖，非常难对付，我们在掌握了足够的证据之后，他还是不肯承认自己的肇事事实。因此，我们多次到他家里，做好他家人的思想工作，最后通过政策攻心，将其攻下。

与交警"躲猫猫"

话说"躲猫猫"这起案件，侦破过程并不复杂，但却有一定的悬念。2011年2月18日20时许，安溪县公安局交警大队接到报警称，感德镇五甲村发生一起大货车与二轮摩托车碰撞造成摩托车乘员死亡的交通事故。接报后，张振良大队长、陈志锋教导员立即指示事故处理中队中队长林少斌组织值班民警与湖头中队民警赶赴现场处置。到达现场后，民警发现一辆受损的二轮摩托车，摩托车乘员经医护人员检查确认已经死亡，肇事车辆逃逸。根据二轮摩托车驾驶人反映，初步得知肇事逃逸车辆系一辆蓝色加长东风车，因夜间没有路灯未看清其车辆号牌，没有其他有价值的线索。

鉴于案情重大，安溪县公安局交警大队立即启动重大交通肇事逃逸预案，并成立侦查专案组。专案组通过走访、排查、调取事故现场周边卡口的监控视频，初步判断肇事车辆为车牌号以"闽B"字开头的解放牌大型货车，往福田方向逃逸。

"事发路段位于高速公路建设指挥部旁边，这里有一个监控探头，准确地记录了事发经过。但只能模糊地看到车后扩大号码有'闽B'字样，后面的数字只能看到末尾的'1'字。这会让你抓瞎吗？不会的，因为我们至少可以据此锁定具体车型了。"办案民警刘顺忠说，"现在沿线都设有卡口，沿途店面、工厂等普遍装有监控设备。只要有恒心、有毅力，就能拨开我们眼前的一团团迷雾。"

他们兵分两路，一路赶往漳平，调取进入漳平的卡口监控，看看有没有相似货车进入漳平水泥厂拉水泥，但查找了那个时间段可能出现的视频，却没有出现。专案组民警叹了一口气，掉转车头回程。面对重峦叠嶂的莽莽群山，刘顺忠心里就纳闷了：自古华山一条路，而肇事路段通往漳平的路也只有这一条。这"雁过留声"的话难道被颠覆了不成？车不走漳平，难道会开到沿途的某个村落躲起来了？如果这个假设成立，那工作量就大了。

他们的脑子在飞转，脚步也没闲着。

2月19日上午，专案组调取了湖头云林治安卡口监控录像，利用公安综合信息应用平台排查安溪辖区车牌号为闽B05××1的解放牌大型货车的车辆信息，并通过短信平台发布协查消息，积极寻找知情者，扩大信息来源。通过大量的侦查工作，专案组最终判断闽B05××1大货车有较大嫌疑。

"因为在云林治安卡口监控录像里，专案组发现一条看似与本案毫无关系的线索，这线索一经串联，有门儿。当时，在闽B05××1大货车前面约一公里处行驶着一辆也挂闽B牌照的小轿车。巧合的是，我们将这两辆车的信息输入公安综合信息应用平台一查，两辆车系同一个车主，叫陈刚。此人嫌疑增大。"刘顺忠说。

但当办案民警与闽B05××1大货车驾驶人陈刚通过电话联系时，陈刚称其车已经报废。这一异常现象立即引起了民警的警觉，当民警再次拨打他的电话时，其手机一直处于关机状态。侦破民警初步判断，陈刚存在重大嫌疑。

兵贵神速。当天下午，侦破小组立即驱车前往肇事嫌疑人陈刚的所在地莆田市仙游县郊尾镇。在当地派出所、交警、村委会的配合下，办案民警连夜赶往陈刚家。到达陈刚家中时，其妻却称陈刚已经外出，无法取得联系。这使办案民警更加肯定陈刚就是肇事者。随即，办案民警和郊尾交警中队民警对陈刚家属做了大量的法律法规宣传工作，告知其严重性和后果，但其妻还是坚决称无法联系到陈刚。

2月20日上午，办案民警在当地村干部的带领下再次前往陈刚家中，以案举例，耐心地做陈刚家属的思想工作。在大量的思想动员下，其妻开始动摇，称愿意尝试联系陈刚，并劝说其及时投案自首。20日下午，陈刚在家属的带领下到郊尾中队主动投案，交代了交通肇事逃逸的犯罪事实。

原来，陈刚在家从事二手车交易，生意做得风生水起。他这辆肇事车是已经报废的厢式货车。买回数日后就找到了一个本地买主。这个买主在福前高速公路建筑工地当包工头，买车的目的是用于材料运输，交易方式是丁头用一辆旧皮卡车和15000元进行交换。皮卡车已被陈刚开走了，剩下的15000元要等陈刚将车开到工地才支付。陈刚认为这辆车没手续，路上不安全，就将车改装得与自家那辆闽B05××1号平板大货车一模一样，套上闽

B05××1号车牌并喷上扩大号码。经过这样的"狸猫换太子",他认为还不安全,又想出一个与路上检查交警"躲猫猫"的好招。他叫上弟弟陈善开上自家小轿车在前方探路,不紧不慢,相距一公里。如遇交警查车,电话告知。也是活该有事,他弟弟走到肇事路段前的一个三岔路口时不知往哪条路走,就打电话给他,他就伸出右手往裤兜里摸手机。这一摸,出事了。他感觉左手向右打了一下方向,右后轮颠了一下,通过右后视镜发现被超越的一辆摩托车倒在路右侧,摩托车驾驶人的手指向他的车,并朝他的车追过来。当时,另有一个小孩站在摩托车旁边。他认为,这两个人都站着应该没事。

"其实,陈刚还有另外两种想法,一是怕当地人敲诈,二是觉得自己没手续,要是交警一介入,肯定血本无归。他将车开到工地,然后卸掉车牌,擦掉号码,开着自家车原路回莆田。"刘顺忠说,"当他返回肇事现场时,发现有一个小孩的尸体躺在路旁,就知道出事了,惊骇不已,一边打电话给买车的工头,一边打电话给妻子,告诉他俩说这辆车撞死人了。回家后,他将车牌扔掉,然后跑到村里的山上躲起来,想再次与交警'躲猫猫'。但无论如何,他这回是怎么躲也躲不过去了。"

【刘顺忠的侦破体会】对案件现场周围、沿途的走访要及时,当我们从周边的监控视频中发现嫌疑货车及扩大号码"闽B"的字样时,专案组民警都很激动。因为这是外市车辆,这辆货车从外地来到本地,就必然会经过治安卡口,这就对本案的侦破提供了有利的条件。很快,我们从一处治安卡口的监控视频中对含有"闽B"车牌的车辆进行查找,发现了嫌疑车辆,并将其与事故现场附近的监控视频中发现的嫌疑车辆进行比对,就确认了嫌疑车,通过公安综合信息平台的查询也找到了嫌疑车的车主。我们在查找"闽B"车牌车辆的同时发现一辆悬挂"闽B"车牌的小车,而且两车经过卡口的时间一前一后。经查询,发现两车竟然是同一车主。这就更加使我们确信肇事车是套牌车了。

两个 "28" 牌照

娄金信是从外地来南安务工的。2011年3月11日下午，他和老乡一起买了一台电脑，坐上一辆载客的摩托车，可让他万万没有想到的是，自己竟坐上了一辆催命车。

这天14时35分，在南安市官桥镇官桥街路段，娄金信和老乡搭乘的摩托车发生了交通事故。坐在"摩的"后座的娄金信摔下"摩的"，被从后面驶来的货车碾过，送至医院抢救时已经死亡。面对警方的调查，肇事货车驾驶人及同乘一辆摩托车的娄金信的老乡娄浩都是一脸茫然。据娄浩介绍，事发前，他和娄金信买完电脑，搭上"摩的"往回走，他拎着主机机箱坐在中间，娄金信拎着音箱等配件坐在后面，怎么出事的他没有看见，但提供了一个细节："当时只是一瞬间的事，我感觉摩托车晃动了一下，然后就听到我老乡惨叫一声，回头一看，才知道他掉下去了。"

而碾到人的货车驾驶人李金城更是感到自己很冤枉。"我当时行驶速度很慢，那个摩托车不知道从哪里钻过来，好像是从天上掉下来似的。直到我下车看到出事故了，我整个人都傻了，你现在问我，我都不知道是怎么回事。"

依据现场当事人的叙述，警方基本可以确定，娄金信是从超载的摩托车上摔下来后，被正在行驶的货车后轮碾轧致死的。那么，那位超载的摩托车司机到哪里去了呢?

据李金城回忆："我把伤者扶到救护车上去的时候，那个摩托车司机就不见了。"

娄浩补充说："摩托车驾驶人1.70米左右，年龄在50岁左右。当时太紧张了，至于车牌号嘛，大概尾数是28。"

正是从目击者提供的摩托车驾驶人的年龄段上，警方作出了进一步的判断。办案民警侯宏基说："从娄浩提供的年龄段分析，外地的摩托车司机年龄大多在二三十岁，最多不会超过 40 岁，而本地人的年龄就比较宽泛，大部分在四五十岁左右，后来我们就大胆判断：这个'摩的'司机是本地人的可能性最大。"

"摩的"司机很可能是本地人，寻找逃逸司机的范围一下子就缩小了。紧接着，民警在调取这个路段的监控资料时发现，事发时，刚好有一辆大客车尾随在撞人的大货车后面，客车上如果装有视频监控设备，就能看到摩托车的后车牌，这样要找到摩托车就不难了。然而，调查结果却让人喜忧参半：客车上的视频监控确实记录了事发的过程，但是由于泥土和灰尘的遮挡，摩托车的车牌却模糊不清。

在这段视频监控上，警方可以清晰地看到，当时，载客摩托车从货车的右侧快速超车，在与货车并行的时候，坐在中间的乘员手提的电脑主机机箱刮到了路边的轿车，摩托车失衡晃动，后座的乘员猝不及防，从摩托车上摔了下来，被后面驶来的货车碾过。

办案民警侯宏基说："事故的发生过程真是匪夷所思，如果说没有这个监控的话，根本就不知道这个人是怎么栽到车子底下的。"

李金城说："整个车子一抖，我就感觉到可能出事了，就赶紧停车下来看，看到一个人躺在我的车子下面，我当时就报警了，现在回过头来想想，是录像洗刷了我的清白。"

这段视频监控对事故的定性起着决定性的作用，但是，由于泥土和灰尘的遮挡，摩托车的车牌号模糊不清，这对寻找嫌疑摩托车并没能提供太大的帮助。

侯宏基说："如果录像能照到后车牌就什么都解决了，但是非常遗憾，车牌被遮住了，非常模糊，看不清楚。"

视频监控无法提供更多关于摩托车的线索，民警决定从事故现场道路两端入手，寻找相关线索。终于，在当地群众的举报下，民警找到了嫌疑摩托车从小街巷逃跑的线路。

侯宏基："我们就从这条小巷的沿途调取监控录像，终于在官桥中心幼儿园的一个高清卡口发现了有一辆与现场比较吻合的摩托车途经该路段，并往晋江内坑方向行驶。"

这个卡口的监控资料几乎是从正面拍摄到了肇事嫌疑车，驾驶人和车的特征都很明显。这是一辆黑色的"豪爵"二轮摩托车，加装了遮阳伞的固定装置，由一名圆脸的中年人驾驶。但是，随后的查找又出现了新的问题。

侯宏基说："肇事摩托车的相关信息没办法串成线，不知道他在哪个地方，哪个固定地点营运。"

监控资料提供了清晰的肇事嫌疑人特征，案件进入信息整合阶段，民警把零散的线索——整合，理清思路，寻找下一个突破口。

南安市公安局交警大队事故处理中队中队长吴为纲说："'摩的'的特征是上面加装了一些跟摩托车不一样的配件。另外，这辆车的牌照里面有两个'28'，这给我们后面的侦查提供了一个比较明确的方向。"

嫌疑车的特征逐步明晰，民警同时了解到，当地派出所为了加强对"摩的"的管理和联络，曾经以赠送反光背心的名义，对本地"摩的"司机的姓名、车牌号和联系方式进行过登记造册，是不是能从他们登记的材料中寻找到一些线索呢？

在派出所登记的700多辆"摩的"记录里面，民警果然找到一辆与卡口和探头资料相符的嫌疑车，这是一辆车牌号为闽C2Z×28的普通二轮摩托车，车主是一个叫蔡碧鑫的本地中年人。为慎重起见，办案民警还到车管部门输入闽C2Z×28的车牌号，查询结果显示，这辆车的车牌号并不存在。

在进一步的侦查中，有一个特殊现象引起了民警的注意：一些摩托车车牌上面夹着一个夹子。违章车主说，夹车牌是为了躲避交警现场照相。这就意味着C2Z的"Z"字很有可能是被车主用夹子往左边斜着夹着，让人错以为是"8"字，这样推理如果成立，那么，当时警方从录像中看到的就是两个很真实的"28"。"8"字被破解，这在官桥交警中队的违章记录里也进一步得到了证实，即车牌号为闽C2Z×28的普通二轮摩托车就是蔡碧鑫所拥有的，肇事嫌疑人指向蔡碧鑫，接下来的事情就好办了。

当办案民警进一步打听肇事嫌疑人的动向时，发现他已经不出去载客了。

侯宏基说："他在出事后的两三天都没有出去载客，这很反常。他为什么没有出去呢，这跟我们的判断是一样的：害怕，躲起来了。"

这时候，要抓捕肇事嫌疑人蔡碧鑫其实并不困难，但是怎么取得有效证据呢？这是案件结案的一个关键环节。因为在之前的侦查过程中，发现两辆车并没有接触，如果从车辆的痕迹来比对，肯定是站不住脚的。而请受害人的老乡娄浩和货车司机来辨认照片，他们都说很模糊，不敢肯定。"

现有的证据还不够，这就要求民警必须取得肇事嫌疑人的口供。然而就在民警找到蔡碧鑫家时，蔡碧鑫的妻子说："人是货车碾的，又不是我们把他轧死的，这跟我们有什么关系呢？"很显然，这是不打自招。除此之外，民警又在嫌疑摩托车上找到了新的证据：车把上挂着的驾驶人戴的摩托车安全帽和仪表盘上放着的安全帽，跟警方发现的一红一白的安全帽一模一样。

逃逸的摩托车司机终于到案了，并且承认是自己违章超载又快速超车惹的祸。真相大白，所谓的有两个"28"的牌照并不存在。

【吴为纲、侯宏基的侦破体会】根据现场当事人的叙述，可以确定，娄金信是从超载摩托车上摔下来后，被正在正常行驶的货车碾轧致死的。同时搭乘该摩托车的娄浩提供的信息是，驾驶人大约50多岁，车牌号码尾数大概是28。根据娄浩提供的信息分析，该驾驶人可能是本地的。之后，在调取该路段的监控资料时发现，事发时刚好有辆大客车尾随在撞人的大货车后面。调查后发现大客车的视频监控确实记录了事发的过程，但由于泥土和灰尘的遮挡，摩托车的车牌看不清了。随后在当地群众的举报下，民警找到了一辆与肇事车辆特征比较吻合的摩托车，可是根据摩托车沿途的监控资料很难确定摩托车车主。经过对相关信息的整合，发现该车的牌照里面有像"28"的数字，给民警侦查，提供了比较明确的方向。民警根据当地派出所提供的信息，排查出一辆车牌号为闽C2Z×28的普通二轮摩托车与嫌疑车相符。侦查中发现之所以会出现两个"28"的误判，是因为车牌上面夹着一个夹子。由于没有有效证据，很难结案，民警到肇事嫌疑人蔡碧鑫家中，其妻子的一番话算是不打自招。此外，还发现该车上放着的驾驶人戴的摩托车安全帽和仪表盘上放着的安全帽符合。最终，蔡碧鑫承认自己就是该案件中的'摩的'车主。至此案件大白，实际上并没有所谓的有两个"28"的牌照。

突然消失的水果摊

2011 年 5 月 18 日早晨，有群众报警称，在距晋江市龙湖镇晋南医院门口30 米远的一棵相思树旁，有一个已经死了的老人坐着靠在树旁，旁边还有一个扫把、一个畚斗等清洁工用具。晋江市青阳刑警队民警立即赶赴现场，经过一番勘查，法医的尸检结论认定死者的左小腿粉碎性骨折，符合被机动车类撞击形成的要件，是发生交通事故后抛尸在这里的，交通肇事的第一现场应该在另外一个地方。警方遂以交通肇事逃逸案件立案侦查。

这起案件对接手的晋江市公安局交警大队事故处理中队来说，无疑是一桩无头公案。

办案民警凌宇说："我们接手此案后的首要任务是确认死者是谁，家住哪里，这对我们下一步确定交通事故现场、展开侦破工作是一个关键。"经过一番紧锣密鼓的走访，当天下午，就有人到中队辨认尸体。经家属确认，死者是出门后令他们担惊受怕一夜未归的张泰集，是一个来自安徽的街道清洁工，租住在龙湖镇中山街的一个居民家里。据死者家属叙述，死者张泰集昨天傍晚出门，到距离此地一公里的古盈村的环卫处驻地领取清洁用具。经询问环卫处工作人员得知，张泰集领了工具之后就离开了，离开的时间大概是晚上 6 点多接近 7 点。办案民警顺着张泰集往回走的路线重新走了一遍，发现他要走的这条路需要横穿一条公路。也就是说，张泰集有可能是在横过公路时遭遇的不幸。于是，办案民警就在张泰集可能横过公路的路口进行重点访问。这个路口平时比较繁华，在这里摆摊设点做些小买卖的人不少，也占有一定的市场。在这些摊贩当中外地来的人员居多。卖的东西有日用杂货，也有时鲜的水果。办案民警在一个四川人经营的摊点前了解情况时，这个摊点的女老板无意中向办案民警反映了一个情况，说她的隔壁摊点不知什么原因今天没有出摊。不知会不会也发生了什么意外？

这本来是针对民警的一句调侃的话，但在办案民警看来却是一个侦破的重要线索。办案民警问女老板，这个摊点是谁经营的，她说是河南的一个中年妇女经营的，问她这个河南女老板平时租住在什么地方，她可能意识到自己刚才说漏了嘴，会在日后给自己惹来不必要的麻烦，就闭口不说了。倒是她十多岁的女儿童言无忌，快人快语地说她的老爸知道那个阿姨租住的地方，因为她的老爸经常跟那个阿姨的老公喝茶聊天，有时还会喝上两口小酒。女老板见用眼神阻止不了女儿滔滔不绝的话语，就大声呵斥道："你个死妮，胡说八道什么，看我不撕烂你的嘴巴？"

凌宇说："外地人为了更好地保护自己，大多采取这种避而不谈的方式对付询问的办案民警。这个我们能够理解。后来，我们与这个女老板的老公取得联系，获知河南女老板夫妻同样租住在中山街的一个居民排房里，距离他的租住地不远。"办案民警就到这个租住地进行侦查，发现这家租户早已是铁将军把门。无奈，办案民警只好求助当地派出所，强行破门而入。

凌宇说："我们进入这间房子时，发现已经人去屋空，里面乱七八糟的，一些脏了的、破了的衣服随地乱扔，水果摊的架子车遗弃一旁。掀开锅盖的时候，我们发现锅里的饭还有一半没有来得及吃，这说明这个人当时出逃的时候是很仓促的。"凌宇说，他们在这间屋里找了老半天没有找到什么有价值的线索，以为没有什么希望了，准备撤离的时候，他们又回头在一堆破旧纸张里找出一张持证人姓名为邵自立的第一代身份证，以及一些票据、汇款单等，办案民警如获至宝。之后，经再次走访调查，有目击者称，当时路过事故现场时，见那个卖水果的人撞倒一位老人，人们想帮他报警，他说这人没事，不要报警，他要载他上医院，大家也就没再说什么，就离开了。办案民警通过大量的调查访问，进一步证实了邵自立肇事逃逸的事实。于是，警方就将他列入上网追逃对象。2011年6月7日，邵自立在潜逃了20天后，被河南省洛阳市火车站派出所民警查获。到案后的邵自立供述了他交通肇事逃逸的前后经过。

邵自立说，他和妻子从河南来到晋江龙湖，以贩卖水果为生。夫妻俩实行两班倒，一般是妻子白天经营，他晚上经营。他有时也会在白天载着批发来的水果到附近街上贩卖。出事的这天下午，他用三轮摩托车载着水果照例到衙口街道贩卖，回程的时候，到了龙湖镇新大街雷马服装有限公司门口路段时，将一位正在横穿公路的好像是清洁工的老人撞倒。当时围观的人不少，其中有两个认识他的本地人过来问他需不需要搭把手、报个警。他当时就说，不用，他自己有三轮摩托车，就用三轮摩托车载受伤的人上医院抢救。大家见他这种态度，就没有再说什么，各自散去。他把老人抱上车后，连同扫把、畚斗等清洁工具一同放在车上。而后一溜烟往晋南医院驶去，到了医院门口，他把车停住，下车到车后斗一看，发现老人已经一动不动地蹬直了双腿。这下他的心里不但慌了，而且还很害怕。当时不知如何是好，在原地搓着手团团转。转了几圈后，发现医院门口没有人走动，就壮着胆子把老人从车上抱下来，放在医院旁边的一棵相思树下，并且把扫把、畚斗一并从车上拿下来放在老人身边，然后驾车逃回家，把这个事情对妻子说了，两人一合计，觉得唯一的办法就是逃回河南老家。当晚，两人匆匆吃了一点饭，就开着摩托车往德化县跑，到了德化之后，就把摩托车以1000多块钱的价格卖给了一个陌生人，然后搭班车前往南平，之后坐火车往河南，到了河南，他在洛阳下车，让妻子自己回家。他下车后就住到朋友家里。十几天后，有朋友说要到新疆打工，问他去不去，他说去。谁知，刚进火车站的检票口就被警察拿下了。本想这一逃，可以摆脱一切罪责，没想到还是逃进了监狱。

凌宇说："邵自立这一逃，只能说是无谓的挣扎，是罪上加罪。他在被抓获后，还一直埋怨是房东报的警、告的密。他的理由是他没有交清这个月的房租。其实，他冤枉那位房东了。我们的侦查渠道他怎么能够知道呢，它是我们永远的秘密。后来他被法院判处有期徒刑七年。"

【凌宇的侦破体会】侦破交通肇事致人死亡后弃尸或移尸逃逸的案件，最重要的就是找到第一现场。通过调查访问直接找到第一现场，或者通过了解受害者日常活动区域和事发当天的活动轨迹，模拟受害者轨迹，找出可能的第一现场，还原事故经过。同时，在整个调查过程中要有强烈的侦查意识，不放过任何蛛丝马迹。本案中在繁华路口调查摆摊设点的摊主时就直接获得了重要线索。犯罪嫌疑人逃逸都是匆忙时的选择，往往会忽略一些细节，抓住这些细节就抓住了线索，本案中在发现了肇事嫌疑人的住所后，仔细认真地搜索后获取了肇事嫌疑人的身份信息。在搜查时要注意垃圾堆、垃圾桶这些看似不起眼的地方和物件，因为它们往往是最重要的线索来源。汇款单、报纸甚至超市的购物小票等，都要注意收集、分析，并加以充分利用。

惶恐的表情

　　这起事故发生在大白天的街道上，被认为撞人的是当地的一辆小轿车，与小轿车同时出现在现场的是相隔仅有几米远的一辆载客摩托车。载客的摩托车驾驶人在接受警方询问时，坚称自己是第一目击证人，又在第一时间拿起自己的手机向"110"拨打了报警电话，是热心市民，更是见义勇为者。然而，随着调查工作的深入发展，警方发现了诸多破绽，一个很大的问号自始至终盘旋在办案民警的脑海里：小轿车驾驶人真的就是这起事故的肇事者吗？

　　2011年7月1日早上9点钟左右，在惠安县崇武镇发生了一起车祸。接到惠安县公安局110指挥中心出警指令的交警大队交管股民警王省佳等人立即赶赴现场，现场除了一摊血迹之外没有任何痕迹物证。案发路段没有监控探头，不过民警在对案发地周围的走访中了解到，伤者是一位年近80岁的老人，事故发生后已经被送到崇武医院。当民警赶到医院找到这位老人时，老人已经不治身亡。警方想从被害人那里得到哪怕一丁点的侦破线索的希望也落空了。办案民警只好把侦破的眼光转向拨打报警电话的人，110报警服务台反馈的讯息是：最早是一个外地人用普通话报警，因为这个外地人讲话比较紧张，或者说语速比较快一点，指挥中心接警人员听不大清楚，接下来就是一个本地人接过电话，用本地话跟我们说是一辆小轿车撞倒了行人。

　　警方认为，本地人报警的案子可信度应该比较高，目前唯一的办法是重回案发现场，重建案发现场图。案发路段就在惠安县崇武镇崇福路和路边一个巷子的交汇处。假设这个老人颤巍巍地从巷子里出来，紧跟其后的是一辆小轿车，小轿车在经过老人身旁的时候撞倒了老人，然后驾车逃之夭夭。如果这个假设成立，小轿车肇事的嫌疑就不能排除。侦查目标暂时明确之后，警方再次对周边的店面进行走访调查，有开店的人说，他当时听到了撞击声，待走出来查看的时候，一辆小轿车已经绝尘而去。经调查发现有一个监控探头正对准案发现场，监控视频显示：一位老人走出巷子，20 秒后一辆进口的标致 308 旅行版小轿车出现在老人的后面。由于这个监控不是高清探头，小轿车的车牌号根本看不清楚。警方立即围绕这种车型展开调查，发现在整个惠安县这种车型并不是很多，只有八辆。其中，崇武镇拥有三辆，一辆是前坂村的，一辆是山霞村的，这两辆车长期不在家，可以排除；而另一辆是五峰村的，车主是开石雕厂的老板蒋伟。蒋伟在接到警方的电话后，声称自己正在厦门谈生意，没空。警方再打过去，蒋伟就把电话挂掉了。找到蒋伟的家人，其家人也不配合。警方怕蒋伟会在这个时间段在厦门毁灭证据，就直接去了厦门。到了厦门之后，蒋伟还是不接电话，让办案民警在厦门吃了"闭门羹"。办案民警窝着一肚子火回到队里。直到案发的第三天，蒋伟才露面。

王省佳说，"据这辆小轿车车主反映，他当时曾经过事故现场，而且是在案发那个时间段路过事故现场，但是他本人根本没有看到这起交通事故。"

据蒋伟回忆，当时他驾车从崇福路转弯开往崇乍路，自己并未感觉到撞了人，不过坐在后排的妻子当时却看到一个白影朝他们的车子扑过来。他的妻子说："老公，后面好像有一个白色的影子向我们的车扑了过来。"他当时问她："距离多远？"她说："在我们后面，有一段距离。"

蒋伟说："我听到妻子这么一喊，就将车子停了下来，并习惯性地从车窗向后面看了一眼。"

蒋伟回头看到了什么？据他说他看到了一个穿着白色上衣的老人倒在了地上，而老人旁边停着一辆摩托车，骑摩托车的人穿着红色上衣，车后座上载着一个年轻人，穿着蓝色上衣，蒋伟拿不准到底是不是自己的车尾剐倒了老人，停留片刻之后便迅速离开了现场。

王省佳说："蒋伟自己心里没底，我们就对他妻子再次进行询问，他的妻子跟我们反映的情况还是比较客观的，她说他们这辆小轿车右转弯出来后，继续往前行驶一小段距离，大概有一二十米的样子，然后突然听到后面有响声。按照蒋伟妻子的描述，应该是他们的车子右转弯出来开了一小段距离之后发生的事故，也就是说蒋伟回头第一眼看到的情景，很可能就是事故的第一现场。我们还是不能相信蒋伟夫妇的说法，就到蒋伟的家里找到了那辆黑色标致小轿车，经过对车身进行仔细的勘查，发现尽管这辆黑色小轿车的车身上有很多剐痕，但都是旧伤，并没有发现新的痕迹。就在这时，死者的尸检报告出来了。老人左手关节处有碰伤和皮下水肿，尸检的结果跟我们对事故现场的模拟结果存在很大的出入。根据这辆小轿车的突出位置距离地面的高度和死者身上伤口的位置距离地面的高度，进行对比，结果显示两者的高度完全不一致。尸检报告显示，死者受伤部位分别是手肘与胫骨，从受伤位置和伤口形状来看，不符合小车剐擦的特征。"

王省佳说："本来我们认为是蒋伟肇事的，但在听了蒋伟和妻子的描述、检验了这辆车及尸体，再和小轿车比对之后，我们之前的假设就一下子被推翻了，只能暂时听信蒋伟夫妻一回，重新梳理到目前为止收集到的所有信息。也就是说，如果蒋伟夫妻俩的话没有掺杂半点水分，那么出现在事故现场的摩托车很可能就是肇事车辆。蒋伟看到的出现在事故现场的红衣男子和蓝衣乘客跟老人的死是否存在着什么关系呢？根据这些情况，办案民警突然想起，三天来，报警的摩托车司机杨时不是一直穿着红色上衣吗？但如果他是肇事者，如此热心地报案又该如何解释呢？而报警的杨时当时也说得很明白，坐在后座的乘客恰好也是穿着蓝色上衣，这是巧合还是另有缘由呢？当务之急就是找到蓝衣男子。然而茫茫人海，不知姓名、住址，又该从何找起呢？就在案发后的第三天，这个最重要的目击证人终于找到了。"

坐在摩托车后面的乘客在崇武假日酒店上班。据他回忆，那天他是从崇武镇港乾村坐着报案人杨时的摩托车到崇武镇区的酒店上班的，途经案发路段时，他亲眼目睹了事故发生的全过程。他说老人从路右边穿出来的时候，他感觉到摩托车的车把手轻轻地碰剐到老人的身体，大概就是左手关节处。

这位乘客的话可信吗？为查明真相，办案民警根据现场的报警电话查到报警的人，然后叫他前来接受询问。

报警的中年男子杨时，是四川人。

王省佳问："你就是当时报警的人？"

杨时说："是的，事发时，我正驾驶摩托车载着一位客人，沿着崇武台湾街由港墘往崇武镇区方向行驶。"

王省佳问："你在案发现场看到了什么？"

杨时表情非常镇定地回答："我看到了一辆小轿车从巷子出来，与老人发生碰剐致老人倒地。因为当时发现有小轿车撞人，我刚好就停到老人的旁边，然后就用手机报警。并且，我看清了小轿车车牌号的前三位数字，那后面的两位数字我没有看清。这些我当时都向你们报告了。"

王省佳说"你能报警，说明你已经尽了一个公民应尽的义务。我们非常感谢你。"

杨时说："不用谢，这是我作为一个公民应该做的事。另外，我可以问你们一个问题吗？"

王省佳说："你说。"

杨时："你们这个案子破了吗？"

王省佳："我们正想问你呢。"

杨时："问我？我又不是警察，问我干吗？"

王省佳："因为你是这起案件的核心人物。说白了，只有你最清楚这起案件的来龙去脉。"

杨时听王省佳这么一说，顿时脸色大变，刚才还跟警察大大咧咧的他忽然不吱声了，表情也显得极为不自然，有些惶恐。这些微小的变化还是被办案民警捕捉到了。

王省佳问："怎么样？你的前期表演非常成功，害得我们为你瞎鼓掌一番。现在，你还想继续表演下去吗？"

王省佳说，当他把收集到的证据罗列给杨时看的时候，其心理防线一下子就崩溃了。

杨时耷拉着脑袋不吭声了，良久，他才喃喃地说："警察同志，能给我一支烟吗？"

面对民警的发问，不到十分钟，杨时便将事件的来龙去脉和盘托出。经过三天的不懈努力，案件至此终于真相大白。

从一个热心的报案人到最后的肇事者，这样的角色转换对警方来说也是出乎意料的。但是，办案民警心里始终有个困惑，肇事者杨时既然想逃脱罪责，又为什么要积极报案，甚至嫁祸于人呢？原来，事故发生后，杨时极度紧张，报警时语无伦次，在围观群众赶过来时，刚好蒋伟开的小轿车经过，而之后拿过电话，帮忙报警的本地人不清楚情况，误以为是小轿车肇事，如此一来，杨时也就顺水推舟地炮制了这场闹剧。

这起看似普通的交通事故，案情却一波三折。尽管肇事者杨时在案件中扮演的角色一时蒙蔽办案民警的眼睛，但最后还是被打回了原形。

逃也枉然

【王省佳的侦破体会】办案单位及民警思想上要高度重视，办案责任心要强。本事故报案时为小车与行人之间的碰撞，办案人员赶到现场后，经过初步检查，伤者伤情还不是非常严重，受伤部位主要为手肘及胫骨，现场遗留的血迹也不是很多，但办案人员还是非常重视，认真勘查现场每一细微之处。伤者死亡后，通过查找现场目击证人，对死者尸体损伤的痕迹、事故现场遗留的相关痕迹进行仔细的再勘查。在有嫌疑对象时，不能因为嫌疑对象推托而松懈。在本事故中，初步的嫌疑对象为一辆标致小轿车，通过排查，排除了车主肇事的可能，但却从车主口中得到另外一条重要线索，对整个案件的侦破有相当大的促进作用。办理案件时，思路要清晰。在侦破过程中，肇事者的身份及车辆的范围相对广泛，不像其他刑事案件那样通过锁定当事人的活动情况，基本上就可以确认犯罪嫌疑人身份。但整个事故肯定有一个车辆从某处来，经过肇事路段，与人或车发生碰撞后再往某处逃逸的完整而严密的过程。因此，办案民警认真研判，根据事故现场附近相关监控及死者家属、事故现场旁边群众的反映，确认了死者的行走状态、受伤部位和事故现场血迹的位置，判定肇事车辆应沿崇武镇台湾街由港墘村往崇武镇区方向行驶，车辆应为小轿车或者普通二轮摩托车，而且二轮摩托车的可能性相对小轿车来说更大一点，驾驶员为外地人的可能性比较大，因为小轿车在发生事故后，驾驶员基本上会停留下来观察情况，尤其是在台湾街这条崇武中心街道上，小轿车驾驶员白天肇事逃逸的可能性会更小。在具体办案过程中，不放过一丝一毫的小细节。在排查到肇事驾驶员本人时，因为当时证据并不充分，办案民警心里也没底，尤其在二轮摩托车与行人发生剐撞的事故中，车辆损坏痕迹通常不明显，有时甚至连普通的碰撞痕迹都没有。但肇事驾驶员在面对民警询问时面部表情的一丝变化，让办案民警心里马上有了谱，立即从其心理变化入手，展开情理攻势，最终攻破了其心理防线，使整个案件水落石出。

两次通话记录

2011 年 7 月 6 日晚上 11 点，在南安市区通往泉三高速公路的省新路段发生了一起交通事故，一辆轿车撞倒一位老妇人后逃逸，事故致老人当场死亡。南安警方接到报警后，迅速赶赴事故现场。

办案民警薛汉文在勘查中发现，现场遗留着比较多的蓝色轿车的碎片，呈分散状，同时呈带状向前延伸。散落物分布在靠近公路中间的第一板、第二板车道之间，当时死者是倒在第二板车道的，后方有一条倒地剐痕，没有见到制动痕迹，说明当时车速比较快。

经进一步仔细勘查发现了一个网状构件，应该是前保险杠左侧的构件，上面写着"宝来左"。结合碎片的特征，警方确定这是一辆宝来轿车。

办案民警初步认为，事发路段双向六车道，道路平直，视野开阔。深夜 11 点了，这位老人为什么会被车撞呢？这个问题警方很快在这位老人的儿子那里找到了答案。据她儿子说，当天在他家附近有一家大排档开业，他的小弟跟他的侄子过去看热闹捧场。他的老妈怕他们玩得太晚，就去叫他们早点回家。没想到就这么短的距离，竟成了她老人家人生的最后一段路程。

事故发生在深夜，又是通往泉三高速公路的路途中，肇事逃逸的到底是什么人？车辆又开往哪里呢？正当民警准备围绕事故路段展开全面调查的时候，一个电话打进了 110 报警指挥中心。案情出现了转机！

南安市公安局交警大队事故处理中队中队长吴为纲说："7 月 7 日凌晨 2 点 15 分左右，我们接到一个电话，是一个自称刘数清的女人打过来的，她说她要投案。当时，她自称在南安大道撞了一个人，然后她就跑了，她现在要投案。当时我们也是比较兴奋的，都说这个案子破了。"

办案民警迅速赶到码头镇刘数清家。她说当时她是从南安财政局附近开车经过事故现场回家的，之后她讲的事发过程基本符合警方勘查的事故现场的情况。她在接受警方询问时说："我载着老公刘安采回去，他就坐在车的后排。"

当天，肇事车辆就停在刘数清家里，经民警勘查，车辆的痕迹特征也吻合案情。但是，对于主动投案自首的刘数清，办案民警总觉得有些地方不对劲。

办案民警薛汉文说："她的表述就是想把事情揽到自己身上来，描述细节的时候不是很符合逻辑。这让我们产生了怀疑，如果是她自己开车，应该对当时的过程印象深刻，可是她只能模糊地带过去。我们进一步询问当时他们两个人是否喝过酒，刘数清很明确地说她没有喝酒，至于她老公喝没喝酒她不知道。"

办案民警认为刘数清说的这个问题不符合常理，原因是如果她老公喝了酒叫她开车符合常理，但她不知道她老公到底有没有喝酒，就不符合常理了。

办案民警薛汉文说："按照正常的思维，驾驶人员有驾驶证，又没喝酒，发生事故后应该停车报警。而她呢，过了一个时间段才报警，而且是在凌晨2点多。这就让我们想到了这么个问题，你既然逃了，为什么又这么急急忙忙地给110指挥中心打电话，而且跟我们配合得这么好：在家里面等我们。"

随着侦查工作的深入，又一个问题出现了。

吴为纲说："我们发现前挡风玻璃左侧，也就是驾驶员这个位置有破碎痕迹，驾驶座附近有玻璃碎末。从这个角度去分析，驾驶人身上应该多多少少会沾上一些玻璃碎末。另外，这辆车损坏得比较厉害，从驾驶人和副驾驶位置上看，驾驶人应该有点皮外伤，副驾驶座上的人基本不会有损伤，而我们当时看到报案人刘数清一点伤都没有，身上也很干净，因此我们就怀疑这个刘数清有问题。"

有了这个疑问，办案民警就特别注意刘家的一些换洗衣服。很快，办案民警在刘数清家的客厅角落里发现了一件深色T恤衫。这件短袖T恤衫上附有一些玻璃碎末，办案民警认为这件衣服的所有人比较符合驾驶人的特征。办案民警在提取这件衣服时问刘数清这件衣服是谁的，刘数清说不知道。这就奇怪了，在她家里的衣服她怎么能不知道呢？这里面肯定隐瞒了什么不能说的东西。

　　而此时，刘数清的丈夫刘安采始终没有出现。据刘数清讲，她是和丈夫刘安采一同回码头的，事发时是同车。可当办案民警要找刘安采询问的时候，刘数清却说他不在家，而且再也联系不上了。

　　更令人困惑的是，车主是刘数清的老公刘安采，她过来自首时是别的亲戚陪着来的，她老公反而没有出现，办案民警问她她老公去哪里了，她说她不知道，电话也打不通。

　　种种迹象表明，刘数清很可能不是真正的肇事驾驶人，而刘数清的丈夫刘安采肇事的嫌疑明显增大。

　　吴为纲说："虽然我们从驾驶人的特征来判断，刘数清不是真正的肇事者，但是我们又没有证据证明她不是肇事者。"

　　尽管刘数清身上疑点重重，但还是被警方刑事拘留了。

　　紧接着，警方将刘安采锁定为重点嫌疑对象。但是事故发生后，刘安采就不见了。如何找到刘安采肇事的证据，就成为摆在民警面前的一道难题。

　　薛汉文说："我们当时就猜测，刘数清和她老公真的在同一辆车上吗？这个问题一提出来我们也觉得有点不可思议。但如果这个猜测成立，真正肇事者就会从幕后走到前台。"

　　那么，如何确定他们夫妇事发当晚各自所处的位置呢？警方采取了两个办法：一个是查询车辆行踪，一个是查询电话记录。肇事嫌疑车的行踪很快就浮现出来，探头资料显示，当天肇事嫌疑车在肇事路段出现过。案发当天下午5点26分，这辆车从泉三高速省新出口出来，于5点41分经过南安市区美林桥头的灯控路口。但遗憾的是，肇事时间前后的探头资料没有记录下驾驶员的特征。

　　随后，警方查询了刘数清夫妇的通话记录，发现7月6日晚10点22分到25分，刘安采跟刘数清通过两个电话，通话时刘安采手机显示的位置是南安市区，刘数清手机显示的位置是码头镇。事情明朗了，事发时间是晚上11点左右，刘数清不可能在这个时间段出现在南安市区，即便她从码头镇赶往市区再返回码头镇，在这个时间段内也是做不到的，因为两地相距几十公里。

　　通话记录不仅印证了事发时刘数清夫妇不在同一辆车上的事实，而且刘安采的通话记录揭示了他当晚的行踪轨迹，这个轨迹和肇事车辆的轨迹是一致的，这说明当晚肇事车就是刘安采驾驶的。而刘数清当晚的情况也很快就明了了。

吴为纲说："7月6日晚上9点前，刘数清在美林村跳广场舞，跳完舞以后，她就到邻居家里闲聊。"

在刘数清面临着由刑拘转为批捕的当口上，警方向刘数清及其家人说明了利害关系，迫于压力，躲避了八天的刘安采终于于7月14日投案，承认了自己肇事逃逸的事实。

肇事嫌疑人刘安采说："当时受害人跑过来时碰到我的挡风玻璃，我记得她跑的速度挺快的，天桥底下路灯不太亮，我看不清楚。"

本来是一起并不复杂的交通肇事案件，却因为逃逸、顶替，使案件变得扑朔迷离，而当真相大白的时候，刘数清夫妇也悔不当初。

吴为纲说："这起案件的可悲之处就在于刘安采和刘数清夫妇自作聪明。刘数清之所以要替丈夫顶罪，是因为刘安采是他们家里的顶梁柱，但是她这种行为已经触犯了《刑法》第310条，涉嫌包庇罪。"

刘数清本想顶替丈夫坐牢，没想到她和丈夫的两次通话记录成了警方破案的关键。

【吴为纲、薛汉文的侦破体会】在我们围绕事故路段展开全面调查的时候，突然接到一个自称刘数清的女人的电话，说她撞了人，要投案。刘数清讲述的事发过程基本符合警方勘查情况，但根据刘数清一直想把事情揽到自己身上以及描述的一些细节不符合逻辑的疑点，民警认为刘数清可能不是真正的肇事者。民警对事故车辆进行分析后并没有找出破绽，直到发现了刘数清家里的一件粘有玻璃碎末的T恤衫，此案才有一个全新的"亮点"。因为刘数清说不知道T恤衫是谁的，欲盖弥彰，种种迹象表明刘数清可能不是该案的肇事者。警方通过查询车辆踪迹和通话记录，认定刘数清事发时不可能出现在南安市区，其丈夫刘安采刚好在南安市区。这充分说明肇事者是刘安采。后迫于警方压力，一直躲避的刘安采投案自首，承认了自己肇事逃逸的事实。这起涉及逃逸、顶替的交通肇事案件真相大白。这起案件带给我们的启示是：民警不能仅凭肇事嫌疑人的供述定案，而是要根据证据定案。

逃逸三人行

    2011 年 7 月 30 日凌晨，在洛江区县道 304 线罗溪通往马甲的公路上，发生一起交通事故，当接报民警赶到事故现场的时候，发现一个伤者后脑着地，已经死亡，身旁是一辆倒地的摩托车，现场没有目击证人，事故是怎样发生的没有人知道。现场的痕迹特征显示，这是两辆摩托车碰撞导致的事故，而另一辆摩托车显然是借着夜色的掩护逃离现场了。

    洛江交巡警大队民警周柳滨说："现场除了遗留的这辆摩托车倒地刮痕，还留有另外一条倒地刮痕，且发现有比较大范围的滴溅型的血迹。"

    现场的这些血迹能为警方提供什么信息呢？周柳滨说："血迹从现场往马甲方向一直滴溅到金光隧道。"

    凭着职业的敏感，办案民警很快判断出逃离现场的肇事摩托车驾乘人员也受了伤，而且伤势不轻。从现场血迹逐渐减弱的方向来看，肇事摩托车事发后是往马甲方向逃逸的。由于事故发生在夜间，又是摩托车相互碰撞肇事，办案民警认定，事故双方应该就居住在附近，毕竟摩托车的活动范围有限，如果没有特殊情况，谁会在半夜出行呢？这是不是跟某种职业有关呢？很快，死者的身份调查清楚了：尤大贵，57 岁，罗溪镇埭内村人，是一名屠夫。当天早上，他是在去杀猪的路上遭遇的车祸。然而，事故另外一方的查找工作却经历了一番周折。

    周柳滨说："我们怀疑车上人员有可能受伤，当时我们的第一反应是到周边的卫生所、医院去调查。"

    办案民警考虑到离开现场的这一方当事人也伤得不轻，应该会到附近的医院或诊所包扎处理伤口，因此把侦查重点放在沿途的医院和诊所上。果然，马甲医院的值班医生提供了一条线索：事发当天早上 4 点多，的确有两名伤者来包扎处理伤口，好像还是由一名穿着制服的联防队员带着来的。

逃也枉然

周柳滨认为，凌晨4点多一点，来处理外伤的这两个人的肇事嫌疑非常大，因为这个时段比较接近肇事的时间。但是，院方可供排查的线索太少了，医生除了伤情以外，几乎无法提供其他线索。民警迅速调阅了医院的监控视频，发现两名伤员是由一辆警用摩托车载进医院的，这个线索也得到了医生的印证。

穿着协警制服、骑着警用摩托车，这个线索太重要了，警方马上对警用摩托车展开排查。在排查中，周柳滨发现这辆车是马甲潘内村警务室的一辆巡逻摩托车，就赶到马甲潘内警务室去调查，查到了当天晚上驾驶这辆摩托车的驾驶人，他说他当天晚上巡逻的时候接到他老婆的电话，说她有一个老乡出事故了，叫他到马甲的双溪口去将他送到医院。用警用摩托车载伤者到医院救治的那位联防队员叫林好奇。他证实说："我把他们送到马甲医院，帮他们挂了号就回去上班了。他们只是说喝了酒然后摔跤受了伤，车也翻了，就这样。他们当时什么都没说，全部是伤，血流了很多，衣服上全是血，巡逻车上也都是血。"而被问及事故是怎么发生的，林好奇却说不出来。

本来以为做了一件好事，却没有想到牵扯到一起命案，这让小林心里很不舒服，他马上配合办案民警找到他妻子的老乡，也就是当时逃离事故现场的摩托车乘员、贵州人王前。只见王前满身满脸都是伤，话都说不清楚，可他还是如实讲述了当晚的情况。他说他当晚先后喝了两场酒，一直喝到下半夜，他和另外一人搭乘酒友的摩托车回马甲，半路上迷迷糊糊感到撞车了。

据王前供认，出事前是马甲人林雨开的车，出事后换成罗溪人赖全能开车，因为他和林雨摔得都很重，只有赖全能伤势比较轻还能开车。于是，办案民警迅速找到罗溪人赖全能。赖全能承认，事发前他坐在后座上由林雨驾驶摩托车，事发后他才驾驶摩托车，这和王前说的情况一致。

赖全能说："我印象中好像是我们直开，然后好像转了一个弯，就撞上去了。当时我们的车压在那个开车的司机身上，我就把车抬起来了，等了一会儿那开车的就叫我开一下摩托车能不能动，我就开了，能动，他们就上来。当时大家满脸都是血，没多想，就开车走人，直接去了双溪口。"

双溪口是林雨的家乡，距离事故现场只有两公里左右，这两公里的路决定了整个案件的走向。

肇事嫌疑人林雨供述："那时候也没路灯，天黑黑的。我那个车灯本身就不是很亮，突然前面有一个摩托车灯，然后不知怎么就撞了，突然摔下去，头撞到地上，人都蒙了，就像突然晕掉、眼睛黑掉的那种感觉，然后起来上车，他们就开车走了。"

这起交通事故除了牵扯到前后两名驾驶摩托车的司机以外，还有一人就是这辆摩托车的车主。经过调查，这辆车是当晚和三人一起喝酒的酒友赖带劲的，因为他自己也喝醉了，就在主人家睡着了，车被林雨开出来送客人，谁知路上就出了事。

据赖带劲回忆："他们急急忙忙要走，说4点多了，天都快亮了。我说别急着走，等我睡一觉醒来再送他们出来。但他们急急忙忙要走，我已经醉了，已经拦不住了，所以我只好睡觉。后来他回来，我看见他全身都是伤，我说你把我吓死了，这是摔跤了吧。他说是。我说真的是摔跤？他说跟人家撞车了。我说撞车为什么不报警啊，让警察处理比较好。"当警察找上门来，车主赖带劲自己也知道要承担连带责任了，说："现在完蛋了，人都死了，我现在也被他们给连累了。"

一起看似普通的交通事故，由于真相的揭开变得复杂起来，经过民警的梳理整个事发经过是这样的：林雨酒后无证驾驶赖带劲的二轮摩托车，后面载着赖全能、王前，由罗溪往马甲镇区方向行驶到事故路段时，与同向行驶的摩托车发生碰撞，造成一人死亡、三人受伤的交通事故，事故发生后，因为肇事司机林雨受伤，换作乘员赖全能驾驶摩托车，后面载着受伤的林雨、王前离开现场到双溪口。之后，林雨、王前在联防队员的帮助下到马甲医院进行治疗。在整个案件中，除了乘员王前在案件中的作用不大、联防队员不知内情提供救助以外，其他几个人对整个案件都要承担不同的责任。

俗话说："三人行必有我师。"而这三个青年却将这条醒人祖训给活用了。

关于肇事司机林雨，洛江交巡警大队民警周柳滨认为："林雨在醉酒状态下无证驾驶二轮摩托车且超员，发生事故后不是及时报警、抢救伤者、保护好现场、配合公安机关处理，而是趁着月黑风高逃离，我们认定其承担全部责任。"

关于乘员、司机赖全能，时任洛江交巡警大队交管股副股长孙其斌认为："作为这起案件的当事人之一，一开始他是乘客，在发生事故以后他没有协助肇事驾驶员及时报警、保护现场、抢救伤员，反而驾驶肇事摩托车载着驾驶员和另外一名乘员逃离现场。他的这个行为也将受到法律追究。"办案民警说，如果法医鉴定证明死者是因为延误治疗死亡的，那赖全能的犯罪情节会更严重，可能以共犯论处。

关于车主赖带劲，孙其斌说："主要体现在安全意识、法律责任意识不强。作为摩托车车主，当晚也跟肇事驾驶员和另外两名乘员在一起喝酒，并在知情的情况下将车辆交给酒后无证人员驾驶，导致了这起事故的发生。他的这种行为是要承担一定的赔偿责任的。"

一起交通事故引发了多重思考，法律意识淡薄、道德缺失是这起案件最深刻的内因。大家都应该知道不能酒后驾车，发生交通事故之后应该及时报警、抢救伤员而不能逃离现场，在所乘坐的车辆发生交通事故以后应该协助驾驶人报警、抢救伤者而不是帮助驾驶员将车辆驶离现场，车主在明知他人要酒后无证驾驶时，一定要妥善保管车辆而不能将车借出，否则要承担赔偿责任。

【周柳滨的侦破体会】首先，接警出警要迅速。交通肇事逃逸案件发生于瞬间，而证据也可能瞬间即逝。因此，侦破交通肇事逃逸案件就讲究一个"快"字，即快接警出警，快现场勘查，快出击追踪。其次，事故勘查要细致。在勘查现场时一定要认真细致，决不放过任何蛛丝马迹，尽可能地在现场收集与肇事车辆相关联的每个细微痕迹和残留物，以便下一步分析案情、甄别证据、破获全案。在本案中，办案民警细致勘查现场，从现场遗留的血迹、附着衣物纤维的刮痕、散落的眼镜中及时推断出肇事者的逃逸方向、衣着特征、体貌特征等信息。再次，排查工作要深入。为了获取更多的线索，办案民警深入沿线所有的诊所、医院展开拉网式排查，不放过任何死角，终于在马甲医院找到了破案的宝贵线索。最后，掌握线索要"乘胜追击"。本案中，民警以现场血迹—医院—联防队员—车上乘员—车主—窝藏肇事嫌疑人—肇事嫌疑人这条线为破案主线，一环扣一环地顺着线索跟踪追击，最终把肇事者找了出来。

被树叶遮挡的监控

俗话说，天有不测风云，人有旦夕祸福。2011 年 8 月 11 日 18 时许，家住安溪县城厢镇的黄莉莉，从参内乡大厝村娘家提了桶残羹剩饭准备回家喂猪。不曾想，自己正循规蹈矩地沿着道路右侧行走着的时候，一场灾难却悄然从她身后袭来：一辆摩托车将她撞倒在地，然后驾车逃逸。

安溪县公安局交警大队接到报警后，迅速赶赴现场。到现场的时候，那伤者还躺在地上，办案民警联系 120 送伤者到医院之后，开始对现场进行认真的勘查。此时，有一个中年妇女主动向警方反映：当时她在距离现场二三十米的地方喂小孩，听到碰撞声以后，就往事故现场看，看到有一个男子，穿白色上衣，正驾驶一辆红色女式摩托车往路口逃跑。

因被撞倒后后脑着地，导致颅内出血，受害者黄莉莉在送医院后的第二天下午不治身亡。本起交通事故的性质升级为重大交通肇事逃逸案件，一个由安溪县公安局交警大队主要领导亲自挂帅的专案组迅速成立，并立即投入案件侦破工作。根据报案人的描述，因为当时距离较远又事发突然，只看到肇事者身穿白色上衣、骑一辆红色的没有后备箱的女式摩托车或者电动车，有关肇事车辆以及肇事者更具体的特征就不得而知了，这使得案件的侦破工作一开始就进展艰难。

办案民警刘顺忠说："现场留下的证据真的很有限，地上除了伤者当时手里提的汤水桶、汤水溢流物和四块小小的塑料碎片外，别无他物。我们只能通过对周边地区再次进行走访，寻找目击证人。"

尽管警方对周边进行了大量的走访工作，但还是没能找到这起事故的第二个目击证人。

事故处理中队副中队长林泉华说："我们在找不到其他目击证人的情况下，只能在肇事者可能逃逸的沿途查找监控录像。"

刚好，在案发地附近的大盾村 5 号公交站，有一个治安监控探头，正对着案发路段。当办案民警调取其录像资料时，一个意想不到的情况出现了。

刘顺忠说："查看的时候，发现探头正好被树叶挡住了。因为整个画面被围住了，只有右下角一点点能看到这个老太太的一只鞋。那只鞋是被撞飞出去的，其他的都看不到。但就是这么一点点线索，也给我们提供了一个案发的时间线索，还有案发时前后车辆经过时的一个参照。"

虽然无法看清整个案发过程，但是办案民警据此还是可以确定，监控录像显示的案发时间是 18 时 14 分 35 秒。而案发地前面不远处有一个岔路口，左边通往茶博汇，右边通往安溪县城，至于肇事后肇事车辆逃逸的方向，办案民警判断，应该是右拐朝县城方向的可能性较大，也就是说是往圆潭村方向。

沿着肇事车辆可能逃逸的方向继续查找，案件终于有了突破。从圆潭村往参内岔口铁件加工厂的监控录像中，办案民警发现了嫌疑车辆的踪影。一辆与目击证人所描述的特征相吻合的摩托车进入监控画面，这时显示的时间是 18 时 19 分 20 秒。在嫌疑车辆前后的，分别是一辆女性驾驶的白色摩托车和一辆运钞车。而从沿途又一个必经拘留所监控点的监控录像资料中，却只能看到参照的白色摩托车和运钞车先后经过，始终没有再看到嫌疑车辆出现，办案民警判定，嫌疑车辆肇事后很可能进入了附近的圆潭村。

刘顺忠说："那辆摩托车是从圆潭村路口进去的，之后就再没有从另外一个出口出来，我们的侦查范围就锁定在圆潭村里面。"

办案民警经综合分析，初步判断肇事者可能藏在圆潭村，或者就是圆潭村的人。这就为下一步侦查确定了方向。

在张贴协查通告的同时，专案组对圆潭村进行了一场拉网式的大排查。

林泉华说："民警分成三个组，重点对小路两边的居民逐户进行排查。"

经过两天的走访排查，一个叫蔡声和的村民被锁定为重点嫌疑对象。据当地村民反映，平时看到过蔡声和经常驾驶着一辆无牌红色女式摩托车，而且也是没有后备箱的。而在办案民警进村调查时，蔡声和和他的红色女式摩托车却一直不见踪影。于是，办案民警决定对蔡声和实施抓捕，并在案发五天后的 8 月 16 日下午，成功将犯罪嫌疑人蔡声和抓捕归案。

林泉华说："蔡声和当时把车藏了起来，我们把车找到后一对比发现，一是该车碰撞以后面板左侧破裂，二是车的前面板有一块装饰板是新换的，经对比，跟现场掉落下来的那些碎片是吻合的。"

在证据面前，蔡声和不得不承认自己交通肇事逃逸的犯罪事实。

蔡声和说："我当时的时速差不多是 30 公里，将近五米的时候，那位老人忽左忽右，好像没有一个相对固定的行走方向，最后我在距路沿差不多一米多宽的地方过去，就碰到了她的左手。就这样，我的车没倒，我就没回过头来看，就直接把车开走了。"

林泉华说："由于他自己车没倒，就产生了逃跑的动机。另外，这个人可能家庭经济条件不是很好，出事以后，怕没钱赔。"

仅有被树叶遮挡的监控做依据，还能循线追踪侦破此案，这是一般人想都无法想到的事，安溪警方却做到了。

【林泉华、刘顺忠的侦破体会】与案件有关的监控，被树叶遮挡住了三分之二，使案件的侦破提高了难度。但是，上帝给你关上一扇门，就会为你打开一扇窗。我们就是从监控的边角处得到了一些重要信息。从监控的可视范围内，我们找到了与肇事车辆肇事之前和肇事之后经过现场的一些车辆，通过将这些车辆作为参照物，查找到了肇事车辆的行驶轨迹，最终锁定了肇事车辆消失的区域——圆潭村。在对圆潭村进行排查时，充分运用了"从群众中来，到群众中去"的工作方法，对该村进行拉网式的大排查，终于找到了肇事嫌疑人。

影像追踪

2011 年 8 月 31 日 23 时许,在石狮市区子芳路荣誉酒店路段,有群众报案称:一辆小客车轧到一名外来务工的中年妇女,流了好多血,躺在地上一动不动,可能已经死亡。在勘查中,办案民警发现倒于机动车道的死者颅部出血,胸腹部有轮胎碾轧的痕迹,在死者旁边有一块白色塑料碎片,前方的红色小客车左前轮挡泥板附有毛发,小客车未发现有明显碰撞痕迹。

办案民警通过分析,结合现场群众的反映,认定死者先被一辆摩托车撞倒,摩托车逃逸,紧跟摩托车后面的红色小客车发现险情后紧急刹车,但由于惯性使然,小客车的车轮还是无情地从已倒地的妇女身上碾轧过去,造成二次伤害。

办案民警林志坚说:"这起事故被我们确定为交通肇事逃逸案件。但在勘查过程中,并没有发现有价值的线索,且事故地点离监控探头较远,没有清晰的图像资料可资破案。"

即使如此,现场部分群众还是向警方提供了一个重要线索,称肇事摩托车为一辆白色"大绵羊"型二轮摩托车,而对于摩托车是否有牌照却是说法不一。办案人员据此在第一时间调取了事故地点旁荣誉酒店的监控录像,发现图像质量很差,仅能判断出事故时间和肇事车辆的逃逸方向。在通过监控资料追踪肇事车辆逃逸方向时,因现场车辆较多,目标消失在车流中,无法再继续追踪。

9 月 2 日,办案民警赶往 COCO 酒店调取了监控录像,结合在事故时间前后从事故路段经过的几辆"的士"的 GPS 轨迹及对"的士"驾驶人员的访问,经反复斟酌,确认从琼林北路出来的嫌疑车辆为肇事车辆。在涉及肇事车辆行驶轨迹的监控录像中,发现肇事车辆系从华林酒店门口出来的车辆,该车在事故发生时悬挂号牌,驾乘共两人。更令办案民警为之兴奋的是，在监控视频中，还能比较清晰地辨认出肇事者和乘员的部分衣着特征，肇事者身着白色上衣，乘员穿横条纹上衣。同时，办案民警在接下来的侦查中又有了新发现，在调取华林酒店和华林路几家商铺的监控资料时，发现肇事者和乘员是从华林路步行出来到华林酒店门口的停车场再驾车经过肇事路段的。

林志坚说："我们几天来的辛苦没有白费，已经发现肇事嫌疑人影影倬倬的身影了，似乎只要进入华林路走访该区域居民和商家就可以抓到肇事嫌疑人了。"

但是，事情并没有那么简单。先说白色"大绵羊"摩托车，它的型号就不大好确定，因为"大绵羊"有好几种型号：春风、铃木、五羊、本田等品牌。它们都活跃在市区的交通活动中，唯一的希望就是在监控录像中能够看清楚车牌号，但令人遗憾的是，查了那么多监控，就是一个也看不清楚。办案民警把认为比较好确认的截图送往省厅进行技术处理，后被告知影像太过模糊，无法辨认。原本"以车找人"的希望破灭了。再说走访华林路区域居民和商家这档子事，也不是一件很容易的事，这里有成百上千户居民和众多商铺，办案民警只能采取"人海战术"的办法，拿着监控录像的截图一家一户地查询。功夫不负有心人，在石狮电力公司某员工李里住处，办案民警得到了一条重要线索，李里在看了民警手里的截图后说，这人那天晚上来过他的家"吃普度"，不过叫什么名字、家住哪里、做什么工作，他一概不知。

李里进一步解释说："我们这里'做普度'有个风俗，喜欢亲朋好友来同庆，如果被邀请人带上主人不认识的人过来，也都非常欢迎。你们要查的这个人恰恰是我的朋友带过来的，是朋友的朋友，这一点可以确定。"

林志坚说："有了这条线索，接下来的事情就好办了，我们在李里的帮助下，联系到了他的朋友，这位朋友是市场里的菜贩，他说他们只是业务上有来往的普通朋友，平时没有深交，也没有他的电话，只知道他在捷龙超市当采购员，仅此而已。"

办案民警赶到捷龙超市，超市经理经辨认截图上的照片，说这个人叫游满泉，江西万安县人，这几天没来上班，在家休息。

经周密部署，办案民警在游满泉的宿舍里将其抓获，并查到了那辆肇事的闽CUA××0二轮摩托车。

经审讯，游满泉承认了肇事逃逸的事实。

逃也枉然

【林志坚的侦破体会】本案突破了以往"以车找人"的习惯思维模式，在没有车辆信息的情况下，利用监控，先找人，后找车。这是交通肇事逃逸案件查处工作的一大突破。由于撞击、剐擦、碾轧等很有可能在尸体的损伤处或其他部位遗留有逃逸车辆的痕迹或微量物证。因此，可以通过对尸体的勘验检查来获取一些有价值的线索。同时，也可以根据法医鉴定结论推断交通事故发生时间等有价值的线索。

刹车总泵

　　安徽人陈夏非和姐姐陈夏如像往常一样，把自家栽种的蔬菜运到市场后，便开着三轮摩托车掉头回家。在半路上，两人拐弯打算到石狮市区鹏峰加油站加油，却不料与一辆小型货车发生碰撞，陈夏非被撞伤，他的姐姐则不幸当场身亡。时间定格在 2011 年 9 月 10 日 4 时 47 分。

　　伤者陈夏非向办案民警陈述："晚上不像白天，看不见。"

　　陈夏非的父亲说："我女儿坐在副座上，车从这边转过来，车翻了，菜跟车压上去，如果当时没有被压到，应该是不要紧的。"

　　事故发生后，小货车虽然留在现场，但车上的人却弃车而逃了。

　　目击证人说："肇事驾驶人赤裸上身，车停在那儿就跑了，跑的时候有三个人，用衣服包着头跑的。"

　　民警陈绍伟说："他是有意识地避开沿途的监控的，甚至在下车逃跑的过程当中，还把上衣弄起来遮住头部，而且他不沿着大路走，而是沿着路边的小路跑进小山林。"

　　虽然肇事者逃逸了，但车还在，所以起初办案民警并不担心找不到肇事者，从这辆车入手，顺藤摸瓜，迟早都会找到肇事者。

　　办案民警林志坚说："按照正常的思路，这起逃逸案件是比较简单的，车辆可以锁定，驾驶员的身份可以通过车主慢慢调查。"

　　然而，事故的调查难度却远远超出了民警的想象。经过进一步的查询，民警发现，留在现场的那辆肇事车竟然是一辆赃车，车主早已在事故发生前的三个月报失了。

　　办案民警林志坚说："这辆车三个月以前已经被盗，车主曾经向晋江罗山派出所报案，我们也向罗山派出所进行核实，这辆车确实是被盗车辆。"

　　肇事车竟是被盗车辆，这个情况是办案民警始料未及的，而接下来的这则消息，更是让他们倒吸了一口凉气。刑侦部门调查后确认，这辆肇事车涉嫌一个盗抢系列案，作案者是一伙盗窃惯犯，盗窃金额近百万元，盗窃范围集中在泉州、厦门一带。虽然作案人大部分已经落网，但还是有部分在逃。这起交通事故，很有可能就是在逃的这些盗抢人员所为。

办案民警林志坚说："这伙人穷凶极恶，曾经殴打、绑架、威胁过建筑工地的保安，甚至发展到与警察对抗的地步，把厦门的一辆警车撞翻在地，直至警察开枪才把他们抓获，但还是有漏网之鱼。"

这不是一起简单的交通肇事逃逸案，对此，石狮市交警部门高度重视，立即组织力量，展开侦查。

石狮市公安局交警大队副大队长邱国泉说："这起事故本身就是命案，我们的动作要快，这样才不会让犯罪嫌疑人毁灭证据。"

大家意识到，这是跟一伙有前科的犯罪分子的较量，要破案没那么容易，虽然肇事车就摆在民警面前，但是从哪里切入才能找到突破口呢？

林志坚说："车就摆在那里，车架号码也摆在那里，车上的货物也在那里。"

办案民警陈绍伟说："我们通过对这辆赃车的卡口记录进行查询对比，得知这辆车出入石狮市卡口的时间，一般都是在凌晨2点到6点之间，驾驶人和副驾驶座上的人着装极不规范，都是年轻人。"

犯罪嫌疑人的形象虽然比较清晰，不过茫茫人海，要揪出这伙人，并不容易。

陈绍伟说："既然车子给我们留下这么多线索，我认为车不会骗人，要从车子入手。"

民警对肇事车的后车厢进一步清理，发现里面放着很多建筑材料，有水泥钢筋、搅拌机配件，还有建筑用钢架，这些建筑材料让警方更加坚定了关于车辆性质的判断，因为那伙盗抢人员主要就是盗抢建筑工地上的财物。

于是，警方开始对市区范围内的建筑工地展开走访调查。可是几天下来，都没有什么收获。案件的侦破，一时陷入了僵局。

林志坚说："我们认为再狡猾的犯罪嫌疑人也会留下哪怕是一点点的蛛丝马迹。"

可问题是，犯罪嫌疑人的蛛丝马迹藏在哪里呢？办案民警没有气馁，他们想到了一个拆解车身的老办法，从零配件中寻找线索。

林志坚说："在对肇事车的配件进行逐一拆解的过程中，我们惊奇地发现，肇事车底盘的刹车总泵是刚更换不久的，而且这个总泵上面有配件店的标志。"

刚更换的刹车泵以及配件店的标志，让案件侦查顿时柳暗花明。办案民警先找到了配件店，再通过配件店找到了那家修理肇事车的汽修厂。

汽修厂员工说："我印象最深的就是我要他留电话号码，他死活不留，好像比较仓促。"

据汽修厂的工人回忆，车修好之后，有人开着一辆"五十铃"小货车送他来取车，送他来的那个人好像是个安徽人。于是，民警打算从这个开着"五十铃"小货车的安徽人入手，挖掘出案件的新线索。

在石狮当地，有数百辆从事营运业务的"五十铃"小货车，而且司机基本上都是外来流动人口，要从这些人当中逐一排查，找到那个跟案件有关的安徽人，可不是件容易的事。经过办案民警的不懈努力，一条重要线索终于浮出水面。

林志坚说："在我们排查至百旺超市的时候，有一个驾驶人向我们反映了一条很重要的线索，就是其中有一辆货车，在事故的第二天以及之后的两三天，都没有出现。"

根据这条线索，办案民警找到了驾驶人，并很快揪出了交通事故的肇事元凶。

林志坚说："驾驶人向我们反映，说肇事时他就在车上。但开车的是他的一个朋友，叫邹白云，现在人已经逃回老家去了。"

至此，案件真相大白。今年3月，迫于警方通缉的压力，肇事者邹白云投案自首，这个逃逸了多年、身负多起案件的犯罪嫌疑人终于归案。而且，参与系列盗抢案的其他在逃人员也纷纷落网。

【林志坚的侦破体会】对于处理事故的民警来讲，就是要培养一种在现场有限的遗留物和痕迹中找到肇事者的蛛丝马迹并在细节上发现线索的业务能力。开展寻证、取证和技术处理工作时要"细"。如果不仔细，有些证据材料会稍纵即逝，事后难以弥补。对侦查取得的材料要去粗存细、去伪存真，全面、客观、准确地了解案件的来龙去脉，逐步作出正确的分析和判断。我们在这起案件的侦破过程中，在认为很难找到确凿证据的情况下，大胆采用拆解车身的办法，终于由此发现了刹车总泵上的配件店的标志，并由此破获了一起系列盗抢案件，这是我们事前没有想到的。

有块阴影的车灯

村里，戏台上的大幕刚刚闭合，戏台下的一幕人间悲剧却拉开了大幕，正疯狂地上演着，令人扼腕叹息：人的生命竟是如此的脆弱！

2011年9月19日22时40分，泉港区西海路仙境村的一个戏台，鲁迅笔下的"社戏"已经谢幕。家住戏台对面的10岁小男孩黄智心，看完戏后准备回家，在横穿四车道的公路时，不幸被一辆疾驰而来的汽车撞倒身亡。黄智心很不幸，其父因打架斗殴在莆田监狱服刑，母亲在外打工，他跟80多岁的爷爷生活。可以说，他是生活在一个并不完整的家庭里。由于已近午夜，现场没有目击者。据一位家住现场附近的20岁女青年向办案民警反映，她当时在二楼客厅里看电视，突然听到外面有很响的吱的一声，就赶快离开座位，跑到窗口一看，发现路左边有一辆皮卡车，只稍作停留就一溜烟地开走了。至于路上有没有发生交通事故她不清楚，因为当时已经很晚了，她没有下楼去看。

泉港交警大队事故处理中队办案民警庄承培说："我们在勘查现场时，发现有一个人自始至终围着我们转悠，不知是出于好奇，还是另有所图。我们当时没有太在意，就没有理他，如果那时多留个心眼，把他叫过来询问，这个案件就不用绕那么多圈子了，因为后来我们把案子破了，才知道这个人跟那个肇事驾驶人是一起喝酒的。不过这是后话了。"

再说办案民警在现场只发现了一个大灯碎片、一个波浪形反光板的散落物，以及一条20多米长的单轮制动痕迹，这条痕迹在现场通港路去往福炼生活区路的左快车道上。办案民警勘查完现场后，初步判断肇事车的一个大灯被撞碎了，可能"瞎了一只眼"。为能尽快找出这只"独眼狼"，办案民警就拿着那些散落物走访汽车维修店。维修店老板说，这是一种轻型普通货车，也就是我们平时所说的皮卡车。厂牌型号为田野 BQ1021Y2A2，俗称长城皮卡车。据车管部门的资料显示，泉港区现有各类型皮卡车300多辆，而拥有"田野"型号的皮卡车在泉港区并不多，但他们还是一辆一辆地见人见车地排查，当然重点排查对象是长城皮卡车，尽管如此，还是没有发现嫌疑车的踪影。这一步走不通，他们就开始海量地调取全区的监控录像，特别是进出泉港的五个卡口的视频资料。在观看录像图片两万多张后，还是不见有大灯"瞎了一只眼"的皮卡车离开泉港。

庄承培说："到了第八天，我们就没有目标可查了，想就此放弃了。但心里又有一些不甘。不甘失败就得重新研究案情，研究的结果还是寄希望于监控录像。很快，我们就有新发现了。发现了什么呢？就是往惠安方向的山腰盐场路段有一个出城的高清晰监控，这个监控从正面拍摄到挂有福州牌照的一辆皮卡车，车牌号为闽ACZ××8，它的右侧灯光底部有一块比较明显的阴影。这跟我们之前所推断的完全不一样。我们当时的推断是这辆皮卡车在肇事后肯定会有一个大灯破碎，而这个大灯还"活着"。这能说明什么问题呢？只有一种解释，那就是这个大灯在肇事后并没有破碎，坏的只是大灯的外壳。有了这个想法，我们似乎看到了案破的希望。接下来一通电话打到福州车管所，车管所为我们提供了与车主联系的电话。车主说，他的车已经租给永春县某工地使用。某工地的老板说，他的车被在工地做管理员的泉港人吴百盛开回泉港过普度，至今还没有见吴百盛把车开回工地，他也正在四处找吴百盛呢。

庄承培说："当我听说驾驶人是泉港人之后，就觉得肇事者就是他了。"通过户口查询得知，吴百盛，男，27岁，涂岭镇汶阳村洋内角落人。经工作，吴百盛于9月27日到泉港交警大队投案。面对办案民警的讯问，他说，肇事当天，他们村里做普度，他就开车请几个工友到家里共度普度，酒足饭饱之后，有人提议去福炼生活区K歌。他说，当时车上坐了六个人，他负责开车，行驶至肇事现场时，可能是由于喝酒的缘故，车速比较快，以至于在有人横穿公路时，采取措施不及时，把人撞死了。他说："肇事后，我不敢停车，而是沿西海路由过溪村往涂坑村逃逸，最后把车直接开到惠安黄塘高速出口边上的一个村道上，抛车于荒野，而且也不敢去永春工地上班，就回家带些换洗衣服开始四处躲藏。"

【庄承培的侦破体会】"扩散性思维"在侦破逃逸案件中很重要。该案中，办案民警从事故现场提取到大灯的外壳碎片以及大灯内的反光板。既

逃也枉然

然反光板都掉落现场了，就理所当然地推断该车相应的大灯一定不会亮了，办案民警在事故后的八天里一直被自己这样的推断引入误区，把全城五个出口的两万多张录像图片查找了几遍，而且真正肇事的车辆的照片至少在眼前浏览过三遍，但就是没有把它认出来。第八天，办案民警回过头重新梳理一下思维，利用"扩散性思维"来想，如果该车大灯破了，但灯泡没破，它是否还可以亮着，因为我们之前排除肇事车辆的依据就是该车是"独眼狼"。带着这样的推断，终于找到了有阴影的车灯，该案才得以告破。所以，侦破逃逸案件时思维要扩散开，不要理所当然地推断此"因"就一定得出彼"果"，有可能此"因"结出另"果"。

逃离石狮的"风神"

2011年10月12日凌晨5时许，在石狮市子芳路新国泰酒店路段，一辆小轿车撞倒四川籍行人黄智后驾车逃逸，而黄智经抢救无效死亡。办案民警经勘查现场，没有发现肇事车辆的刹车印痕迹，只提取到肇事车辆遗留下的几小块颗粒状的玻璃碎片。

根据重大交通事故逃逸应急预案，专案组迅速介入调查，制作了详细的事故现场调查表，并走访事发路段附近的人员。经过对发案前与死者同行的目击者戴见艺的询问，案情逐渐有了眉目。黄智横穿子芳路时被右侧疾驶而来的一辆黑色小轿车碰撞倒地；戴见艺发现后立即雇请附近"摩的"追赶肇事车，在距离事故现场500米处的后花加油站追到肇事车，但因肇事车继续逃逸，无法拦住；戴见艺继续追了约三四公里后，终于在金相路佳惠超市门口拦下肇事车，但肇事者从车上拿了一把汽车方向盘棒球锁，反追打过来。由于戴见艺在慌乱之中忘了肇事车的车牌号码，他接连报上来的好几个车牌号码，不是被排除，就是查无信息。

根据该目击者提供的信息，专案组调取了肇事车事故前后行驶路线的监控录像。由于当时子芳路正在进行道路改造，事发时路灯已熄灭，专案组所能调取到的监控录像极为模糊。针对录像中锁定的嫌疑车辆，专案组成员就车型展开探讨。经过长时间的激烈讨论，大多数成员认为是日本进口的尼桑风神EQ7200-Ⅲ。

综合以上两条线索，专案组立即对辖区内的100多辆日本进口尼桑风神EQ7200-Ⅲ进行拉网式排查。此时，办案民警在监控里查到一辆疑似嫌疑车辆在事故前后经过事故现场，这辆车是漳州牌照，办案民警赶到漳州看到这辆车后，心里凉了半截，因为这辆车完好无损。返回石狮后，办案民警又调查走访了石狮辖区所有的汽车维修厂、加油站、汽车玻璃店、汽车配件店等，还是没有获得有用的侦查线索，就连办案民警从现场提取到的玻璃碎片，经多家玻璃店辨认，也没有说出个所以然来。办案民警把侦查的目光转向与石狮紧邻的晋江，因为他们在石狮仕林村八中卡口，发现嫌疑车快速通过这个卡口。

林志坚："离开这个卡口之后，前面就是晋江市永和镇了。这个卡口起码为我们提供了一个比较有价值的信息，即肇事逃逸车辆有可能属于晋江某个人所拥有，当时我们甚至用更大胆的假设来推断，这辆车目前就隐藏在永和镇的某个角落，有了这个假设，我们就移师晋江永和了。"

晋江比石狮更难查，办案民警将汽车维修店作为排查重点。这里的汽车维修店要比石狮多得多，大大小小有30多家，且大多开在偏僻的农村。办案民警经东家进西家出的大量走访，在晋江永和镇的一家汽车修理厂的维修记录里，发现一辆车牌为闽D06××6的尼桑风神EQ7200-II在2011年10月12日下午曾到该汽修店维修，维修项目包括更换汽车前挡风玻璃、右前保险杠整形喷漆、更换排气管等。

林志坚说："好险啊，这是我们排查的最后一家，它在一个很偏僻、很隐蔽的地方，当时我们很想放弃了。好在我们没有轻易放弃，否则这起案子可能会成为谜案。"

办案民警根据汽修店记录的信息，了解到这辆车的车主是晋江的郭过草。当地派出所提供的信息显示，此人20多岁，现因贩卖毒品被羁押于晋江市看守所。他们迅速赶赴晋江市看守所。面对有力证据，肇事驾驶人郭过草不得不向民警承认了自己肇事逃逸的事实。原来，郭过草当晚在石狮某酒店与朋友喝酒后，驾车载着在酒店坐台的女朋友离开酒店返回晋江老家，途经子芳路时撞飞了一个行人。他说，当时他发现这个人被撞飞并在空中打个滚，认定此人必死无疑。为逃避责任，他就选择了逃逸，想尽快逃离石狮。在将追赶者赶跑后，就迅速把车开到偏僻处停下，用随车携带的不干胶字码覆盖假牌上的两个6字，以躲避沿途的监控。

"风神"没有让他神起来，反而将他"神"进了监狱，这是他没有想到的。

【林志坚的侦破体会】首先，通过认真细致的勘查，确定车型是侦破交通肇事逃逸案件的重要环节。确定车型的主要依据来自现场的散落物和车辆痕迹。在交通肇事发生的一瞬间，由于驾驶员的本能反应和物体的碰撞，现场可能会留下较清晰的车轮摩擦印痕和漆片、灯罩碎片、保险杠碎片等遗留物。因此，在现场勘查中一定要仔细收集各种印迹和散落物，以便确定车型和侦查范围，为迅速破案提供可靠依据。其次，"科技装备、综合研判"，在侦破交通肇事逃逸案件中发挥着关键作用。随着科学技术的广泛运用，侦查破案当然也离不开各种高科技装备，只有拥有利剑，方能降妖除怪。因此，要为事故处理民警配齐、配强各种破案器材；当有恶性案件、社会影响较大的交通肇事逃逸案件发生时，要让事故处理民警善于综合研判。

关灯夜行

2011年10月18日清晨，天还没亮，南安市石井镇的街道上发生了一起交通事故，一位叫洪美莉的91岁的老人出门进香时被车辆撞倒身亡。警方接警后，迅速赶赴现场，但是这起看似普通的交通事故背后却疑云密布，警方在调查的过程中也一直步履维艰。

据事故目击者称，当时肇事的是一辆载石头的货车，撞人之后肇事车逃逸。办案民警调取了正对准事发地的一个监控探头的视频资料，确定案发时间是清晨5点左右，监控探头清晰地记录了事发时的情况：车辆来来往往，其中有一辆货车在行驶中突然有一次短暂的停顿，之后便关掉大灯，驶出监控范围。因为其他过往车辆的车灯一直闪烁，所以整个视频无法显示出老人被撞的过程，但这辆在事发地关灯行驶的嫌疑货车被纳入了办案民警的视线。

顺着嫌疑货车行驶的方向，警方找到了下一个监控探头。

南安市公安局交警大队事故处理中队民警陈志锋说："这个监控探头显示，当时这辆货车从监控底下经过的时候，监控只照到它的尾部，扩大号码很模糊，根本看不到。该货车经过这个路段的时间大约是5点5分，此时刚好有工人在前面不远处装卸石材，可能是肇事者怕被人看到的缘故，就把大灯关掉了。我们查看这个摄像头的录像时，还没有看到它前部的车牌，车就找不到了。"

南安市公安局交警大队事故处理中队中队长吴为纲说："肇事的是一辆蓝色农用车，只能确认车上载的是石头，其他情况就不清楚了。"

事故发生在清晨5点，被撞的这位91岁的老人当时正要横穿马路去进香祈福，不料被经过的货车刚倒就再也没能站起来。她的儿子刚好目睹了老人被撞之后的情况。

死者的儿子说："我是拎着垃圾袋出来倒垃圾的，在返回后听到砰的一声，我拉开窗帘往下看，看到了拐杖。一个驾驶后三轮的人说那辆车要跑了，我说那个人是我的老母亲。我刚要冲过去把肇事司机拽下来，他就开着车跑了。那时路灯刚好熄灭了，我当时慌了神，也没刻意去看车牌。"

吴为纲说："发现有现场目击证人看到这个车以后，他就把灯关了，往乡村里面行驶。"

尽管看不清车牌号码，但是警方已经基本摸清了肇事车的车型和行驶路线，找到肇事车辆应该不难，但是之后的调查难度却超出了民警的预想。

吴为纲说："侦查陷入僵局，没有进展。"

原来，南安市石井镇是石材加工重镇，当地装载石材的货车类型很多，分布也很广，除了运输石板材的大型货车以外，运输碎石子的货车更是类型繁多，这种车辆可以通往任何大大小小的建筑工地，而且对这种车的管理也不规范。过于庞大、分散的目标，给查找肇事嫌疑车带来了很大的困难。

吴为纲说："当地这种车数量非常多，而且基本上没有一辆车挂南安或泉州的牌照，都是外省、外地区的牌照，所以我们对这些车的车辆信息没办法准确掌握，排查的条件也不够成熟。"

在调查中，办案民警还发现，这种运载石子的货车司机，都是白天装车、睡觉，晚上出来跑运输，这样既避开了交通繁忙的高峰期，也避开了交警对超载现象的盘查，这也是在凌晨会有这么多货车行驶的根本原因。

办案民警黄勇生说："搞石子运输的人其实都形成了一个固定的作息习惯，就是白天装货、晚上运输，一天就运载一车到两车。"

从嫌疑货车的行驶方向来看，民警判断应该是开往石井镇溪东村的，这一带开农用货车的人基本都是贵州人。

吴为纲说："这种车型主要是同安、翔安的牌照，这些驾驶员基本上都是贵州的。"

黄勇生说："到这个石窟的车一般有四五十辆，每天白天去装货，半夜11点到次日凌晨四五点再去运输。"

吴为纲说："根据车辆特征、驾驶人特征、运输特征，我们侦查的范围慢慢在缩小。"

就这样，警方一辆车一辆车地排查，终于发现了一个叫胡进程的贵州籍货车司机。

吴为纲说："他有一辆特征跟我们要排查的车极为相似的车，装载的货物和行驶的路线也基本符合我们的排查要求，但是在10月18日发生事故以后，就再没有见过这个车和人。"

这个异常现象引起了办案民警的重视，一组人马立即赶往贵州，追查胡进程的行踪。但是在胡进程的家乡，办案民警得到的消息是：这个人2011年年底的确回到贵州，但是今年年初又离开了，至于去了哪里，家人并不清楚。

吴为纲说："我们起码可以确认，就在他失踪的这段时间，他应该还在开车，并且是在贵州开车。"

针对胡进程的这个职业特点，警方分析，他很有可能再次潜回南安，甚至回到原来的工作地点。明确了这一点之后，警方开展了大量的暗访工作。果然，各种信息反馈表明，胡进程在2012年年初就已经回到南安石井。

黄勇生说："犯罪嫌疑人其实还在搞运输，每天晚上9点以后到次日凌晨三四点出车，活动路段就在石井到厦门马巷工地一带。"

好不容易确定了胡进程的位置，警方却又了解到一条对侦破工作不利的消息，即胡进程的货车已经转手卖给了他人。这样一来，要从货车上取证进行痕迹比对就相当困难了，必须取得胡进程的口供，这一点非常重要。那么，要怎样让他开口呢？警方想到了一个办法。

吴为纲说："我们在厦门翔安交警大队的配合下，找到了这个驾驶人。"

黄勇生说："犯罪嫌疑人心里没有戒备，我们就说你昨天涉嫌交通事故，请到单位去配合一下。"

2012年10月27日，胡进程如约来到翔安交警大队，可令他没有想到的是，办案民警让他交代的并不是前一晚发生的事情，而是一年前的那起交通事故，他的心理防线彻底崩溃了。

肇事者胡进程说："当时我在主路上走，听见车子响了一声，而且车抖了一下，当时我把车停下，以为是车坏了，然后又走一下，又抖了一下，就知道后面轧人了，不知道当时是怎么想的，就把车开走了。"

黄勇生说："有没有看一下伤者？"

胡进程说："看了，知道没法挽救了。"

随着胡进程的落网，警方顺藤摸瓜，找到了他几经转手的肇事车。胡进程交代，事故发生后，自己逃逸的这一路上都小心谨慎，看到路边有人，就关灯行驶，所以自认为跑得神不知鬼不觉，没想到，警察还是一路追踪，找到了自己。

事后，办案民警了解到，事发后，胡进程跑回老家又很快回到南安的原因，一方面是存有侥幸心理，认为警方已经不会再找他了；另一方面是他家里有三个孩子，妻子体弱多病，他不得不尽快工作养家糊口。面对自己因为肇事逃逸要接受的惩处，胡进程后悔了，事实上，他的货车是有保险的，如果事发后他在现场积极救助、报警、保护现场、及时赔偿，应该会得到妥善的处置，起码性质不会像今天这么严重。这一案件再次提醒司机朋友，遇到交通事故一定不要逃逸，要保持冷静，报警求救。

【吴为纲、黄勇生的侦破体会】在案件侦破的过程中，有目击者称，是一辆载石头的货车撞人后逃逸。民警在调取监控资料时发现，有一辆货车在行驶中突然停顿，关掉大灯，驶出监控范围，没能看到车牌。因为石井镇是石材加工重镇，运输石材的货车类型多、分布广，管理也不规范，这给民警查找肇事嫌疑车带来了很大困难。经过对车辆的一一排查，发现一个叫胡进程的贵州籍货车司机人车同时失踪。种种迹象表明，犯罪嫌疑人是胡进程。民警赶往贵州，追查胡进程的行踪，但是其家人不清楚他的行踪。经多方信息反馈表明，胡进程在2012年年初就已经回到南安石井，民警通过厦门翔安交警大队的配合将胡进程"请"到大队，让他交代一年前南安石井镇的交通肇事案。面对证据，胡进程最后交代了一年前交通肇事逃逸的事实。

撞死好邻居

侦破交通肇事案其实是个复杂的系统过程，不管漏掉了哪个环节整个案件都串不起来。而这种案件往往留给侦查人员可资破案的物证并不多。肇事者之所以敢于选择逃逸，主要是法律意识淡薄和心存侥幸，认为如果环境有利于逃逸，则能逃就逃，天黑乎乎的，伸手不见五指，没人没车经过，如果不逃那就是天下最大的大傻瓜。逃逸谜案就此埋下。这就需要办案民警对现场进行仔细勘查，不放过任何蛛丝马迹，要坚持不懈地追踪到底。

2011 年 10 月 25 日 21 时许，省道 206 线安溪县龙门镇寮山村桥头路段发生一起汽车碰撞二轮摩托车的重大交通事故，摩托车驾驶员受伤，乘员当场死亡，肇事车辆驾驶员驾车逃逸。接报后，安溪县公安局交警大队陈志锋教导员立即带领事故处理中队、官桥中队值班人员赶赴现场勘查取证。经初步勘查，现场没有任何的刹车痕迹和车辆碰撞散落物，因是阴雨天气且夜间没有路灯。唯一的一名目击者称，他是看管工地的，事发前他站在后堀桥路左外溪旁，所处位置距离现场三十米左右，在他听到桥面上有碰撞声音后抬头向桥的方向看时，见到一辆有栏板的拉钢筋的货车往官桥方向行驶，接着他来到公路上发现一辆警车经过现场并停车处置，他就把情况向在场民警说了。

在安溪铭选医院里，摩托车驾驶员施泽认经抢救后醒了，他被诊断为左脚骨折、头部受伤。经了解，他说他当时驾驶摩托车载其妻行驶在路右慢车道偏快车道的位置，至后堀桥时听到后面有货车驶来的声音，在声音临近时突然感觉到后座的妻子陈淑梅给他一个很大的推力，接着摩托车马上向左侧倾斜，他则向右侧倒地，当时对面没有来车。

办案民警林泉华说，如果此话当真，就可以证实事发时施泽认所驾摩托车是被后面驶来的车辆所碰撞。

据此，警方"纸上谈兵"，推演出以下情形：施泽认驾驶摩托车载着妻子由龙门金狮村往榜寨村方向行驶，当晚天下着雨，二人合穿一件雨衣，当摩托车行驶至事故地点时，刚好有汽车行至事故路段超越前方施泽认驾驶的摩托车，在超越过程中过于靠近前车，当驾驶室与摩托车平行时，致使周围产生较大的风力使雨衣飘忽摇摆，进而致汽车的某个部位钩住雨衣尾部，雨衣被挂住后摩托车就会向左侧倾斜倒地，并把摩托车后座乘员卷入车底，致使其头部被货车右后轮碾轧。从尸检的情况分析，死者左背部有一处 1.0cm×0.5cm 的挫裂创，应是摩托车向左侧倾斜时，死者后背部与货车车厢右前部某管状物相撞所形成。而施泽认在摩托车向左侧倾斜时，被货车驾驶室及右前轮阻挡没有被卷入车底，只导致其左腿骨折，逃过一劫。

假设推断正确，但如果找不到肇事车辆，则一切归零。更糟糕的是，在事故现场勘查处理后，当事人家属认为事故现场没有什么线索，案件难以侦破，如果不给交警部门施加压力，可能就无法获得赔偿。因此，当事人家属情绪非常激动，拒绝将尸体移离现场。鉴于情况特殊，专案组连夜召开紧急案情分析会。会上，陈志锋教导员通报了现场掌握的案件线索及侦查思路。经分析，陈志锋认为此案案情复杂，且当事人家属拒绝将尸体移离现场，这既分散了专案组的精力，又给专案组增加了压力。因此，专案组成员思想上要高度重视，要加强与死者家属的沟通，将思想工作做深做细；要学习晋江刑警的"背包"精神，案件不破决不收兵。同时，安溪县公安局吴芳生副局长对案件侦破工作作了详细部署：专案组成员要于10月26日早上全部入驻官桥交警中队，分为三个小组，一组由事故处理中队中队长林少斌带队，在事故现场周边的村落寻找其他目击证人；一组由事故处理中队副中队长林泉华带队，调取公路沿途各监控点的录像，排查安装有栏板的嫌疑车辆；一组由机动中队中队长陈贵生带队，排查事故路段附近的施工单位中所有安装栏板的嫌疑车辆。

县公安局领导高度重视，时任安溪县公安局局长的陈健作出重要指示，要以"命案必破"的工作态度，加大侦查力度，尽早将肇事者绳之以法。10月27日上午，吴芳生副局长带领陈志锋等人到龙门派出所召开案情分析会，要求龙门派出所利用熟悉当地社情、民情的有利条件，协助做好死者家属的思想工作和案件侦破工作。

经过夜以继日的排查走访，一个星期来，专案组走遍了肇事路段周边的十多个村庄，登记了数十个施工单位，走访了数百个家庭、店铺，勘查了几百辆车辆，虽然收效甚微，但也有让人惊喜的收获。根据目击者提供的线索及走访排查掌握的情况，专案组将肇事嫌疑车辆范围缩小至寮山村和美卿村。专案组立即对这两个村庄进行地毯式搜索，挨家挨户详细了解、深入排查两村的嫌疑车辆。

"排查之后还是没有什么线索，大家的心都有点凉了。情绪也没有先前那么高了。大家大眼瞪小眼，火气直线上升。不是摇头唉声叹气，就是冲着天空骂街。也难怪，眼看七八天过去了，案件毫无进展，能不急吗？可急归急，案件还是要查下去的。于是，我们重新回到查看监控录像的节点上。"林泉华说。

经再次对寮山信用社的监控视频进行复查发现，在闽05-30××5货车与一辆摩托车于21时47分48秒同时经过之后，21时48分18秒有一辆轻型货车经过，21时48分26秒有一辆黑色小车经过，21时49分12秒有一辆白色小车超越一辆黑色小车，21时49分27秒有一辆牵引车经过，车牌号码为闽D27××7，驾驶员叫陈团结，他说经过后堀桥时发现事故已发生。而在闽05-30××5货车肇事前经过后堀桥的三辆拉沙子的红色重型货车的驾驶员称均未发现有事故发生，前面的是卢扇影驾驶的皖M66××9，中间是叶达驾驶的皖C09××7，最后是张晨驾驶的皖M73××0。由此可以断定系闽05-30××5货车肇事。经进一步查证，闽05-30××5货车与一辆摩托车经过寮山信用社的监控时，摩托车在闽05-30××5货车右转弯时行驶在其前方，且路口至肇事地点只有100米的距离，这让大家十分高兴，再查美佳监控点，又有一个惊人的发现，现场至龙桥开发区八马茶业路口的距离为700米，开发区路口至闽华电池厂的距离为1200米，闽05-30××5货车行至闽华电池厂工地须途经开发区美佳监控点，闽05-30××5货车肇事后往闽华电池厂方向行驶途中于21时50分5秒经过美佳监控点，返回时于22时2分54秒经过该监控点，由此可以证实，该车肇事后是往闽华电池方向行驶的。

嫌疑车辆闽05-30××5农用车终于浮出水面。

专案组立即将该车及驾驶员陈和凭带回大队。因肇事现场遗留的证据有限，驾驶员陈和凭一直心存侥幸，拒不交代肇事经过。

"问他车上的剐擦痕迹是怎么回事，他说购车时该车即已有损伤，百般狡辩。"林泉华说，"因涉案车辆肇事后逃逸，过了十来天才查获，且查获前该车又多次驾驶，加上天气的原因，故无法鉴定剐痕的新旧程度。我们暂时也拿他没办法。"

陈健局长对此案高度重视，亲自到场指导讯问工作。在办案人员的不懈攻心下，陈和凭终于承认肇事事实，并交代了肇事的过程。他说，肇事后他曾开车到修车厂修理过离合器，因为肇事后他发现离合器坏了，不修理不行。他低下头有点愧疚地说："其实那个被我撞死的人是我的好邻居，我当时不但不停车报警抢救，还驾车逃逸，并千方百计地隐瞒真相，将车开到离家不远处的一个废弃沙场藏起来，如今想来真是太不应该了。我混蛋，我不是人！"

已领刑四年半的陈和凭，当初这着棋走得不够地道，太阴险、太狡猾了。

林泉华说："侦破这起案件靠的是一份责任心、一种坚持不懈的努力。试想，如果我们当时没有找到"躲"在拐角处的信用社的监控录像，要想侦破这起案件就有点悬了。因为报案人说的是一辆拉钢筋的有栏板的货车，这跟破案后的载沙农用车截然不同。"说完他呵呵一笑。

【林泉华的侦破体会】履行"出警快、勘查细、排查广"的工作要求，及时判明案情，确定侦查方向，为案件的侦破赢得先机；拥有一个敢打敢拼的战斗团队。这是侦破此案的两个关键因素。一旦发生交通肇事逃逸案件，大队都在第一时间抽调骨干民警成立专案组，明确职责分工，做到查前有布置，查后有分析总结，不断修正侦破方向。此案在肇事现场没有遗留肇事车辆任何碎片、痕迹的情况下，综合目击者提供的车型信息、受害者的伤痕、周边的监控、道路环境及天气因素进行了分析推断，逐步缩小了侦查范围，最终锁定了肇事车辆，同时做深做细了证据审查工作。交通肇事逃逸案件的侦破，最终取决于所取得的证据是否能够形成完整的证据链。本案犯罪嫌疑人陈和凭被抓获后，一直心存侥幸，拒不交代肇事经过。专案组成员在原有证据的基础上，逐个分析证据的真实性及相互间的关联性，通过查缺补漏，最终在现场勘查、调查取证、检验鉴定等方面形成了完整的证据链。最终，在一系列证据面前，陈和凭不得不低头认罪。

捉住"眼镜蛇"

交通肇事逃逸案不等同于凶杀案，凶杀案现场虽比逃逸案现场更可怕，侦破难度或许更大，但至少可以围绕"情杀、仇杀、财杀"先期展开侦查。而交通肇事逃逸案却少了这"三杀"要义，有的只是一个血肉模糊、惨不忍睹的现场和一些让人一时摸不着边际的肇事车辆散落物，可资破案的线索少之又少。我们这样说并不是想拔高交警的侦查能力，而是说交警同样需要像刑警那样破案，干的也是刑警的"营生"；侦破的案件同样离奇，同样令人拍案叫绝。利用现场遗留的一副眼镜破案，这故事你听说过吗？肯定没有，那就让我们来慢慢地说给你听。

2011年12月2日凌晨1时许，安溪县公安局指挥中心接到报警称：在安溪县城厢镇曾坑收费站往南安方向300米路段，有一辆摩托车碰撞了一位老人，人受伤了。接到报警后，交警大队值班民警吴桂贤、谢志春立即赶赴现场进行处置。到达现场后，民警发现在曾坑收费站往南安方向约300米处倒着一位老人，经医护人员检查，老人已经死亡。据查，这位家住城厢镇南英村的老人，名叫刘属斌。办案民警立即对现场进行认真的勘查，发现路面遗留有一个摩托车的后视镜和两小块塑料碎片、一把摩托车锁、一块带有皮带轮的配件、一副近视眼镜及一块手表。

案情重大，交警大队立即启动重大交通事故逃逸侦破工作预案，以陈志锋教导员为组长、林少斌中队长为副组长、相关岗位人员为成员的侦破专案组迅速成立。专案组通过对案情进行分析，理清侦破思路，对案件侦破工作作了全面部署。根据现场物证和对现场周边群众的走访，专案组初步确定肇事者所驾驶的机动车为女式二轮摩托车，后载一名男子，驾驶员为男性，肇事后可能往南安方向逃逸。根据这些信息，专案组兵分三路，一组由事故处理中队副中队长吴桂贤带队，对12月1日22时至12月2日2

时之间经过罗内桥头、曾坑收费站、玉田村的多处监控点的车辆信息和各村的诊所进行逐一排查，沿途张贴协查通报；一组由副中队长林泉华带队，以现场遗留的带有皮带轮的配件为线索走访了南安仑苍的几家配件加工点，经过比对确认，该配件系加工水暖的双轴台钻的配件，并对南英村、罗内村、墩坂村、玉田村的水暖加工点进行排查；一组由事故中队民警刘顺忠带队，走访县城周边摩托车配件店、维修店。但三组人马跑了老半天都一无所获，案件再次摆到案情分析会上。就像电影里安排好了的情节一样，一切都有了一个爆发点，这"点"要从办案民警刘顺忠这个"人物"说起。刘顺忠当时发现桌面上有一副眼镜，便顺手拿起来把玩，并且将它戴上。这一戴不打紧，却戴得他眼花缭乱，天旋地转，特别是左眼，更是让他晕眩。眩晕过后，却让他找到了破案的密码。他说他以前戴过300度的近视眼镜，感觉这眼镜镜片很厚，度数很深，再看镜面是新的，镜框却是旧的。这就给他传达了一个强烈的信号：这副眼镜有戏！说白了，按照市场规则，配镜片要登记，以便于售后服务。这事刘顺忠经历过，用不着谁教，他自己就能轻车熟路，按图索骥。会后，他将自己的这个新发现向领导作了汇报，得到了领导的全力支持。在常人眼里，一副眼镜根本不是破案的焦点，但经他这么一说，大家都觉得有道理，似乎看到了破案的希望。

　　安溪县城虽然不大，但患近视和远视的人似乎特别多，竟然有十多家豪华的眼镜店供这些"眼镜人"选购。刘顺忠带着这副眼镜走进宝岛眼镜店，与店里的导购员一阵寒暄之后，就直奔主题。经过验光，导购员告诉刘顺忠说："这副眼镜非常特别，左眼近视加散光，其近视度数为350，散光度数则高达450；右眼虽近视300度，但没有散光。"经过了解，刘顺忠得到这样一个信息：在安溪，如果想要配换一副400度以上的散光镜片，是需要定做的，且要一个星期的时间才能做好，同时还要求客户留下电话号码、姓名及地址。这位导购员还告诉刘顺忠，这副眼镜的镜片是新的，而镜框却是旧的，价值较高，要四五百块以上。刘顺忠仔细端详这副眼镜，发现这副眼镜的标志已经被磨光了，不能判断出是哪家卖出的镜框。更糟糕的是，导购员说这种镜框早已退出市场。这让刘顺忠的心直往下沉，不过这位老民警很快调整了思路："盯住镜片，一查到底。决不能让这个'眼镜蛇'从我的眼皮底下溜走。"刘顺忠满怀希望，顾不得寒冷，也顾不上吃饭，揣着那副眼镜一家店一家店地咨询。嘴皮磨破了，腿脚走酸了，也顾不上喘口气、喝口茶，希望在一次次渺渺茫茫中沉浮。皇天不负有心人，经过两天的走访排查，案件取得了重大突破。专案组从某眼镜店发现了涉案眼镜的配制信息。经进一步核实，该眼镜系苏水页所配制，并留有手机号码。至此，肇事嫌疑人逐渐浮出水面，自案发时间开始仅过去两天。

通过公安综合信息平台查询及手机机主查询，得知苏水页系三明市人，现暂住在安溪县城厢镇玉田村后溪云福水暖配件加工厂，经到该水暖配件加工厂核实，苏水页确是该厂的工人，但在12月2日以后就没有再来上班。专案组经多方打听才与苏水页的妻子取得联系，并向她讲明政策法规，阐述利害关系，劝其规劝丈夫自首。在强大的政策攻心下，苏水页于12月5日上午到交警大队投案自首。经审讯，苏水页供述了事发经过，他说，12月1日晚，他驾驶一辆无牌证二轮摩托车载王尽力到仑苍镇大宇村找朋友喝酒，至12月2日零时许，由王尽力驾驶那辆二轮摩托车载他从大宇村往安溪方向行驶，行至曾坑路段撞倒一位老人。肇事后，两人慌忙驾车逃逸。"眼镜蛇"被捉住，真正的肇事者王尽力迫于警方的压力，于12月5日打电话报警称要投案自首，但却迟迟没来。12月7日凌晨4时许，专案组根据群众举报的线索，联合凤城派出所在凤城镇美寮巷17号出租房内将王尽力成功抓获。王尽力，男，28岁，南安市仑苍镇人。

【刘顺忠的侦破体会】对现场进行仔细勘查，不要遗漏现场遗留的一丝痕迹。记得一位老师说过，对于逃逸案件的现场要做一个清洁工，把现场所遗留的东西都收集回来。这起案件的突破口就是现场遗留的一副眼镜。对证据的研究，要从实践中来到实践中去。因为我也使用眼镜，对眼镜有一点认识，在对眼镜这个物证进行走访时，发现这副眼镜着实有着丰富的信息：散光度数高达450，这就需要订制，订制的话就要留下眼镜主人的身份信息。在安溪县城，眼镜店有四五十家，在进行走访时，要认真、仔细地进行登记和核对。只要漏掉一家眼镜店和一份记录，案件就难以查破。这就需要民警要有一份责任心和一丝不苟的工作态度。

一串钥匙

  2011 年 12 月 2 日凌晨 6 时许，鲤城交警大队接到报警称：江滨南路田中旱闸附近，有两位老人被一辆面包车撞倒在地，已经死亡，面包车逃离事故现场。办案民警驱车赶赴现场，进行调查取证。但事故现场除留下肇事车辆的标志、大灯碎片、防雾灯碎片及灰色车漆碎片外，别无他物。民警立即进行现场查访，一位晨练老人（当时与两位死者结伴而行）告诉办案民警，事故发生后，他极力阻拦肇事者驾车逃离。肇事者为尽快摆脱他的纠缠，使了个障眼法，丢给他一串钥匙，而后乘其不备驾车绝尘而去。这串钥匙能说明什么问题呢？侦破工作一时陷入困境。在案件刚刚进入侦查阶段时，本地媒体对此案进行了密集报道，不但给办案民警带来了巨大压力，也引起了各级领导的高度重视及广大市民的普遍关注。

  时任泉州市公安局交警支队支队长洪勇立即带领支队相关业务部门到现场勘查、分析，指导案件的侦破工作，并指示立即成立专案组进行侦破，争取在最短的时间内侦破本案。鲤城交警大队立即成立由时任大队长赖奕定任组长，教导员林怀中、副大队长潘碧山任副组长，蔡建育、朱忠良、李劲松、许诗平、庄亚斌、林芳文任成员的专案组。专案组决定由朱忠良、李劲松两位经验丰富，侦破、判断能力强的民警为本案的主办人。

  在侦查过程中，朱忠良、李劲松带着车辆的碎片到 4S 店进行查询比对，基本确认肇事车辆型号为"6371"、"6376"或"6400"的五菱之光面包车。在支队车管大队的配合下，对上述车型进行查询。查询结果一出来，办案民警倒吸了一口凉气：在泉州地区，共有 15678 辆该型号的面包车。逐一排查并不现实，专案组改变侦破思路，试图从沿途的视频监控录像中寻找线索。但因为案发现场附近路段都没有监控录像，民警只能从外围寻找，这无异于大海捞针。办案民警调看了南安市霞美镇、丰州镇、洪濑镇、鲤城区常泰街道、金龙街道、浮桥街道等地的所有监控录像，并未发现与肇事车辆特征相符的车辆进入监控范围。至此，案件迷雾重重。

4 日晚上，案情终于有了突破性进展。朱忠良、李劲松、林芳文通过对外围治安卡口的三十几万张图片进行排查，发现晋江市七一路出城通道卡口于 2011 年 12 月 2 日 6 时 19 分许，有一辆车身颜色及车辆型号与肇事车辆吻合的车辆经过，且该车车头及前挡风玻璃有明显的碰撞痕迹，与现场遗留的碎片也很吻合。该面包车的车牌被折弯并遮住了三个尾号，但是监控图片的记录信息上却显示了一个"闽 CFH××6"的车牌号码。经查询车辆管理部门，闽 CFH××6 号牌尚未使用。民警再次详细查看该卡口的图片，发现该图片中车辆号牌中的"F"有涂改的嫌疑——用蓝色胶布将字母"E"最下面的一横遮盖住使其变成"F"，故该肇事车辆号牌应为"闽 CEH××6"。经查询，闽 CEH××6 号车辆为小型普通客车，车主为丰泽区人王河。专案组民警经过一番周折后找到王河，并在王河的带领下，到台商投资区找到了闽 CEH××6 小型普通客车。当找到该车时，一盆冷水从办案民警的头上淋了下来：该车并没有碰撞痕迹，闽 CEH××6 号车辆的作案嫌疑被排除了。

腊月的深夜，寒风凛冽。返回大队部时，已经是 5 日凌晨 3 时许。专案组民警都非常疲惫，回宿舍休息，准备早上继续作战。朱忠良却睡不着，一闭上眼睛满脑子都是案情。他干脆回到办公室，坐在办公桌前，仔细回忆着案件经过、侦查方向及思路，并在电脑上重新进行比对排查。重点排查"EH"开头的面包车，经比对共有 68 辆符合条件的车辆，但在查询中依然没有发现有价值的线索。

朱忠良并不灰心，他转动着逆向思维的脑筋，想看看"月亮背后"到底隐藏着什么秘密。他根据该面包车具有的涂改车牌的嫌疑判断，车牌的涂改状态应该是平时就有的，因此他决定改用"FH"进行查询。功夫不负有心人，在查看案发前几天的监控录像时，他发现闽 CFH××7 小型普通客车车牌英文字母"F"下方也有用蓝色胶布涂改过的痕迹，而且前挡风玻璃上所贴的年检标志、悬挂的平安符、车头仪表台上放置的雨伞和纸巾等物与嫌疑车辆的特征完全吻合。但电脑档案中并没有闽 CFH××7 小型普通客车的登记信息，于是朱忠良输入了"闽 CEH××7"的车辆信息，电脑档案显示，该车为 6400 型五菱之光面包车。"就是它了。"朱忠良兴奋地叫了起来，一大早就向大队领导作了汇报。随后，专案组锁定闽 CEH××7 小型普通客车为重大嫌疑车辆，该车车主叫王海山，是四川省平昌县人。一场追捕悄然展开。

专案组迅速根据线索绘制出肇事车辆的行驶轨迹：江滨南路—晋江池店唐厝—晋江新塘街道沙塘社区（该地处于晋江与石狮交界区），并经查询确认犯罪嫌疑人王海山租住在晋江市池店镇唐厝。专案组兵分两路，一路往石狮市进行侦查，查找肇事车辆的下落；一路到晋江市池店镇唐厝村抓捕犯罪嫌疑人王海山。在唐厝的暗访中发现，犯罪嫌疑人王海山已经逃离福建。办案民警随即请来开锁匠打开王海山的出租屋进行搜查，但发现这里已是人去屋空。民警将遗留在事故现场的钥匙与出租屋的门锁比对，发现其中一把钥匙与门锁吻合，王海山的肇事嫌疑基本上可以确定下来了。接下来就是找到王海山和嫌疑车辆，但前往石狮市的那组办案民警反馈，肇事车辆并未出现在石狮市。

为尽快找到肇事车辆，6日晚上，朱忠良、李劲松、蔡建育通过调取鞋都路通往沙塘社区沿途监控后发现，肇事车辆最终消失在晋江沙塘社区。办案民警将侦查重点定在沙塘社区。他们便衣进入沙塘社区暗中调查，几乎走遍了沙塘的每一个角落，甚至连车辆无法到达的地方，他们也不敢漏过。7日凌晨3时许，在走访到沙塘北区6号附近的一家无门牌的出租屋时，办案民警凭借经验判断，该出租屋可能藏匿着嫌疑车辆。朱忠良爬上铁门，不小心惊动了出租屋内的民工，随着"抓小偷"的一声呼喊，他们立即被十几个人给围住了。无奈之下，只得亮明身份，并称是派出所来查户口的，才得以脱身。后经调查，该出租屋租住的都是四川省平昌县籍的外来工。10时许，办案民警又到该出租屋附近进行暗访。而此时，一名叫郑折小的川籍男子对他们格外关注，并暗中跟踪办案民警。朱忠良、李劲松发现情况有异，立即将跟踪人郑折小带到晋江市公安局新塘派出所进行盘问。

经过盘问，郑折小交代，其老乡王海山在12月2日5时许，驾驶闽CEH××7小型普通客车撞死两名老人后驾车逃逸，并将肇事车辆藏匿在郑折小的出租屋内。经密谋，他又带王海山将车辆开到沙塘社区的一家快修店进行维修。事后觉得不妥，于3日早上，又和王海山到快修店，将该车的发动机号、车架号磨掉，并要求快修店对该车进行肢解，以达到"毁尸灭迹"的目的。郑折小交代说，王海山已经逃离福建。

办案民警在蔡鸿华的快修店及新塘街道上郭社区的一废品收购站内，

查找到了肇事的闽 CEH××7 小型普通客车的残骸。同时，得知犯罪嫌疑人王海山可能逃往新疆，投奔其妻子的一个远房亲戚。

在警方强大的压力下，犯罪嫌疑人王海山于 2011 年 12 月 8 日 21 时许，在从吐鲁番开往阿克苏的火车上，向铁路警方投案自首。潘碧山副大队长立即带领朱忠良赶赴新疆，并在 16 日将犯罪嫌疑人王海山押回泉州。犯罪嫌疑人王海山对其交通肇事逃逸的事实供认不讳。

【朱忠良、李劲松的侦破体会】本案系我大队通过图侦破获的第一起交通肇事逃逸案件。民警从治安卡口海量的图片中，比对出肇事车辆的图片。但图片显示车号的嫌疑车辆却被排除了，因为车牌被涂改和折叠了。面对被涂改及折叠掉三位号码的车牌的嫌疑车辆，如何将肇事车辆真实车号还原，是最重要的问题。"人过留名，雁过留声"。犯罪嫌疑人在发生事故之后对车牌进行折叠，但在事故发生之前，应该是没有折叠的。再加上之前已经确定的"闽 CEH××7"，通过反复比对，确定了肇事车辆的真实车牌号。再将现场遗留钥匙与犯罪嫌疑人出租屋的门锁进行比对，最终确定了犯罪嫌疑人。在抓捕犯罪嫌疑人的过程中，及时发现异常情况，控制相关的知情人，并采取相应的措施，给犯罪嫌疑人以极大的精神压力，使犯罪嫌疑人最终在新疆的火车上投案自首，整个案件得以侦破。

哑巴 "说话"

在这起交通肇事逃逸案中，因为受害者是一位聋哑人，无法像正常人一样表达，让事故真相变得更加扑朔迷离。他在现场指认的一名围观者，是不是真正的肇事者呢？这起案件的调查从一开始就疑点密布。

事故发生在 2011 年 12 月 24 日 18 时 40 分，地点是晋江市永和镇巴厝村路段。当办案民警赶到现场的时候，肇事车早就跑了，聋哑人陈管树被撞倒之后，正躺在路边。

有一位工友对警方是这样描述的："我们当时吓得要死，看到他的手断、脚断，后脚跟也撇出去。我们就赶紧打电话给 120。"

晋江市公安局交警大队东石中队民警蔡宜民说："我们赶到现场以后，发现伤者还躺在路外，盆骨、腰部有受伤的痕迹，且双脚被碾轧。受伤部位是撕裂伤，左手手臂骨折，躺在地上，神志还是比较清楚的，浑身上下伤势比较严重。"

尽管陈管树浑身上下都是伤，但当他第一眼看到警察到来的时候，仍打起精神冲着围观他的人群中的一个人，咿咿呀呀地比画着，似乎事故的发生跟这个人有关。

蔡宜民说："伤者虽是聋哑人，但他能意识清楚地指认现场的一个人，意思是说是他撞的。"

可是，从事故现场情况和受害者的伤情判断，很明显是重型机动车肇事撞人的；而被陈管树所指认的那个人骑的却是一辆摩托车，怎么会与事故有关呢？那位围观者也感到很冤枉。

经询问，那位围观者叫田久。田久说："跟我没有什么关系，我正好骑车经过这里，是停下来看热闹的。"

蔡宜民说："我们对这辆摩托车进行了现场勘查，排除了其作案的嫌疑。"

陈管树不是摩托车撞的，可他为什么要指着这个骑摩托车的人不放呢？周围的群众和民警都想不明白。不过出于谨慎，办案民警还是先让田久到案协助调查。

蔡宜民说："他承认，之前曾驾驶一辆叉车途经事发现场。"

这让民警吃了一惊，在事发前田久曾开车途经事发地！看来他并不是一个普通的围观者。民警马上着手对田久展开详细的调查。

蔡宜民说："我们到他所在的工厂查到一辆无牌叉车，当时他说了一个情况，他曾到附近的一个修理店修轮胎、修轮毂，我们就仔细看了工厂里面的数辆叉车，发现这辆叉车有修理过的新痕迹，就把它作为嫌疑车辆予以查封。"

叉车有修理过的痕迹，警方这一调查，田久的作案嫌疑就增大了。而受害者这一边，工友们都一致认为陈管树为人诚实，从不撒谎，他指认田久肯定事出有因。

陈管树的工友说："他跟我交往七八年了，为人很好，哑巴是哑巴，做事情很认真，不叫苦。"

但遗憾的是，陈管树是聋哑人，他虽然指认田久，但他说的是什么却没有人听得懂。而田久这一方，还是对肇事撞人一事予以否认，只承认他只是开车路过肇事路段而已。这让办案民警感到很棘手，怎么办？要从哪里打开案件的突破口呢？

晋江市公安局交警大队东石中队中队长施永定说："我们首先从微量物证入手进行查证，然后为这个聋哑人聘请了一个专业人员进行翻译，尽量还原当时的情况，看看是否能找出对我们有利的破案线索。"

在积极调取监控视频并破解受害者陈述的同时，办案民警开始全力搜索这起肇事案的痕迹物证，力争早日查清这起事故的真相。

蔡宜民说："后来我们到医院提取受害者的外衣，因为右手臂被撞断，衣物附着粉尘。我们把整个衣服提取下来，根据他这个人的身高，在叉车的右前杠发现有一处被抹擦的擦痕。"

那么，叉车上的擦痕，与受害者有关吗？是不是车与人相撞后产生的呢？

蔡宜民说："进一步对叉车进行勘验检查，发现叉车右前杠有一处明显的擦痕，经过比对认为，这一处的高度跟受害者站立的时候右前臂的高度接近，经过测量认定高度为 1.2～1.4 米。"

施永定说："根据福建省物质检验所报告，伤者衣服上左前臂的灰尘跟肇事嫌疑车辆右前部的图像、图谱是相同的，而伤者外套左前臂上的印痕、戳伤痕跟肇事嫌疑车辆右前部的戳伤痕也是相吻合的，就物质元素而言，两者是相同的，证明这辆车就是肇事车。"

痕迹鉴定清楚地表明，田久驾驶的那辆叉车就是肇事元凶！可是这样就能推断出田久就是肇事的驾驶人吗？不能，物证只能指认肇事车辆，至于当时驾车者是谁，还需进一步的证据。

在田久拒不承认肇事的情况下，受害者的陈述就变得非常重要。根据陈管树的意愿，他回到莆田老家的医院进行治疗，为了尽快理清陈管树的陈述，警方专门从莆田特殊教育学校聘请了两位教师担任手语翻译，帮助录制证言。

陈管树的手语翻译说："他 6 点半去买东西吃，一辆叉车过来把他的脚和手、大腿、裆下都撞了，他的手断掉了，脚也断了，被拖着走。驾驶员把车停下来，把他抱起来，放到路旁边，然后就开车走了。他说他认识这个人，所以他一看到他就拼命地叫，就是他，烟拿来拿去，平时是很熟的，是他把他抱到路边的。"

陈管树的陈述非常清楚，田久就是当时的肇车者！他是开车肇事之后再换乘摩托车跑到现场围观的。

蔡宜民说："受害者当时说肇事司机曾下来扶他，这个情节很重要，因为司机下来的时候可能发现受害者伤得比较重怕承担责任，想把事故的责任给推掉。可让他没想到的是，他的这个行为恰好使哑巴记住了他，为他后面被指认提供了前提条件。"

之后，民警对案发当天两名当事人的行踪轨迹的调查，也再次证实了田久开车肇事的事实。

施永定说："我们把受害者从离开住所的时间到发生案件的时间，详细卡到那个点上，通过排查证明嫌疑车辆在那个时间段上也经过肇事现场，通过这几方面的查证，我们确定了嫌疑车辆就是肇事叉车。"

蔡宜民说："经进一步了解作案人，他也不得不承认是他驾驶叉车撞了哑巴以及后面被哑巴指认的事实。"

案件至此水落石出，但是办案民警的工作并没有就此结束。鉴于受害者身有残疾、家境贫寒，遭遇事故之后又失去劳动能力，生活陷入困顿，民警积极做田久服务单位的工作，希望他们能早日履行赔偿义务。经过多次调解，田久的服务单位一次性向陈管树支付了16万元的赔偿金。

特教教师林国章说："真的要感谢交警，从晋江到莆田，你们能帮助当事人解决到这个程度已经非常不容易了，已经非常尽心尽责了，我们作为搞特殊教育的人，真的替他感到高兴，不然我们也觉得这个事情不知道要拖到什么时候。"

特教教师陈春生说："陈管树刚才也说了，他非常高兴，家里也有很多困难，但是能在办案民警的帮助下得到一些赔偿，他心里特别高兴。真的要感谢晋江交警！"

【施永定、蔡宜民的侦破体会】针对涉及生理上和精神上有缺陷的人员的案件，应遵循相关法律规定。《公安机关办理刑事案件程序规定》第11条规定，公安机关办理刑事案件，对不通晓当地通用的语言文字的诉讼参与人，应当为他们翻译。在少数民族聚居或者多民族杂居的地区，应当使用当地通用的语言进行讯问。对外公布的诉讼文书，应当使用当地通用的文字。《公安机关办理行政案件程序规定》第62条规定，询问聋哑人，应当有通晓手语的人提供帮助，并在询问笔录中注明被询问人的聋哑情况以及翻译人员的姓名、住址、工作单位和联系方式。对不通晓当地通用的语言文字的被询问人，应当为其配备翻译人员，并在询问笔录中注明翻译人员的姓名、住址、工作单位和联系方式。细致的现场勘查与对微量物证的提取是打造铁案的基础。本案中对提取的受害者的衣着粉尘与肇事车辆碰撞部位的提取物的鉴定比对是关键证据；注重调查案件发生前后的时空线索，有助于作排除性认定。

守候嫌疑车

侦破交通肇事逃逸案件，有时就像河边垂钓者那样，要想让鱼儿乖乖上钩，就要是静下心来，耐心等待，这就需要一个漫长的过程。晋江交警在侦破一起逃逸案件时，用的就是这个办法。

2012年2月18日6时3分，在县道320线晋江市安平开发区安平别墅路口，一辆车号为闽CDE××7的小型普通客车停在县道由西往东的路上，贵州籍驾驶人吴有上在现场等候处理，客车左后侧的地上躺着一个人，已经当场死亡。经查，死者名叫颜清琴，67岁，晋江市人。

办案民警蔡光瑜说："我们在事故现场询问驾驶人吴有上，他对自己的肇事事实供认不讳，他说这个被撞死的老太太当时是在横穿马路，被他的车撞飞了十多米，他见撞了人，就本能地向右打了一把方向，然后把车停下等候处理。"吴有上讲述完自己的肇事经过之后，又向办案民警反映了一个情况，他说在他肇事后的几秒钟后，又有一辆载石料的农用车从他身边驶过，并且从伤者的身上碾轧而过。他说，别的车辆都绕道而行，唯有这辆车没有绕行，直接从伤者身上开过去，这二次碾轧是造成伤者死亡的直接原因，民警应追究这个驾驶人的责任。办案民警经再次详细勘查发现，死者身上不但有农用车碾轧的车轮印痕，而且头部更是被碾爆，脑浆四溢。办案民警调取安平别墅路口监控录像，发现这辆从南安水头镇往安海镇方向行驶的小型普通客车碰撞横过路口的行人后，行人倒在路中，14秒后被一辆从南安水头镇往安海镇方向行驶的载石料的农用车碾轧。这个监控录像证实吴有上没有说谎。办案民警前往距离现场300米的安平电子卡口调取监控录像，发现肇事时段只有一辆载石料的农用车经过，且根据监控录像分析，该车应该与闽CDE××7小型普通客车、赣D81××1大型客车先后经过安平电子卡口。监控录像显示，农用车车牌已经被腐蚀，仅能分辨出该车车牌上的第一位数字可能是"8",第三位数字可能是"3"。

蔡光瑜说:"我们根据车辆所载的石料及行驶的路线分析,该车可能来自南安市石井镇或水头镇,所载石料有可能是运往安海镇附近的乡镇石材厂。"办案民警随即走访了安海附近乡镇的石材厂,并且查看了石井镇多个卡口的监控录像,走访与查看均没有取得实质性的效果。

蔡光瑜说:"接下来怎么办?我们通过分析认为,嫌疑人可能还没有发现我们已经锁定了他的车,有可能还在这个路段运输石料。我们决定采取蹲坑守候的办法来等待嫌疑车辆的出现,就像垂钓者静静等待鱼儿上钩一样。"2月20日凌晨,在安平守候的办案民警终于发现一辆特征与嫌疑车辆吻合的农用车载着石料往安海行驶。为避免打草惊蛇,办案民警就尾随跟踪该车到南安市石井镇的下房新村。待该车停下后,办案民警发现这辆车牌号为赣F86××3的车辆的特征,与卡口录像里的嫌疑车辆的特征完全吻合,再看驾驶人穿的衣服与录像中驾驶嫌疑车辆的驾驶人所穿衣服没有什么两样。安徽籍驾驶人郭业随即落网。经传讯,郭业面对监控视频,承认了自己驾车碾轧躺在地上的伤者的事实。但他同时又辩称,他当时不知这里已经发生交通事故,开车过去造成碾轧纯属偶然,至于轧过去为什么没有立即停车等候处理,他认为既然人已经被人撞死了,他停车不是多此一举吗?真是强盗逻辑。

【蔡光瑜的侦破体会】侦破逃逸案件不是一蹴而就的,往往要经历许多难关。其中一条就是,虽然获取了部分证据,但是证据模糊,有待确认。在这种情况下采取"外松内紧"的策略往往会取得意想不到的效果。本案中虽然在监控中发现了运载石料的农用车,但只能确认车牌中的两个数字。我们在发现嫌疑车辆后没有马上"动手",而是采取"外松内紧"跟随确认的策略,待时机成熟可以认定时,案件自然会水落石出。

一张报警回执单

　　这起案件能够侦破的关键，是肇事者妻子提供的一张报警回执单。她本想用这张回执单骗过警方的眼睛，没想到却弄巧成拙，被警方从中看出了破绽，把她的丈夫抓进了监狱。

　　2012年3月1日4时5分，晋江市罗山街道后林社区发生一起交通事故，贵州省兴仁县57岁的妇女付金梨被一机动车撞倒身亡。肇事车辆借助黎明前夜幕的掩护逃得无影无踪。

　　晋江市公安局交警大队事故处理中队办案民警许文芳说："经勘查，我们提取了肇事逃逸车辆遗留在现场的五菱之光标志牌和大灯碎片。根据这一线索，我们进行了综合分析，并立即组织办案民警在周边村庄展开侦查。"经分析认为，肇事逃逸车辆能够在这个时间段出现，说明肇事者不是那种开车去某地娱乐的回程人员，开这种车去娱乐场所显得土，会让人嘲笑。晋江人特爱面子，干不出这种"丢人"的事。唯一能够解释得通的理由是，驾驶这种车辆的人应该是起早的屠夫和菜贩。而根据长期观察的结果和积累的经验推断，用这种方式载菜的车辆几乎没有。按照排除法，就只剩下屠夫载肉的可能性最大了。于是，办案民警围绕罗山街道的后林、后洋、沙塘、南塘、杏田、塘市等几个村庄进行排查。晋江这地方每个村庄都设有集中统一的屠宰场所，贩卖猪肉的肉贩基本上都要起早开着五菱车到这些屠宰场批发猪肉，要是来晚了就没有好肉可选择。所以，起早是这些肉贩的最大特色，晨雾里公路上闪耀的尽是"五菱之光"的灯光。

　　许文芳说："晋江市拥有这类车辆9000多辆，其中有很大一部分用于运载猪肉。这么大的数量给我们的排查工作带来一定的困难。我们通过调取泉石路及后林旧路几个监控点的录像，发现3月1日4时2分，有一辆'五菱之光'途经事故现场，该车经新塘、沙塘后，沿县道317线返回，但几个监控点的录像都无法看清其车牌号码。虽然如此，还是让办案民警理清了肇事车辆逃逸的大致方向，即这辆车在肇事后是从后洋往沙塘方向行驶的，后洋有个屠宰场。"但这个屠宰场的老板面对办案民警的询问也是一头雾水。他说，每天到这里批发猪肉的车辆很多，要他提供车辆的车牌号码确实有一定的难度。

许文芳说："到了第七天，我们感觉这起案件侦破的难度越来越大，死者家属也对我们失去了信心，让我们放弃。在这种情况下，我们能放弃吗？肯定不能。我们始终坚信肇事车是在后洋失去踪影的，它在后洋肯定还有我们不知道的秘密。那么，这个秘密是什么呢？后洋屠宰场的几十辆车我们排查过了，没有发现可疑车辆，那么这地方是否还有其他屠宰场存在呢？我们再次走访后洋村，有了一个新的发现，这个村确实有一个非法屠宰场，距离正规的屠宰场不远。走访中，有群众向我们反映，有一个在罗山街道卖肉的，家住梧桐村，这人拥有这种车辆，长期在这个非法屠宰场批发猪肉，听说几天前曾经撞死一个人。"这是一条重要线索，办案民警立即进入梧桐村调查。经查，梧桐村只有一个肉贩，名叫陈晨，32岁。陈晨的嫌疑上升，村干部告诉办案民警，陈晨确实拥有一辆这种类型的车，但是已经被盗。办案民警无功而返，但让这位村干部捎话给陈晨，让他到交警大队事故处理中队把被盗情况说清楚。陈晨没有来，倒是他的妻子风风火火地赶到队里陈述被盗经过。

许文芳说："陈晨的妻子向我们出示了一张罗山派出所的报警回执单。报警时间是2月7日。被盗车辆的车牌号是闽CR6××8，车辆类型是'五菱之光'。"面对报警回执单，办案民警无话可说，但又心有不甘。许文芳说："我们不想就这么轻易地放弃，就到车管所查询陈晨的资料。谁知这一查让我们吓了一跳，奇迹出现了，陈晨的名下还有一辆车，是被盗后不久新购置的。车牌号为闽CCZ××5。"办案民警这下终于明白了，陈晨叫他妻子拿来报警回执单给警方看，是逃避罪责的一个障眼法。陈晨就是交通肇事逃逸者。3月7日上午，陈晨驾驶闽CCZ××5号车到交警大队投案自首。

许文芳说："原来这里面有一个阴谋，我们之前调查的那位村干部是陈晨的亲哥哥，在接受调查时没有对我们说实话，刻意隐瞒了其弟还有一辆车的事实。好险啊，要不是我们多了一个心眼儿，没有相信回执单，这个案件的侦破，可能就没有那么快了。"

【**许文芳的侦破体会**】我们在侦查逃逸案件时，经常会在调查访问中得到很多线索，而梳理出相对重要的线索后，对剩余的线索也要落实，在得到最终的结果后，要么认定，要么排除，不能被假象所迷惑。本案中，对被盗车辆报警单上的车主、车牌、车型的核查就发现了问题。对被调查对象要有一个事先摸底的过程，要向他了解情况，要知道他是否可靠，否则可能会走弯路或者根本找不到方向。

锁定"金三角"

充分利用事发路段周边及沿途卡口的监控录像、依靠高科技手段破案的侦破方式，已被业内人士广泛应用，并且屡试不爽。下面这起案件，不是我们通常采用的"通过监控录像找出肇事车辆"，而是通过监控录像找人，然后以人找人，最终找到了肇事嫌疑人。

2012年4月26日1时许，在安溪县湖头镇新湖街华林商场路段，一辆二轮摩托车撞倒一个行人，驾驶员驾车逃逸，行人经送医抢救无效死亡。

"又是一起重大交通事故逃逸案。案情重大，我们事故处理中队的民警立即赶赴湖头展开案件侦破工作。"办案民警吴桂贤说。

安溪县湖头镇湖头街，不论是白天还是晚上，都是一个相当繁华的地方，车来人往，商贾云集，自古就有"湖头小泉州"之称。要是在上半夜，肇事者肯定无法逃脱，因为那时候人多。无奈，这事故偏偏发生在下半夜空寂无人的街上，这案子破起来就够办案民警折腾一阵子了。

"专案组成员在肇事路段周边寻找目击证人，想获取一鳞半爪的信息，但老天不怜人，算是白搭了老半天。后来，我们查监控，肇事路段前后三公里的区域都纳入了排查范围。"办案民警吴桂贤说，"肇事路段刚好有一个监控点，记录了事发全过程。三个衣着光鲜的男人同骑一辆'豪爵'摩托车，撞上一个正常行走的人。经查，被撞行人是美板村的一个老汉，这老汉有一个习惯，就是半夜去汤头村泡温泉。据说这温泉属硫黄水，能治百病；就是不治百病，也能让人爽身一整天。老人没事，发现有这样一个好地方，何乐而不为呢？"

"监控录像分辨不清那三个男子的相貌特征，怎么办？我们采取了这样一个办法，倒查肇事者'来'的方向。"吴桂贤说，"当时，我们反复观看录像，发现这些人不像是街上的小混混，也不像是上街兜风的时髦小青年，很像是有固定职业的人。湖头这地方，有一个大型的三安钢铁厂，工人成千上万，晚上没事出来喝几杯的人不少，最佳去处就是酒家和KTV，有了这样的一个推理，查起来就比较顺当了。"

湖头有两家较高档的消费场所，一家叫"梦幻星空"，此时正在装修，没有对外营业；另一家叫"金三角"，生意火爆，常常经营到凌晨一两点。专案组成员就到这一家的监控室调取设在停车场、进入娱乐场所楼梯口的监控录像。停车场监控装得太高，夜间光线不足看不清，只得作罢；楼梯口的监控画面较为清晰，画面中出现的三个男人引起了专案组的注意，其中一个戴眼镜的，穿着很讲究，与现场坐在摩托车上的人极为相似，而另一个人的体形与肇事摩托车驾驶人非常接近。

"三个人有戏，锁定'金三角'！"吴桂贤说，"但接下来的事情并不那么好做，最主要的问题是要从哪个地方入手才能找到这些人。湖头镇的常住人口，包括外来员工起码有十多万。要在这些人员中对上号，岂不是大海捞针？"

不过，该走的步骤他们还是一步步地走下去，一步也不敢落下。第一次深入走访，少不了腿勤嘴勤，也少不了腿酸嗓子冒烟儿。但带回的结果是：没人认识这些人。

"不过，我们没有灰心丧气，而是冷静下来，重新调整思路。因为我们目前采取的策略是'以车找人'。当时我就想，能不能换个角度，'以人找人'？"吴桂贤说。他为当时的这种想法感到莫名的兴奋，同时又感到一丝丝莫名的荒唐，这办法能行吗？以前很少试过的。而支撑他自己的这种想法的理据是，既然是在这种高消费场所，就肯定还有同伴，抑或还有异性朋友也未可知。基于这种新的思路，民警们开始重新观看监控录像，发现录像中有三男二女同时走下楼梯。其中，有一个苗条女郎，留着一头飘逸长发，穿一件绿色上衣。通过KTV当值的服务生和现场经理的反复辨认，都说不认识。其中，有一人向警方证实说，这些人以前来这里消费过，但叫什么名字、住哪个村确实不知道，估计是附近的人。眼看肇事嫌疑人就要手到擒来，却这样断了线。

无奈之下，专案组只得重新洗牌，回头再走群众路线。专案组十多人，人手一份监控拷贝、一份视频截图，走村入户，上街进店，一个个地询问，终于有一个叫"蝴蝶帮"的女人认出了那个穿绿色上衣的女子。经户口比对，人头相符。

逃也枉然

　　肇事嫌疑人吴语丰从影像中走入现实，被专案组带走。吴语丰，湖三村人，在某钢铁公司任副班长，月薪4000多元。他说，那晚他喝高了，载着朋友蛇一样地行驶，结果迷迷糊糊地撞上了人，又迷迷糊糊地逃离了现场。

　　都是烧酒惹的祸。这祸，代价不小，丢了工作，赔了十多万元，还得蹲三年牢房。

　　【吴桂贤的侦破体会】"通过监控录像找出肇事者的外貌特征，然后以人找人，最后找到肇事者"。这样的破案办法如何呢？本案就是这样破的。通过事发路段附近的监控录像，我们看到肇事的全过程，也看清楚了肇事者的模样，但在茫茫人海中去找一个人无异于大海捞针。于是，我们只能逆向思维，先找到肇事者出发的起点，通过起点找到与肇事者在一起的人，再以这些人为突破口，找到肇事者。

"夜色酒吧" 的魔影

　　这起案件发生在凌晨，是通过一家酒家的监控录像破的案。

　　2012 年 5 月 9 日 2 时 44 分，安溪县城夜色迷离，人们早已进入了甜美的梦乡。城区建安大道沼涛中学桥头下，在这个时候却发生了一起小轿车撞倒一辆自行车后逃逸的案件。骑自行车的人受伤严重。事故发生后，警方迅速成立专案组，并周密部署追逃工作。

　　现场没有留下什么物件可资破案，连撞击后的丁点碎片都没有，像被水冲洗过似的。而没留下什么"尾巴"，则说明肇事车辆所撞击部位并非要害，四轮还能驱动。办案民警刘顺忠说："专案组通过对现场进行再排查再走访，调取事故现场附近一建筑工地的监控录像观看，影像非常模糊。但据此影像可以初步判断是一辆小轿车经过这里肇事的。"

　　建安大道是一条新开通的出城路，路宽且直。沿途店面不多，安装的监控当然也就少了，但专案组还是先走"监控录像"这步棋。

　　"这步棋走活了，满盘皆活。"刘顺忠说，"按照我们初步掌握的情况，应该由近及远查看。'假日酒店'和'夜色酒吧'就在事故现场附近，我们随即调取了这两家的监控，根据肇事时间排查，发现一辆从'夜色酒吧'停车场出来的银灰色轿车存在较大嫌疑。监控显示，该车在驶出停车场时曾停下来和一辆骑赛车式摩托车的年轻男子打招呼。经'夜色酒吧'工作人员辨认，年轻男子是一位叫'阿四'的常客。9 日晚，专案组成员乔装改扮成顾客到'夜色酒吧'蹲点，但直到 10 日凌晨 1 点多，那个叫'阿四'的男子也没有出现。5 月 10 日早上，专案组打听到'阿四'可能是雅新村一个叫许晓四的男子。于是，专案组立即前往许晓四家中，但许晓四家家门紧锁，无人在家。专案组急于从'阿四'那里得到线索的想法暂时搁浅。

　　正当专案组筹划着如何才能找到"阿四"时，半路上却杀出一个程咬金。这个"程咬金"咬出了这起案件的真相。那么，来者何人？来者姓王，我们暂且叫她王女士。王女士来到交警大队报警称，她的丈夫磨巴刀租来一辆车牌号为闽C3N××9的轿车，借给一个叫谢茶岭的男子。谢茶岭驾驶这辆车在9日凌晨发生事故后逃逸。"我说的全是实话，这就是你们要破的那起案件，我不能眼看着我的丈夫蒙受不白之冤。"王女士说。

这王女士急于来报案，又话里有话，到底是怎么回事呢？原来，王女士与丈夫来自广西，她在娱乐场所上班，丈夫则与虎垱镇文美村的谢茶岭合伙制茶。制茶是个苦差事，干的是半夜的活。这天闲来没事，谢茶岭在县城的朋友"阿四"请他到"夜色酒吧"潇洒走一回，他欣然应允，就约上磨巴刀及好友谢斌牧，开着磨巴刀租来的车进城。在"夜色酒吧"停车场等"阿四"，双方见面后，可能是因为太晚的缘故，没说上几句话就各自散去。

"这个'阿四'，就是我们之前要找的那个。"刘顺忠说，"那么，王女士为什么要来报案呢？那不是自投罗网吗？其实，这王女士见多识广，她知道这案件迟早会破。她说她一方面担心案子破了，丈夫会因包庇罪坐牢，另一方面担心丈夫是外地人，怕被'两谢'合伙咬定他是驾车者，到时候更冤。"

线索明朗之后，专案组立即前往肇事嫌疑人谢茶岭在虎邱镇的家，但谢茶岭的家人称无法和他取得联系。专案组耐心地给谢茶岭的家人做思想工作，希望能早日说服谢茶岭协助调查。谢茶岭迫于强大的压力，于11日12时到交警大队投案自首，并对肇事逃逸的违法事实供认不讳。通过询问和车辆痕迹比对，专案组确定闽C3N××9轿车正是肇事车辆。

据谢茶岭供述，他在肇事逃逸的路上就将车辆交给磨巴刀开，自己下车离去。他说他无证，怕加重处罚，更怕坐牢。磨巴刀此时不仅没有帮助报案，还和谢斌牧一起帮谢茶岭遮挡前后车牌，一路开到谢茶岭的家里，将车用布遮盖住，藏匿起来，企图等风声过后再将车开到县城，还给租赁公司。但人算不如天算，谢茶岭还是栽了，栽在"夜色酒吧"的监控上。

11日晚，伤者经医院抢救无效死亡。

谢茶岭因涉嫌交通肇事被刑拘，磨巴刀、谢斌牧因涉嫌包庇被刑拘。

【刘顺忠的侦破体会】这起案件的侦破，还是老套路。首先调取现场周边的监控录像进行查找，经过连夜查找和仔细比对，最终锁定了嫌疑车辆的出行轨迹。在查找嫌疑车辆轨迹时，发现了一些与嫌疑车辆有关的线索，因而很快就找到了与嫌疑车辆和人员有关联的人，为案件的侦破提供了关键线索。

隔板上的八个格子

2012 年 6 月 9 日 6 时 40 分许，省道 201 线南安市石井镇古山村路段发生一起车祸。现场附近的监控录像清晰地记录了这起交通事故发生的过程，如果仅从相撞的瞬间看，很难分辨出拖拉机和摩托车谁有错在先。可是，变形拖拉机在稍微停顿之后竟然扬长而去，没有任何实施救助的表示。警方事后查明，本事故造成一死一伤，拖拉机肇事后逃逸。

南安市石井镇是石材加工重镇，变形拖拉机有上千辆，而且普遍存在无牌无证的现象。警方该从哪里入手才能找到肇事车辆呢?

办案民警要在这上千辆变形拖拉机中找出肇事逃逸的嫌疑车，难度可想而知。在石井镇只要是涉及石材加工的企业，不管大小，都可能和这类改装车发生业务联系。民警在调查中发现，这类变形拖拉机的用途有两个:一是将开采的方料从山上的石矿运到山下的石料堆场，二是将方料从石料堆场拉到加工企业。而肇事车辆就是将方料从石料堆场拉到加工企业的那一类。

办案民警经过排查、走访周围的一些矿山，发现在事故发生的地段，从事石材运输的大多是外地人，特别是贵州省思南县人居多。民警将信息汇总后重新加以梳理，最后把侦查范围定在现场周边方圆三公里之内。

即使缩小了侦查范围，办案民警面对的拖拉机总数还是很多。如何在众多的变形拖拉机中识别出肇事逃逸车辆呢? 此时，录像中的肇事逃逸车辆车头与车厢之间的隔板上的格子引起了民警的注意。

南安市公安局交警大队事故处理中队中队长吴为纲说:"因为它是私自改装拼装的，没有标准的生产线型，所以每辆车都会有不同的特征。这辆车后面一共有八个格子，上面第一排有三个格子，第二个格子中间有个小洞跟驾驶室相通。"

虽然有上千辆变形拖拉机需要核对，但由于是改装车辆，隔板上面有八个格子的拖拉机肯定不会很多，只要找到这种有八个格子的变形拖拉机，离找到肇事嫌疑人就不远了。思路和方向明确之后，民警就沿着事故地点三公里范围和车辆行进方向仔细寻找嫌疑车辆。

警方在石井镇整个矿区里面进行了很多次的摸排，查扣了很多车辆，但是后面有八个格子的车辆找不到。怎么办？警方后来就沿着车辆逃逸的方向寻找。在华美石材厂二楼监控室，警方在事故发生7分钟之后的监控画面上发现了肇事车辆的踪迹，这个监控画面跟古山拍摄到的画面是一样的。

从事发现场的监控资料来看，事发前的一个多小时内就没有类似的变形拖拉机由此经过，这让办案民警初步排除了肇事车辆是从厦门方向来石井的可能性，而把目光盯在通往田东村的道路上。

南安市公安局交警大队事故处理中队办案民警陈志锋说："这些有路口出入的地方，经过排查，我们初步断定肇事车是从田东村这个路口右转弯往田东村方向行驶的。"

之所以将田东村纳入侦查视野，一个原因是肇事嫌疑车逃逸的方向就通往这个村，另一个原因是当地旧民居里居住了很多从事运输的贵州人。

在田东村，距离某石材厂800米的地方，民警发现了两辆嫌疑车，它们的共同特征就是隔板上面都有八个格子，符合逃逸车辆的特征。

经勘查，这两辆车的车身上都有新鲜痕迹，但是不是在事故现场与车辆碰撞留下的呢？这一点如何确定？能不能从驾驶人身上取得突破呢？

经过了解，这两辆车的车主是贵州人，叫程美。程美已经在事故发生的三天前回到贵州，陪孩子高考。程美在电话那头说："两辆车的驾驶人，一个叫田二，一个叫王新。"

办案民警联系到田二和王新，田二在接到通知之后5分钟就赶到约定地点协助调查。而王新在接到通知之后却迟迟没有来，这个异常现象引起了民警的注意。

这个叫王新的驾驶人把手机关掉，拒绝联系。在这种情况下，办案民警立即从他平时的生活习惯及其身边的关系人入手，查找相关线索。

陈志锋说："我们找到王新的父亲，说他可能去厦门了。"

吴为纲说："王新的父亲向我们反映，他儿子是中国农业大学毕业的，刚到石井镇给他老乡开车。"

这个有着重大嫌疑的肇事司机王新在民警的眼皮底下消失了，而且就此没有了踪影，这让办案民警的侦查工作陷入了困境。

陈志锋说："经过痕迹比对，这辆车就是逃逸车。"

王新是中国农业大学法律系毕业的大学生，具有一定的反侦查意识，该如何把他从茫茫人海中找出来呢？

吴为纲说："我们当时就想，现在很多人使用QQ聊天，他应该也在使用QQ，经了解，发现他平时确实有上网的习惯。"

办案民警在王新经常上网的网吧里找到了他的QQ号，但事故发生后的一段时间，王新的手机和QQ号都没有使用过。

吴为纲说："我们分析这个驾驶人有比较高的文化素质，而且他来石井镇开拼装车之前，一直在北京学习和生活。因此，我们认为，他逃匿的地方应该在北京方向。"

办案民警虽然这么认定，但王新还会继续使用QQ号吗？

转机出现了，经过几个月的沉寂。2012年接近年关的时候，王新的QQ号又开始使用了，网址显示他在江苏南京一带。

一个秘密的行动小组北上江苏南京、常州一带，悄悄接近肇事嫌疑人王新。

南安市公安局交警大队事故处理中队副中队长黄志新说："我们到南京以后通过当地公安局的配合，摸出他在常州一带活动，常州这边通过公安局的摸排，确定他就在一个足浴店上班，而在哪一间足浴店却没办法排查出来。"

尽管离肇事嫌疑人越来越近，但也越发感到这个人不简单，他的反侦查意识非同一般。黄志新说，他上网的手机不打电话，他的通话清单是零，只用来上QQ，他打给老爸的电话都是用其他人的电话或者固定电话，他还有一部备用手机，没有上过QQ。

办案民警用伪装身份与王新聊天，得知他在常州火车站一带活动，但是电话号码和住址都不清楚。也许，王新此时也感觉到了危险的临近，他收拾行囊准备离开。

办案民警就在火车站附近有足浴店的地方蹲守，到下午6点左右，发现他到一家足浴店，这家足浴店的老板是他姐姐，他是来跟他姐姐告别的。就这样，王新被蹲守民警当场抓获。

犯罪嫌疑人王新说："当时那辆摩托车开得很快，那个时候我已经转过去了，但转过去时，突然听到扑通一声，回头一看，摩托车被车撞歪了，我当时想你怎么开这么快？我发现出事了，慌了，虽然踩了刹车，但没停下来，然后开着车就跑到山上去了。"

一个法律系的大学毕业生，无证驾驶无牌变形拖拉机肇事逃逸，令人扼腕叹息。而警方能在监控中排查出车辆上有"八个格子"的特征，并由此锁定嫌疑车，是很值得借鉴的。

【吴为纲、黄志新、陈志锋的侦破体会】肇事现场处于石材加工重镇石井镇，变形的拖拉机有上千辆，而且大部分无证无牌。警方从录像中发现肇事逃逸车辆车头和车厢之间的隔板上有八个格子。由于是改装车辆，隔板上面有八个格子的拖拉机不多，民警沿事故地点和车辆行进方向仔细寻找嫌疑车辆。在华美石材厂的监控上面发现了肇事车辆的踪迹。在田东村，民警发现了两辆嫌疑车，都是隔板上有八个格子的。在确定车主和驾驶人以后，民警通知驾驶人到约定地点协助调查，但王新没来，引起警方的注意。办案民警立即查找相关线索，得知王新是中国农业大学法律系毕业的大学生。在侦查中，经过几番周折，发现肇事嫌疑人逃到江苏，而且反侦查意识非同一般。在江苏的哪个城市呢？如同大海捞针。后来从掌握王新的 QQ 号入手，以伪装身份与王新套近乎，终于套出王新在江苏常州一带务工的信息，后民警立即赶往常州。在常州，民警经过侦查锁定了王新的活动范围，在一家贵州思南县邵家桥镇人经营的足浴城蹲守，终于发现了王新，并将其抓获。在与王新的交谈中，王新说，他已经打算过两天就离开常州了，因为他的直觉告诉他，他已经被民警"盯"上了。

五百米外的瓷砖

黎明之前，夜色浓重。从泉州往福州方向，一辆手扶拖拉机不知什么原因，也不知被什么车辆撞到了国道 324 线 171 公里处的惠安县螺阳镇盘龙路段路右最右侧的车道上，护栏拦住了疯狂撞击而来的拖拉机，同时也非常不幸地被撞弯了一角。手扶拖拉机手被撞飞并重重地摔到路中的车道上，昏迷不醒，后来被接到救助电话的 120 救护车送往医院抢救。这起事故发生在 2012 年 7 月 1 日凌晨 4 时 20 分至 28 分之间。因为 4 时 29 分的时候，惠安县公安局指挥中心 110 报警台才接到了报警电话。

接到出警任务的惠安县公安局交警大队交管股民警王榕民、冯强立即赶往事故现场，并投入紧张的现场勘查工作。内行人一看现场的碰撞痕迹及七零八落的散落物，就知道这是一起典型的逃逸案件。记录在案的现场痕迹是这样的：水泥路面，路面平直，双向共六条机动车道，中心双实线分隔，中心线往两侧依次是快车道、慢车道及最右侧车道；夜间有路灯照明。现场路右第二车道路面上留有一条长 12.65 米的制动拖痕，路右最右侧车道散落着些许沙土，路右第二车道上掉落有一块手扶拖拉机后车厢的栏板，路右最右侧车道上留有一摊血迹、一摊机油。路右护栏上有一片长 9.85 米的剐擦痕迹，车后斗尾部左侧粘附着绿色的漆迹，漆屑距离地高 0.75 米至 0.95 米，车后斗尾部左侧有一处向内弯折的碰撞痕迹，弯折处粘附有红色漆迹，距离地高 0.98 米至 1.08 米，左侧板后边缘多处粘附有红色漆迹。很显然，这辆手扶拖拉机受到如此之强大的撞击，并非一般小型车辆所能做到的。这从拖拉机被撞的部位及高度就能初步判断出：这是大货车之类的车型惹下的祸。但夜色弥漫，车海茫茫，肇事车辆此时此刻会驶往何方呢？一个巨大的问号盘踞在王榕民、冯强的脑海里。

查，一定要查！不管付出多大的努力也要查它个水落石出。办案民警在勘查完现场之后，立即向大队领导报告，大队很快启动侦破交通事故逃逸案预案，副大队长陈文强在很短的时间内便带领一队人马赶到现场，在了解了现场的一些基本情况后，兵分三路开展工作。陈文强是个老交管股长，在侦破交通事故逃逸案方面积累了很多可操作性很强的经验。他说，对付这类案件唯一的办法，就是以快制快，即快速调查走访，快速确定肇事车型，快速锁定嫌疑车辆。一句话，铆足劲攻坚克难。

话虽这么说，可真正进入实际操作阶段，所遇到的种种难题需要一个一个个地去解决。调查走访组首先走访了围观的、早起的和附近的群众，而在这个时间段经过事故现场的人并不多，有附近的居民称，他们只听到现场传来一声很响的撞击声，待他们穿好衣服出来想看个究竟的时候，现场只有这辆拖拉机和一个倒地的伤者，其他的什么也没有。另有一个现场目击者说得比较具体，也比较符合现场情况，他说他当时就在现场附近，背对着肇事现场，当他听到很大的一声响声之后，回过头来时，见有一辆红色的大货车加大油门逃离现场，当问他有没有看到车上载着什么货物的时候，他说当时天还黑着，根本看不清楚。站在一旁的一个目击者补充说，是大货车没错，对于载的什么货物，他很肯定地说是载满沙土的土方车。起初，警方也认为是土方车的可能性比较大，因为现场就留有少量的沙土。

调取监控录像组此时也马不停蹄地奔赴几个卡口进行调查，在距离现场两公里处的霞星卡口，王榕民、冯强他们调取了十几辆在肇事时段经过肇事现场的车辆的监控录像，逐一排查，没有发现可疑线索，但却发现了一辆没有悬挂车牌的大型货车。细心的民警发现，这辆车虽然没有悬挂车牌，但在它的前挡风玻璃的左下角有可以看得见的"赣……62"的字样。这让办案民警兴奋不已。但在认真排查中，一个新的发现又让办案民警的心凉了半截儿。原来，这辆刚刚纳入侦查视线的嫌疑车的车身颜色与目击者提供的不符。这条线索只能暂时搁置。而调查伤者的这一组也断了线索，因为当时伤者辛土金在送到医院抢救时，因伤重不治，于当天下午3时许死亡。警方想从伤者那里得到线索进而打开突破口的希望也落空了。

一条条线索被拎出来，又一条条地被甩出局。这种局面让办案民警很是尴尬。而此时，更让办案民警感到尴尬的是，死者家属带领一大帮人马围住交管股哭丧。那一声声哀号，声声戳痛办案民警的心，也搅得办案民警心烦意乱。副大队长陈文强说，面对死者家属的悲痛心情，最好的安慰就是尽早破案。因此，他多次召集办案民警研讨案情，大家重新梳理了线索，一致认为目前的所有线索都指向卡口看到的那辆车牌为"赣……62"的大货车，但这辆货车又似乎与本案毫无关联，其最大的不关联之处就是卡口录像上的货车颜色与目击者看到的不符。再者说，即使花费大量的人力、物力查到了这辆货车，又能拿出什么强有力的证据来证明就是这辆大货车肇事的呢？大家陷入了苦苦的思索之中。此时，副大队长陈文强忽然想到了一个被大家忽略了的细节，就是在他们离开现场时，曾经发现拖拉机行驶方向上距现场约五百米处的路面上有两箱瓷砖，然后再往前行驶约五百米的中间隔离带缺口处又有两箱瓷砖。这四箱瓷砖会不会与这场不幸的车祸有关呢？陈文强说，这是一个大胆的推测，有没有把握大家心里根本没有底，只是"死马当成活马医"。办案民警王榕民、冯强立即依据这个思路再次深入发现瓷砖的现场进行调查。此时，距离现场五百米处的两箱瓷砖已经被附近的村民捡走了，而隔离带缺口处的那两箱瓷砖虽然没有被人捡走，但在车水马龙的国道324线上，已经被辗得粉碎。还好，当地的村民听说办案民警要寻找那两箱被人捡走的瓷砖，马上就告诉他们是被村民许雅婷捡走了。民警毫不费力地找到了许雅婷，许雅婷非常配合，带领民警到家里取走了那两箱瓷砖。王榕民说，这下子真有如获至宝的感觉，因为那两箱瓷砖的包装盒上印有瓷砖的产地。这家厂商非常好找，就在惠安县黄塘镇接待工业区。厂家一看包装箱，马上认定这两箱瓷砖就是他们厂生产的，但又说他们这几天没有发货。不过他们很快又告诉办案民警，说他们有几个大型经销商，分布在闽南各地，其中最大的经销商在晋江市磁灶镇，那里有一个专门批发瓷砖的市场，叫精工瓷砖批发市场。精工瓷砖批发市场老板说他们最近没有发货，这对抱有很大希望的王榕民来说无疑是当头一棒。这么辛苦地大老远赶来，总不能凭老板一句话就掉头走人。他坐下来赔着笑脸与老板聊天，软磨硬泡，老板终于被他的真诚所感动，最后拿出一份事故当天的出货记录。王榕民一看这份记录清单，既兴奋又后怕，要是当时草率放弃，与这份清单擦肩而过，这起案件或许真的就要成谜了。

陈文强说，我们的民警很快在这里查到了在卡口监控中看到的"赣……62"的真实车牌号是：赣F2××62号。至此，侦破工作走进了"柳暗花明又一村"的春天里。办案民警以五百米外的瓷砖为依据来假设和推定，最后围绕嫌疑车辆继续展开侦破工作，这就打破了常规的围绕事故现场侦查逃逸案件的思路。尽管后来到案的驾驶人一口咬定不是他肇事的，但此时由于民警掌握了足够的证据，他还赖得过去吗？

王榕民在拿到证据之后，就按照大队领导的意见，立即给肇事嫌疑人张长华打电话。2012 年 7 月 3 日 23 时许，张长华在其同事阮承志的陪同下到交警大队专案组接受调查。

张长华真有点武松的胆量，"三问不承认"，摆出一副"死猪不怕开水烫"的架势，任你怎么政策攻心，他就是一句话：我没有肇事。

王榕民问："你的车本来是沿着国道 324 线走的，为什么过了肇事现场之后会突然掉头走高速？"

张长华说："我经过你说的肇事现场时并没有看到有事故发生。我突然想走高速，是因为我发现前面有警灯闪烁，我怕我超载会被警察抓了罚款。怎么？犯法啦？"

王榕民说："没犯法？我再问你，你在掉头前已经掉了几箱瓷砖，你知道吗？"

张长华说："我不知道，知道了我肯定会停下来捡的。"

王榕民说："其实你是知道的，只是你害怕一旦停下来会被从后面追上来的人逮住，你很聪明，怕捡了芝麻丢了西瓜。所以，你选择继续逃跑。在逃跑的过程中你一定还看到了什么。说，你看到什么啦？"

张长华说："这回我看到了你刚才说的事故现场，现场上躺着一个人。"

王榕民问："你在过霞星卡口的时候没有车牌，怎么在通过高速公路出入口的时候又突然有车牌了？"

张长华这下不说话了，以沉默来对抗警方的讯问。

讯问暂时告一段落，7 月 4 日，赣 F2××62 货车由另一个驾驶人开到大队接受勘查，办案民警在驾驶室里不但看到了放在左侧挡风玻璃下的赣 F2××62 车牌，还在驾驶室里找到了一副赣 B59××3 假牌。同时，对该车的车身进行仔细检验，发现这辆车的车厢右侧前端有碰撞后的凹陷痕迹，右前挡泥板也有一块不大起眼的脱漆痕迹。再次讯问张长华，张长华见再也瞒不下去了，只好承认了自己肇事和逃逸的事实。

原来那天晚上，张长华驾驶装满瓷砖的货车从晋江磁灶沿着国道 324 线往福清方向行驶，驶至事故现场时没有看清自己前方正行驶着一辆手扶拖拉机，待他发现临近了，躲避不及地撞上去了，就知道自己闯下大祸了。他见此时该路段前后没有车灯照射过来，就停也没停地趁着夜色驾车逃之夭夭了。在逃的过程中，他害怕有人会驾车追上来，就在一个隔离带的缺口处掉头驶往高速公路。在经过事故现场时，他见到了倒地的伤者，这更加坚定了他继续逃逸的决心。在上高速公路前，他没有忘记隐藏自己的真实车号，就把那副假牌放到了真牌的前面，顺利地上了高速公路，抵达了福清。只是他忘记了"法网恢恢，疏而不漏"这条亘古不变的法理，最终把自己送进了铁网高墙。

【王榕民的侦破体会】首先，侦破案件贵在"快"字。本案发生后，办案人员快速调查走访，快速确定肇事车型，快速锁定嫌疑车辆，只有快，才不致使相关证据灭失，才不致使肇事嫌疑人形成防御体系心理，才能使案件顺利侦破。其次，侦破案件贵在"细"字。细致的侦查工作对破获逃逸案件意义重大。本案中，对于拖拉机尾部的红色漆迹、未悬挂车牌的大货车前挡风玻璃处的半截车牌、事故现场前方的瓷砖、瓷砖批发商的出货单等痕迹、物证，只有通过细致的观察才能发现，对本案的侦破至关重要，不可放弃。本案中，在霞星卡口的监控中始终未见可疑车辆，民警始终未放弃，终于发现了未悬挂车牌的嫌疑车辆；精工瓷砖批发商说没有发货，民警亦未放弃，终于发现了重要的出货单。这些都是侦破本案的关键，只有始终拥有一颗不放弃的心，才能取得良好的效果。归根结底，作为一名人民警察，要有克服困难的勇气和决心，这样才能在侦破案件中立于不败之地。

一对好兄弟

不用说，这起案件也是交通肇事逃逸案。2012年7月13日4时21分，晋江市公安局交警大队接到群众报警称：在途经梅岭中医院门口时看到一辆车撞人后逃逸，人受伤。民警蔡光瑜、王志军立即赶赴现场进行勘查。现场位于泉安路赤西教堂路段，路中躺着一位老年妇女，已当场死亡。经查，死者叫邓小芬，女，57岁，重庆市丰都县人；在现场未发现肇事逃逸车辆遗留的可资破案的任何散落物。

经调查走访，办案民警发现死者邓小芬于4时15分途经竹树下社区的监控区域，根据步行速度测算，到达现场用时大约1分钟，遂确定肇事时间应在4时16分至20分之间。根据现场情况分析，肇事逃逸车辆是沿泉安路由南往北行驶的。办案民警调取现场附近所有的监控录像，结果在晋江市中医院监控录像中发现4时17分有一辆黑色轿车由南往北行驶经过中医院，车牌能分辨出是"闽C22×××"。办案民警在大队交管平台上对7月13日4时至7时在晋江市行驶的车辆抓拍照片进行排查时，发现在江滨南路电子卡口抓拍到一张闽C22××8黑色轿车的相片，该轿车挡风玻璃右下角破裂，车上乘坐两人，具有重大肇事嫌疑。办案民警立即通知闽C22××8轿车车主林锦三到大队配合调查。经询问，林锦三称闽C22××8轿车是他买的，但是一直放在李浩然的宝顺汽车租赁公司出租，林锦三本人并没有参与车辆管理。林锦三带办案人员到陈埭镇宝顺汽车租赁公司，闽C22××8轿车停在宝顺汽车租赁公司门口，办案人员发现该轿车的引擎盖颜色与叶子板的颜色有差异，前挡风玻璃右上角的年检标志及保险标志均用透明胶带粘着，且有重新粘贴的痕迹。通过查阅租车资料得知，该车7月12日至13日的租车人是德化人徐待河。李浩然反映，租车时徐待河是和一个男子一起到车行办理租车手续的，该男子的长相特征与在江滨南路监控抓拍的照片上的闽

C22××8轿车驾驶人相似，两人是陈埭镇横板村永兴批发店的送货工人。

办案民警立即到横板村永兴批发店守候。7月15日12时许，在横板村永兴批发店门口发现和徐待河一起租车的男子驾驶一辆三轮摩托车返回批发店，民警在批发店外将其抓获。经查，该男子名叫林曲文，男，25岁，永春县人。等候了大约20分钟，徐待河返回批发店。办案人员将林曲文和徐待河两人带到交警大队询问。徐待河称，是林曲文叫他去租车行租车的，他一直都没有开过这辆车。林曲文则反过来辩称他没有驾驶证，也不会开车，说他开车撞死人，简直是天方夜谭。两人就这样在队里相互指责，吵得面红耳赤，似乎"理"都站在自己这边。办案人员等他们吵够了，就将在江滨南路监控抓拍到的闽C22××8轿车的相片给林曲文看，在证据面前，林曲文稍微停顿了几秒钟，就又眼珠子一转，辩称肇事时车不是他开的，开车的是一个外地人，他不认识，那个外地人肇事后叫他去修车，所以被监控拍了。

办案民警不理他这一套，继续调取了闽C22××8轿车的GPS数据，发现该车于13日5时许开往永春县，到达永春后，长时间停留在永春三力汽贸城附近，结合林曲文13日晚即到租车行还车的情况，办案民警推测该处即为肇事车的维修场所，于是办案民警带林曲文赶往永春。起初，林曲文百般抵赖，称车辆维修事宜不是他联系的，车也不是他开去维修的，联系修车的是开车的外地人，他只是替人将车开到三力汽贸城附近就下车回家了，也没有去过修理厂，不知道修理厂在哪里。在办案民警的政策攻心下，林曲文迫于无奈才将办案民警带到三力汽贸城附近的一间无名汽车修理厂。办案民警在汽修厂找到闽C22××8轿车换下的那块前挡风玻璃，经勘查发现挡风玻璃右下角破碎，中心处附着有头发，而且该修理厂的工人周镇东、李效闽均指认林曲文就是独自驾驶闽C22××8轿车到汽修厂修车的人，且联系修车人的手机号码亦即林曲文的手机号码。办案民警询问事故发生当晚和林曲文在一起的张鱼和罗起福，两人均承认13日4时许闽C22××8轿车肇事时他们都在闽C22××8轿车上，且一致指认该轿车肇事时的驾驶员为林曲文。在众多证据面前，林曲文才不得不交代其驾车肇事逃逸的犯罪事实。

【王志军、蔡光瑜的侦破体会】监控录像是最客观的证据，尤其是对交通事故而言，不论大小事故，寻找和调取事故现场以及来向去向的监控资料都是调查工作必不可少的组成部分，它不仅可以还原办案需要的事实经过，还可以向受害者家属、肇事者说明具体情况；对于拒不承认肇事事实的犯罪嫌疑人，我们不必急于求成，非要取得口供不可，只要我们使取得的证据形成链条，就不怕肇事者狡辩。本案中，从"发现肇事车辆残缺车牌"、"明确真实车牌以及实际驾驶员照片"、"租车行确认实际驾驶人就是承租人之一"、"肇事车辆 GPS 行车轨迹"到"修车厂工人的指认"等一系列物证、人证已经形成了证据链，为本案的侦破打下了坚实的基础。

被撞落的保险杠

这是一起离奇的交通事故，说它奇就奇在两辆货车一前一后、一左一右，从不同方向撞死同一对夫妻。事故发生在 2012 年 9 月 23 日 5 时 43 分，事故地点在国道 324 线 155km+300m 路段的驿坂溪西村。事发时，惠安县崇武镇占青海、何英黎夫妻两人在路上行走，突然被一辆货车撞倒在地，何英黎当场死亡，占青海被撞飞出十多米倒地受伤，直起腰板坐在地上。此时，另一辆货车途经此地，将这两个人重新碾轧一遍。据停车报警的驾驶人代真信向办案民警自述，他驾驶的这辆闽 C71××2 重型自卸货车，当时是沿国道 324 线由惠安往泉港方向行驶的，当时行驶于该方向路右快车道，到达事故现场时遇到倒地的何英黎、坐立的占青海时采取措施不及，其左后轮碾轧倒地的何英黎的左小腿、左前保险杠及底盘等部位碰撞坐立状态的占青海。代真信说他是冤枉的，这两个人肯定是被前面的车辆首先撞倒的，他到现场时看到的是这两个人已经是一倒一坐在这里，不是出了交通事故，他们肯定不会这样做。他希望警察为他做主，尽快查出肇事者，还他一个公道。

办案民警在现场勘查中发现，现场除了死者的一把锄头外，还有几块非常小的塑料碎片，经在现场与该车比对，不符。这就进一步证实了代真信所陈述的经过属实。难道还有第二辆车肇事？如果这个设问成立，这辆车就是逃逸车辆。办案民警随即循着惠安往泉港方向展开侦查。

泉港交警大队办案民警郭维华说："我们第一次按照这个思路侦查，发现方向搞错了。后来，我们再次调查走访，目击者称，他发现第一辆货车撞人的时候是往惠安方向开的，当时这辆车撞人之后停也没停就直接开走了，那个坐立的人是被这辆货车撞飞到来车方向的。这样看来，我们最初的侦查方向确实不对。"

对于现场的塑料碎片，经货车维修店工作人员辨认，认定是后面的大型货车脚踏板上掉下来的。办案民警立即往惠安方向查找沿途监控，发现有一辆悬挂闽 C80××3 车牌的货车的前保险杠被撞落一角，几乎垂地；左前大灯凹陷进去，引擎盖同样凹陷。因为有了这个明显的特征，办案民警没有花费多少精力，就一路追踪到了晋江，但最终还是没有找到这辆车。

郭维华说："跑得了和尚跑不了庙。我们有了这辆车的车牌号，查起来就比较简单了，经车管信息平台查询得知，该车为泉港华通公铁联运代理有限公司所有，驾驶人是四川籍的李波涛。当时，该公司老板还不知道他的车在泉港摊上了车祸，一时被惊得六神无主。他说他只知道自己的车在晋江龙湖出了单方面事故，没想到这之前在泉港就闯下了大祸，而且一下子就撞死两个，还涉嫌逃逸，这事摊大了。他告诉我们，这个人现在正在晋江接受警方的调查。我们只好到晋江把他抓捕归案。"

李波涛到案后供述，他当时看到有两个人影在路上行走，发现时已经临近，采取措施根本来不及，就这样撞上去了。撞后脑子里也没有停车的意识，就好像失去了理智似的，毫无目的地朝前开。先开到双阳、马甲，后又开到后渚港，按理他当时的目的地是后渚港，但神使鬼差，到了后渚港他并没有把车停下来，而是继续往前开，开到晋江的龙湖，直至撞到路边的绿化带车子开不动了，他才打电话给公司老板。公司老板告诉他要报警，他就报警了。

郭维华说："我们追踪监控的时候，发现这辆车的一个明显的特征就是左前保险杠掉落，之后我们把现场的塑料碎片与该车的左脚踏板进行比对，完全吻合，至此该案告破。"

【郭维华的侦破体会】我们赶赴现场的时候，事故中的两位行人已当场死亡。通过现场勘查并询问有关证人，发现事故现场遗留碎片与停于现场的重型自卸货车不吻合，事故涉及其他已逃离现场的车辆。该案案情重大，经过 28 小时的艰苦奋战，侦破此案。关于侦破体会，首先是领导高度重视。该案发生后，分局、大队领导亲临现场指挥，并迅速启动交通肇事逃逸应急预案，成立事故调查专案组。专案组通过分析案情，理清思路，兵分三路开展案件侦破工作。一路对现场遗留碎片进行鉴定，锁定肇事车辆车型；一路走访附近居民，查找目击证人，寻求相关车辆信息；一路查看肇事路段电子卡口的监控信息，寻找肇事车辆的蛛丝马迹。其次是民警通力合作。

逃也枉然

侦破此案的关键是对肇事车辆类型的确定。由于路面上只遗留了一块碎片，办案民警走访了多个修理厂和配件店，功夫不负有心人，终于在一家修理厂发现一种东风货车车型前装饰板与遗留碎片一致。由于早晨5点多福厦公路车流量非常大，确定车型后，另一组办案民警通过这一信息，查看沿途卡口监控，锁定肇事逃逸车。经与车主联系，得知该车已逃往晋江。专案组立即驱车前往晋江，会同晋江警方将肇事驾驶人抓获。

两条刹车痕

  2012 年 10 月 1 日 5 时许，一位捡破烂的老年妇女被车撞死在石狮市大北环港塘路段，肇事车辆逃逸。接到报警后，石狮市公安局交警大队值班民警陈蛟龙、黄洪波马上赶赴现场。同时，大队迅速启动重大交通逃逸事故应急预案，交警大队林建华大队长到现场组织指挥专案组破案。

  事故现场只有两道清晰的刹车印痕和被碾轧过的一具女尸，没有其他有价值的线索。负责经办此案的民警林志坚说："当时，由于天还没亮，周边没有目击证人，事发路段也没有安装监控，这给案件的侦破带来很大难度。"但是，专案组人员并不气馁，他们从现场留下的两条刹车痕入手展开摸排工作。通过对刹车痕迹的轮距、胎面宽度的研判，锁定肇事车辆为两轴大货车，因为如果是三轴以上的大货车，它刹车后会留下不规则的轨迹。确定车型后，他们就调取沿途监控视频，排查事故发生时段经过的车辆，豫 S47××5 和豫 P67××5 两辆大货车嫌疑较大，这时离事故发生时间已经过去三天了，而通过这两辆车在公安网上的登记电话都无法与之取得联系。再查进入石狮市的卡口，发现豫 P67××5 大货车在很长的一段时间里，只在卡口记录里出现过三次，这说明这辆车很少走石狮这条线。而豫 S47××5 货车倒是石狮的常客。专案组决定先从豫 S47××5 货车入手，根据它在石狮的活动规律及行驶路线设卡拦截。侦查方案确定后，专案组成员顾不上国庆双休日休息，立即兵分两路，连夜在百旺超市灯控路口和汇龙酒店灯控路口设卡排查，终于在 10 月 4 日 23 时许在汇龙酒店灯控路口截住豫 S47××5 大货车。当晚，专案组立即对该车驾驶员及车主进行询问，并对该车进行认真细致的检验，初步排除了其肇事的嫌疑。但也有收获，据驾驶人说，在他们这些外省籍车辆中，平板车大都是运载水泥进入石狮的，而厢式货车一般用来装载蔬菜或食品之类的东西。民警恍然大悟，豫 P67××5 大货车不就是这种类型吗？

经过分析，专案组决定进一步扩大侦查范围，兵分三路，一路去晋江，一路去南安，一路去高速路口，分别调取该车的卡口记录。很快结果汇总出来，事故发生当天该车从晋江安平卡口出入过，且该车在安平卡口出入的次数较多，平均两三天就会通过一次，不过都是在凌晨3点至5点之间，专案组根据之前设卡的经验，决定赶赴安平设卡拦截，可是办案民警连续两个夜晚通宵守候，嫌疑车辆始终没有出现，专案组成员感到筋疲力尽了，但谁也不言放弃。于是，继续扩大搜索范围，奔赴厦门市翔安区调取卡口记录，发现该车在翔安活动频繁。但是，跨地区作战中他们面临的最大的难题就是对路线及监控设置点不熟，而且翔安公安分局的监控系统出现了故障。专案组认为这个监控系统比较重要，就一边协调翔安公安分局争取早日修复监控系统，一边进一步对嫌疑车辆可能出现的地方进行排查。

10月6日早上，翔安公安分局传来好消息，他们的监控系统恢复正常。在翔安公安分局民警的帮助下，专案组根据嫌疑车在卡口记录留下的时间信息，一路跟踪嫌疑车查找其落脚点，在跟踪到同安大桥不远处的一个工地监控时，发现嫌疑车在事故发生后曾在这里经过，专案组成员们的精神为之一振，好戏就要开场了。

确定了嫌疑车的逃逸路线后，专案组在同安公安分局的帮助下，通过对嫌疑车沿途经过的监控点的判断，锁定了嫌疑车的落脚点为同安区某食品工业园。最终，嫌疑车在厦门市某食品厂的一个僻静的角落里被找到了，经现场勘查，在嫌疑车的车底部发现并提取了类似人体组织的物质及血迹。另据了解，嫌疑车车主毛少腾，河南周口人，从10月1日出车回来后就没有再在厂区里出现过。据知情人透露，毛少腾本人没有机动车驾驶证，但该车大部分时间都是他自己驾驶，事故发生那天也是毛少腾本人驾驶的。毛少腾的妹夫刘向反映，毛少腾离开之前对他说过要回老家办理孩子读书的事情，可能是回河南老家了，但毛少腾的父亲和弟弟还在厦门。于是，专案组迅速赶赴毛少腾的父亲及弟弟家，并依法传唤其到石狮交警大队接受询问，通过专案组的耐心劝说，毛少腾的父亲终于将毛少腾的肇事经过讲了出来，并表示要积极与死者家属协商经济赔偿事宜，配合公安机关的工作，争取让毛少腾投案自首。

案情已经逐渐明朗，现在就等嫌疑车底部发现的类似人体组织的物质及血迹的DNA检验结果了。10月11日，福建南方司法鉴定中心的鉴定结论认为，在豫 P67××5 大货车底部提取的类似人体组织的物质及血迹的 DNA 与死者的 DNA 相符，从而确定肇事车为豫 P67××5 大货车。至此，那位苦命的以捡破烂为生的安徽老太太陈宝玉，终于可以含笑九泉了。

【陈蛟龙、黄洪波的侦破体会】"快速反应，抓住第一时间"，是侦破逃逸案的关键因素。交通肇事逃逸案件中，肇事驾驶员通常会在很短的时间内驾车或弃车逃离事故现场。因此，交通肇事逃逸案件发生后，我们只有采取"以快制快"的方法，才能取得侦破案件的主动权。要做到"接警快、出警快、调查快、取证快、反馈快、布控快"，尽早锁定肇事车辆和肇事嫌疑人，防止证据灭失。逃逸案件无法侦破会很容易引起受害者及其家属的不理解，继而引发上访、闹丧等群体性事件，影响交警部门正常的工作和秩序，耗费大量的人力、物力和精力处理善后工作。因此，我们接到逃逸案件的报警后，"高度重视、迅速反应"是关键中的关键。也就是说，要在第一时间迅速组织现有警力，以最快的速度赶到现场，马上组织现场勘查和现场调查，根据现场勘查获取的资料和现场调查获悉的情况、线索，尽快分析确定侦查范围和侦破方向，迅速组织警力展开追踪调查，不给肇事逃逸者以喘息之机，力求在最短的时间内破案。

小金佛

2012年11月1日5时许，在石狮市南环路畔山云海路段，石狮市杆头村林佳醒驾驶的一辆二轮摩托车追尾碰撞一辆小货车，小货车驾驶人下车看到摩托车驾驶人伤势严重，就立即返回车上，驾车逃逸。事故致林佳醒送医抢救无效死亡。

接到指挥中心指令后，石狮市公安局交警大队迅速启动重大交通事故逃逸应急预案，时任事故处理中队中队长邱国泉带领副队长林雄文，以及民警林志坚、刘愿望、陈蛟龙、陈绍伟、罗凯等也赶往现场，组成了领导组、勘查组、走访组、查缉组四个小组，立即展开工作。市公安局邹毅斌副局长，交警大队林建华大队长在第一时间赶到现场指导、组织并指挥专案组破案。

事故路段因道路改造，沿途的视频监控完全陷入瘫痪状态，仅有的两个目击证人对嫌疑车辆特征所作的描述非常模糊，只知道嫌疑车是一辆白色厢式货车，车厢上方遮有帆布，没有看清车牌号码。事故现场仅留下死者所驾驶的两轮摩托车的前面板碎片及肇事小货车的一摊油渍。这给案件的侦破带来很大难度。

林志坚说："根据这些线索，我们大胆勾画出肇事车的基本特征，即一辆白色厢式带帆布的老旧小货车，并初步判断这辆车在肇事后往永宁方向逃逸。"

根据永宁卡口的监控资料，专案组逐一与事故时段前后经过永宁卡口的车辆的车主及驾驶员联系，经工作，更进一步确定了事故发生的准确时间，同时对这一时间段的货运情况有了一定的了解。

林志坚说："这些货车载的都是走私成品油，根据我们掌握的资料，发现与肇事车辆类型相同的车辆就有80多辆。走私老板为逃避公安边防部门的打击，也为避免全军覆没，往往把这些载油货车分成几个批次，每个批次只有四五辆，而且前有小轿车开道，后有三菱吉普车压阵。这起肇事逃逸案就是在载油过程中发生的。"

弄清楚这一点，专案组民警就加大了侦查力度。2012 年 11 月 2 日 2 时至 8 时，他们一方面在事故路段对过往的载油货车展开了大规模的访问，另一方面在事故路段周边三公里范围内调取民用监控录像并详细研究。终于在其中的一个监控视频资料中发现了一辆外部特征、经过时间均吻合的嫌疑车，该车在事故发生后拐入杆头村内，沿着该车的行驶路线，专案组又调阅了杆头村的监控资料，发现了该车在杆头村内绕了一圈后又回到石永线，朝永宁方向行驶，且该车从卡口经过时已经把车牌及帆布全部拆掉。

据此，专案组立即转换了侦查思路。

林志坚说："驾驶人把车牌拆掉只能说明一个问题，即这辆车并非套牌车或假牌车，肯定是一辆手续齐全的车，想到这一点，大家的精神为之一振。"

通过对事故前一个月卡口监控资料的比对，发现这辆嫌疑车曾经悬挂着外省车牌，而近期这辆车在监控中出现时挂的却是本地车牌。

林志坚说："为什么这么确定呢？我们当时把比对重点放在驾驶室的前部，因为很多驾驶人习惯把年检、保险等标志贴在前挡风玻璃上，有些驾驶人还喜欢把装饰挂件、神符、神像放在挡风玻璃下。这辆嫌疑车也是如此，他的车前部放置着一尊小金佛。"

放置小金佛的车辆并不是很普遍，找起来也并不是很困难，主要是要有耐心。

机会终于来了，2012 年 11 月 6 日，一辆车牌号为闽 C95××8 的嫌疑小货车出现在专案组民警的眼前。经比对，这辆放置小金佛的货车，与先前在监控录像中看到的那辆外省车放置小金佛的位置一模一样。

专案组随即对这辆闽 C95××8 小货车的车主进行调查，结果发现该车已经转让，但车主未去车管所办理过户手续，只是与买主草签了转让协议。于是，专案组顺藤摸瓜继续对买主进行调查，令人没想到的是该车总共转让了六次，在第六个买主确定后，他自称自己做车辆中介业务，该车已转让给一个在石狮做废品生意的外地人，但地址及联系方式不详。

当天晚上，经过不懈努力，专案组民警终于查到了这辆小货车。经比对和勘验，发现这辆车的后车厢还附着着摩托车追尾撞击后遗留的漆片和死者的附着物，认定该车就是本案的肇事车辆，案件告破。肇事嫌疑人邱金火落入法网。

有群众打趣道："一尊小金佛助警方破案，这真是佛祖保佑。"

【林志坚的侦破体会】广泛深入地发动和依靠群众，是侦破交通肇事逃逸案的可靠保障。紧密联系群众，依靠群众，是党的基本路线，也是公安工作的基本方针。在侦破交通肇事逃逸案中，深入群众进行详细的调查研究，做好群众的思想工作，发动群众提供破案线索，是最终侦破案件的有力依据和可靠保障。在走访群众过程中，不能只限于现场周围附近的群众，要把面放宽些、线放长些，如对逃逸车辆走向的沿途群众、侦查范围内的群众，都要进行深入细致的走访。这些深入有效的走访调查，往往会使案件的侦破收到一锤定音的效果。

围墙里的"奥路卡"

　　这起案件的侦破，警方并没有投入大量警力去大范围地搜查，而是巧用监控，善于比对，勤于走访，在走访中无意间发现围墙里有一辆头朝墙壁的嫌疑车，从而揭开一起"奥路卡"交通肇事逃逸案之谜。

　　2012 年 11 月 4 日 1 时 14 分，正是人们进入梦乡睡得正酣的时辰。在晋江市和平南路罗山街道缺塘地段，一辆面包车与一辆二轮摩托车发生猛烈碰撞。事故造成重庆市丰都县摩托车驾驶人 39 岁的徐峰当场死亡、乘客邹雾受伤的严重后果。肇事面包车在夜幕的掩护下逃之夭夭。

　　办案民警许文芳说："我们在现场提取到一个肇事车辆散落的前保险杠碎片。正是这个看似不起眼的碎片，为我们后来缩小侦破范围起到了关键性的作用。在现场走访群众的时候，有知情群众向我们提供线索说，肇事车辆是一辆银灰色的微型面包车，该车肇事后快速往缺塘方向逃逸。我们立即调取沿途监控视频，发现在 1 时 14 分这个时间点，有一辆嫌疑面包车途经缺塘社区思明路口，但这辆车没有直接进入社区，而是突然来个右转弯，沿着非机动车道往艾派数码城路口方向逃逸。他的这个举动很显然是想避开沿途的监控。后来，我们经过调取沿途所有监控资料进行分析，发现这辆车是从 SM 广场方向驶来的，肇事后逃往艾派数码城路口方向。"

　　许文芳说："这辆车通过艾派路口后，因为前方路段没有监控，逃逸车辆就此失去踪迹。怎么办？我们本来是把侦查希望寄托在沿途监控视频上的，但这些监控探头不是高清晰的，所拍画面非常模糊，无法确定肇事车的车型。"于是，办案民警就带着保险杠碎片到市场上所有经营微型车的 4S 店和泉州市的各大汽车配件市场进行走访比对。11 月 5 日下午，办案民警在一家经营微型面包车的 4S 店排查到一款"奥路卡"面包车。经与现场碎片进行比对，发现完全吻合。这样，就可以确认肇事逃逸车辆的车型就是

"奥路卡"微型面包车。车型确定之后，办案民警就围绕这辆车在艾派路口突然消失的情况进行仔细的分析和研判，暂时将逃逸车辆的区域锁定在市区的青阳洪宅垵、许厝、象山一带。再针对"奥路卡"车型在车管信息库进行搜索，发现这是一款新产品，市场流通量不大，青阳区域的保有量也很少。在调取该款车所有人登记资料后，针对青阳区域的"奥路卡"微型面包车进行逐一排查。在排查中发现，暂住在青阳象山社区的贵州人王添炳有一辆闽CCZ××9"奥路卡"面包车。但也只是处在怀疑阶段，办案民警并没有确凿的证据认定这辆车就是肇事车。因此，办案民警还是走村入户，对拥有"奥路卡"微型面包车的车主进行见车见人式的访查。11月6日下午，当办案民警到距离肇事现场500米的象山村排查的时候，发现王添炳租住的院子里停放着警方密切关注的那辆闽CCZ××9"奥路卡"面包车，车头朝着院墙墙壁，静静地，好像在等待着办案民警的到来似的。办案民警走近这辆车，发现车前部用纸包着，掀开一看有很明显的受损痕迹。办案民警心中有底了。但无法确认王添炳是否在家，为避免打草惊蛇，做到人车俱获，办案民警悄悄退出院子在附近蹲坑守候。16时许，一名男子驾驶一辆闽C6L××3二轮摩托车离开院子，守候的办案民警发现这个骑车男子与王添炳身份证上的照片极为相似，就立即冲上前去截住这辆摩托车，并将王添炳抓获。经讯问，籍贯贵州省织金县化起镇的34岁的王添炳，对自己交通肇事逃逸的事实供认不讳。

许文芳说："王添炳到案后说，他逃离现场后，一路上心里很害怕，担心警方会很快追上来把他抓走，可到家里一看，整部车辆除前保险杠有破损外，其他没有什么大碍，加上这辆车是新款的'奥路卡'车型，认为警察再有本事，也不会查到他头上。但他的如意算盘还是打错了，最终落入法网。"

【许文芳的侦破体会】把现代化的科技手段和传统的侦查手法有机地结合起来，是行之有效的侦破途径。传统的调查访问、搜索、秘密力量与现代化的图侦、技术侦查要有机结合。本案中，民警通过图侦发现了嫌疑车辆的怪异行为，使得其嫌疑上升；在经过比对明确车辆品牌、型号后，传统的手段又取得了很大成效。

不亮的示廓灯

　　2012 年 12 月 22 日 19 时许，安溪县龙涓乡福都村上都山 58 岁的李妹卿，吃过晚饭后从二儿媳妇的理发店里出来，准备到大儿子家过夜。二儿媳妇的理发店距离大儿子的家有一段距离，需要从后洋街道走过去，再拐几个弯才能到达。李妹卿在街道边慢慢行走，没想到就是这么一个靠着路边行走的老妇人也会招来一场横祸，她在毫无防备的情况下，被一辆从身后飞快驶来的面包车撞倒在地，不省人事。

　　因为是傍晚，街面上有不少走动的各色人等，大家见一辆面包车把一个老妇人撞倒在地，都不约而同地上前围观，七嘴八舌地说，你车子撞人了，应该赶快把受伤的人送往医院救治。驾驶人也很听话，立即把那个倒在地上呻吟的老妇人抱上车，加大油门往龙涓医院驶去。围观的群众望着绝尘而去的面包车驶向医院的方向，就各自散去。

　　再说肇事驾驶人在将伤者送往医院的途中，掏出手机给他的父亲打电话，他的父亲在电话那头说叫他在医院门口等他，他立马就到。肇事者在医院门口等了一会儿，他的父亲骑着摩托车来到了他的跟前。父子两人就站在医院门外商议，商议的结果是，由肇事者的父亲进入医院病房查看是否有空病房。不一会儿，父亲出来了，告诉儿子医院里还真有空病房，儿子说那就赶快把这个老妇人送进去。他的父亲二话没说，抱起老妇人就往医院走去，途中他的头盔掉在地上，他腾不出手来捡掉在地上的头盔，只得继续往医院走去，到了医院里的护士站，他见四周无人，就伸手拿起搁在护士站桌子上的一块纱布，裹住头部，然后才走进他刚才查看好的那间空病房，将老妇人塞进靠门的那张病床底下。做完这一切，他就从医院溜出来，然后和儿子打个招呼，就各自驾着车辆朝着相反的方向离开。

　　22 时左右，护士查房，走到空病房门口的时候，突然听到有痛苦的呻吟声从这间没有病人入住的房间里传出来，刚开始着实让这名护士吓了一大跳，以为这间病房深更半夜闹鬼了，就赶紧把这件稀奇事报告给护士长。护士长胆子大，就和这个护士一同进入病房查看。起初，她们俩往几张病床上看，病床上什么人也没有，后来再循声查找，才发现这声音来自靠门边的那张病床底下。两个护士一看，不禁打了个寒噤，我的妈呀，这个人怎么会在这里，又怎么会浑身上下血糊糊的？她们不敢怠慢，立即将这件怪事报告给院长，院长也不敢做主，立即拨打110。接警的龙涓派出所民警立即赶来医院，见伤者伤情严重，叫医务人员简单包扎后送往安溪县铭选医院抢救。派出所民警介入调查之后，听知情群众反映，19时许，后洋街道发生了一起交通事故，驾驶人已把伤者送往医院抢救。派出所民警似乎明白了，这是一起弃伤者于医院空病房床下的交通肇事逃逸案件。派出所民警就将此案移交给安溪县交警大队。

办案民警苏全田说："我们到达事故现场的时候已经是次日凌晨2时。现场什么也没有，只有一摊被雨水冲刷了的淡红的血迹。我们勘查完现场，紧接着就到医院调取监控资料、访问目击者，以便弄清楚是谁把伤者送进医院的，伤者是谁，家住哪里。伤者家属第二天早上就找到了，但监控视频给我们提供的信息并不多。"医院门诊部外的监控很模糊，只能看到一个戴头盔的男子抱着一个人从医院门外进入医院，快到门诊部的途中，这名男子的头盔掉在地上，男子没有弯腰去捡，径直进入医院。调取护士站里的监控，发现这名男子在护士站逗留并拿起一块纱布裹住头部，然后离开护士站。这就让办案民警产生了一个疑问，如果是面包车肇事，抱伤者的驾驶人肯定不会戴头盔，除非他在事故之前故意放着备用头盔。既然戴头盔的人抱着伤者，那么是骑摩托车的人肇事的可能性更大。经查询报警台，反馈的信息是当晚在龙涓地域没有发生涉及二轮摩托车的交通事故。这就奇怪了。然而，真相只有一个，办案民警结合调查走访情况和监控视频，初步判断肇事车为面包车之类的车型。

龙涓乡地处安溪县西部的偏远山区，距离县城80多公里，与漳州华安县毗邻。这里盛产铁观音，从山上茶园载茶青回来制茶和运载茶叶到安溪、泉州、厦门贩卖的面包车相当多，登记在册的就有100多辆，无牌无证的也有几十辆。办案民警在全乡范围内进村入户寻找这类车型的过程中，有知情群众反映，他那天晚上也在肇事现场围观，记得肇事面包车前面呈牛头状。面包车的种类比较多，车型设计各异，"牛头车"只是其中的一种。那么，为什么叫"牛头车"？据当地群众解释，他们之所以把它叫"牛头车"，是因为这种车型的车头保险杠向前凸出呈牛头状，故而得名。

苏全田说："我们在肇事现场方圆十公里内找了六七天，查了能够查到的所有'牛头车'，还是没有发现肇事车辆。后来，我们再到医院门口查看，发现医院门口通往周边村庄的路有四五条之多，可谓四通八达。望着这么多条路伸向远方，我们的心里又没底了。本来想从肇事车可能逃走的道路寻找突破口，这下也没有指望了。我们挺灰心的，打算撤离龙涓。"办案民警起初认为龙涓辖区不大，用人海战术应该可以拿下这个案件。然而，六七天的工作证明，他们想错了。就在打算撤离龙涓的时候，办案民警在再次查看视频时有了新的发现，这个视频是案发现场附近那个监控点的，民警们已经看了很多遍，都没有发现什么有价值的信息。难道这次的发现真能对案件侦破起到关键性的作用吗？

苏全田说："我们在看这个视频的时候，发现了一辆'牛头车'的示廓灯有一个不亮了，这辆车通过监控时很正常，关键是这辆车在相隔不到10分钟的时间里往返穿梭进入监控，这就很不正常了。"因此，这辆车的嫌疑上升，同时这辆车还另有一个特征，即车门边有两条蓝色装饰条纹。办案民警再次走村入户排查，最后在一户农家院墙外找到了一辆"牛头车"，这辆"牛头车"的车头朝向山壁，屁股露在外面。这家的主人是一对上了年纪的夫妻，问他们这辆车是谁的。他们回答是他们的儿子的。问他们的儿子现在在哪里。男主人说不在家，已经到漳州做生意好长时间了，并问民警找他儿子有什么事。办案民警说找他了解一些情况。男主人听后沉默不语。再问他这辆车的车钥匙在不在家。他说就在他的抽屉里。办案民警接过钥匙，打开车门，把钥匙插入电门孔，奇迹出现了：左后示廓灯不亮。再检查车辆，发现这辆车有"牛头"，且车门边有两条装饰条纹。这与监控视频里看到的三个特征完全相符，就是这辆车了。

到案的李峰塔，37岁，龙涓乡美岭村人。他说他那天晚上开车去后洋街道买摩托车配件，因为和妻子刚离婚不久，心情不太好，在路过前妻店门的时候往里多看了一眼，想看看孩子有没有在店里，谁知这一看就看出了一场车祸，撞上了一个在街边正常行走的老妇人。当时围观的群众比较多，有人叫他把她送医院抢救，他认为这是应该的，就想也没想地把这个老妇人抱上车，然后加大油门往医院驶去。在去往医院的途中，他打了个电话给父亲，告诉父亲他的车撞人了，现在正送往龙涓医院的途中，父亲叫他在医院门口等，马上就过来。之后，进入医院的情况正如民警所知道那样。他等父亲从医院出来后看着父亲顺着来路开着摩托车回家了，自己就驾驶面包车绕道回家，把车放在家里。

三个月后，李妹卿经抢救无效死亡。

【苏全田的侦破体会】李峰塔交通肇事案，是我侦破的交通肇事逃逸中比较成功的一起。该案肇事驾驶员李峰塔在事发地点肇事后，下车查看伤者，且把伤者送往医院，但跟其父亲联系后，却错误地选择了肇事后逃逸，最后害人害己，受到了法律的严惩。侦破该案，我的体会较深。首先，案件侦查过程中要细心，要进行开拓性思维，凭着职业的敏感性去发现某些事件间的关联。接到报警后，经过走访群众，我们分析发现了某些信息间的关联性，很快就确定被送到医院空病房病床下的阿婆，就是当晚被面包车撞倒的伤者。其次，应及时获取现场周围目击者提供的有用信息，通过短时间、大范围的走访，我们又确定肇事车辆是面包车。再次，侦破交通肇事逃逸案，要借助现场周围的视频监控资料，只要仔细分析，一定可以从中获取有价值的线索。该案中，我们思路明确，其中的一点就是通过事发现场周围各道路的监控视频，分析确定肇事车辆，发现其特征，并寻找肇事车肇事前的来车方向及肇事后的逃逸方向，循着肇事车辆的来去方向寻找肇事车。最后，侦破肇事逃逸案件，最重要的是要树立信心，要有责任感，要有挑战精神，要有合作意识，要合理分工，发挥集体的力量和个体的优势。

人影遮挡显示肇事车牌

　　55 岁的惠安县东园镇上林村村上港的吕可善，这天起了个大早，草草吃过早饭后，就骑上自家那辆闽 C8G××1 二轮摩托车，往石狮市方向驶去。吕可善是个建筑工人，他这么早到石狮去是想赶上早班。摩托车的车灯冲破黎明前的夜幕，一路顺风顺水地驶上了晋江大桥东海大街入口与出口之间的路段时，一场灭顶之灾突然降临到他的头上。他连人带车被一辆汽车碾轧而过，当场身亡。发生这场不幸的时间是 2013 年 1 月 20 日 5 时 34 分。

　　丰泽交警大队事故处理中队民警接到报警之后立即赶赴现场。肇事路段为沥青路面，平直，南北走向，南往晋江方向，北往后渚方向，中心护栏隔离，单向路宽 19 米，机动车道两侧设有非机动车道，宽 3.5 米，北往南方向右侧分别为东海大街的入口与出口，路口宽 8 米，夜间无路灯照明。经勘查发现，现场留有一摊血迹、一具尸体、一辆距离血迹 19 米远的二轮摩托车、一条 19 米长的摩托车刮痕、一个陈旧的大货车轮胎外套。

　　办案民警黎学恩说："由于肇事时间是在天快亮的早晨，肇事地段的桥面上行人稀少。报警人是从桥面上经过时发现事故现场的，至于事故是怎么发生的他并不清楚，肇事时间也暂时无法确定。不过，我在还没有看到现场的时候，曾经有一辆货车从我的身边经过，我当时闻到了一股沥青味。"黎学恩说，"我们最初根据现场留下的一个大货车轮胎外套，判断这是一起大货车肇事的逃逸案；再根据现场死者的倒伏状态，推断肇事车可能逃往晋江方向。"为此，办案民警立即调取这座大桥两端的监控视频。这座桥是泉州东海跨越晋江的跨海口大桥，桥长且没有监控探头。所以，如果想得到监控资料就只能从桥的两端去找，甚至要延伸到东海的迎宾旅馆、森林公园路口的监控。收集监控视频资料的结果是有所收获的，办案民警查看了这些监控资料后发现视频图像模糊不清，因此只有静下心来，在模糊不清的画面里依据灯光照射的情况推断肇事车辆的车型：如果是孤灯的，就是摩托车类，排除；如果是双灯的，再根据模糊的车型判断是客车还是货车；如果是货车就登记在册。筛选的结果是有十二辆货车通过肇事路段。办案民警再到事故现场前方的卡口调取视频，发现了这十二辆车的车牌号码。

黎学恩说："我们就采取见人见车的办法，逐一排查。"在排查过程中，有驾驶人说，现场那个轮胎套并不是肇事车辆留下的，因为他在路过这里的时候，没有看到事故现场，倒是看到这里留有两个轮胎外套。他当时就把车停下来，捡了一个放在车上，因为这个套拿到汽车修理店可以卖几十块钱。办案民警依此排除了轮胎外套为肇事车所留的可能性。办案民警在排查中虽然没有排查到肇事车辆，但却了解到一个比较确切的肇事时间。其中，走在前面的闽A26××6号牵引车的驾驶人说没有看到肇事现场，而走在后面的闽D88××3号的牵引车的驾驶人却说经过该路段的时候看到了肇事现场。

黎学恩说："根据看到的和没有看到的车辆监控时间，我们推断出了肇事时间。肇事时间确定之后，却发现肇事车辆没有在通过卡口的十二辆车之内，难道他是从另外的岔路口进入肇事路段的不成？"有了这种想法之后，办案民警就到附近的岔路口寻找监控视频，市政府方向没有，在后渚港方向却有了新的发现，后渚港码头周边有一个建筑工地，到这个工地了解时，门卫说在这个时间段他没有登记来往的车辆，虽然从门卫那里没有了解到什么情况，但办案民警却发现这个大门口有一个监控探头，打开监控视频，起初让办案民警的心凉了半截儿，远远的车灯照射过来后，车牌根本没办法看到。就在这辆车开到大门的时候，门卫出现了，他走到车的前头，从左到右，车灯也在从左到右的人影走动中被遮挡，被遮挡后的车牌就像显影一样，一个字一个字地显现出来。办案民警高兴地拍着大腿说："极有可能就是这辆闽E26××1重型半挂牵引车了。"因为经过又一次的仔细查看，发现这是一辆载沥青的车，联想到报案人的话，这辆车肇事的可能性很大。黎学恩说："话虽这么说，其实我们的心里也没底，只是凭直觉感到这辆车在这个时候出现非常符合肇事的时间特征。"办案民警立即与这辆车的车主联系，发现这辆车在泉港。人车到案后，办案民警在这辆车的左后轮的挡泥板上发现有人血痕迹。经DNA鉴定，与死者的血型相符。据肇事者胡金来供述，他是河南省南阳市人，常年在泉州地区运载沥青。他肇事的这一天早晨是从后渚载沥青前往安溪的。没想到他的左后轮会碾轧到一个骑摩托车的人。办案民警问他为什么逃逸，他迟疑了一会儿说，他认为天还没有亮，桥面上又没有人，就开着车往安溪走了。

黎学恩说："这起案件多亏了那个门卫人影的遮挡，否则，还真不大好破呢！"

【黎学恩的侦破体会】要仔细勘查现场车辆碎片、血痕形态以及肇事车辆在现场留下的轮胎痕迹、碾轧印迹等，这些痕迹物证蕴含大量肇事逃逸车辆的信息，可为侦破肇事逃逸案件提供线索。"1·20"逃逸案件就是根据事故现场遗留的一摊血迹、一具尸体、一辆距离血迹19米远的二轮摩托车、一条19米长的摩托车剐痕以及一个陈旧的大货车轮胎外套等，来初步推断这是一起大货车肇事的逃逸案。同时，再根据现场死者的倒伏状态，推断肇事车逃逸的方向。监控录像是侦破逃逸案件的又一个非常重要的关键因素，它能为再现事故现场情况提供非常重要的证据。这起事故就是在模糊不清的监控视频中逐一排查并最终确定肇事时间及肇事车辆的车型的。通过对现场收集到的死者的血迹与嫌疑车辆上提取的比对样本进行检验鉴定，并将所有证据合并，最后确定肇事车辆并抓获肇事嫌疑人。总而言之，交通肇事逃逸案件的情形虽然多种多样，但存在一定的规律和逻辑，应当在最短的时间内充分利用现场的人和物，收集关键证据，避免错过最佳时机和最容易着手的客观事物。

载肉的三轮车

　　2013 年 1 月 28 日凌晨，石狮市八七路发生一起重大交通事故。一名行人被车辆撞飞，肇事驾驶员不但没有停下车救人，反而逃之夭夭，消失在茫茫夜色之中。

　　接到报警后，石狮市公安局交警大队事故处理中队民警第一时间赶往现场。伤者已经被 120 送到华侨医院去抢救了。因为错过了最佳抢救时间，这起事故中的受害者、一位年已七旬的老妇人不治身亡。事故升级为重大交通肇事逃逸案件。石狮市公安局交警大队迅速成立专案组，展开侦破工作。

　　石狮市公安局交警大队事故处理中队办案民警陈芳南说，报案人当时也没有看到肇事车辆，只是听到声音以后，看到一个人躺在那里，就马上拨打了报警电话。

　　因为事故发生在凌晨，除了报案人，警方没能找到第二个目击者，唯一有价值的线索便是留在案发现场的一个安全帽。陈芳南说："当时我们还以为是肇事车留下的，后来经过查证，是一些好心群众把安全帽放在死者身体前方，用来提醒经过的车辆的。

　　现场唯一的物证，经证实并不是肇事者的，对于这起没有痕迹物证、没有目击者的案件，办案民警该如何侦查下去呢？幸好事故的经过被现场的监控记录了下来。

　　现场监控完整地记录了事故发生的经过，从监控画面中可以看到，行人被撞飞之后，肇事的三轮摩托车驾驶人并没有下车查看伤者伤势，而是加速向前行驶，逃离事故现场，但因为当时天还没亮，从监控画面上根本看不清肇事者以及肇事车辆的细节，专案民警又调取了怡华灯控路口的监控视频，怡华灯控位于八七路与南洋路的交汇路口，但不巧的是，这个灯控路口的监控在几天前就已经出现故障，警方还是无法获取有价值的视频资料。

石狮市公安局交警大队事故处理中队办案民警陈绍伟说："因为那边是十字路口，给我们的侦查带来很大的麻烦。"

在事发路段下一路口没有监控资料的情况下，办案民警根本无法判断肇事车辆会走向哪条路。就在这个时候，案发地附近的群众提供了一个重要信息。

有一个村民说，因为他每天早上都要从那个地段经过，看见出现在那个地段的三轮车是用来载菜或是载猪肉的。

根据目击群众提供的信息，办案民警经调查发现，事故现场不远处就有一个石狮大仑农贸市场。专案民警马上对这个菜市场进行了走访调查。

走访中，办案民警发现运送猪肉的车一般都是凌晨四五点过来，刚好和事故发生的时间相吻合，警方初步认定肇事车辆应该是运载猪肉的三轮摩托车。

由于猪肉商贩并没有和猪肉运送者直接接触，虽然能初步判断这辆肇事车是用来运送猪肉的，但是并不能确定嫌疑车辆和嫌疑人。此时，办案民警不得不再次回到最初的侦查方式，从监控中找寻肇事车辆的去向。可是，面对一个十字路口和出现故障的监控，办案民警究竟该如何判断呢？这时，民警注意到了悦华路口的一家酒店。

陈绍伟说："当时我们队长及时提醒，叫我们去调取酒店路口的监控，然后，我们对酒店监控视频进行分析，发现当时这辆嫌疑车辆到达路口的时候，是比较靠近左转弯车道的。"

这样一来，这辆嫌疑车有可能是往左边南洋路服装城方向行驶的，不过在这条路上，不到200米就又有一个三岔路口，而且没有监控。这一次，嫌疑车又会往哪条路行驶呢？

办案民警截取了对面一家布行的监控画面，因为布行的监控探头是对着南洋路直行方向的，但是没有发现嫌疑车出现过。通过排除法，民警判断嫌疑车辆应该是从南洋路往金汇方向逃离的。果然，在金汇花园小区和一家商店的监控中，办案民警再次看到了嫌疑车的影子。然而，奇怪的是嫌疑车并没有选择大家都会走的灵狮街，而是从金狮路往西环路方向开去，这让办案民警很疑惑。因为这条路虽然直走会通向西环路，但是有一段路是要逆向行驶的。肇事嫌疑人为什么会选择这样一条路呢？应该是在逃避别人的视线，这说明肇事嫌疑人具有一定的反侦查能力。办案民警决定，沿着这条线路继续追查下去，只要能找到肇事车辆，就能找到肇事嫌疑人的藏身之处。果不其然，民警通过这一路的监控，发现肇事嫌疑人开车进了一个叫灵山村的地方。顺着仅有的一条村间小道，办案民警一路寻找，发现这里有一个监控点。

陈绍伟说："当时嫌疑车从底下上来以后，就直接右拐了。"

办案民警在一家居民出租房里看到一辆类似的车，在询问的过程中，办案民警又得到了一条非常重要的信息。村民说，这种车我们这边不多，猪场那边多。

这名男子口中的猪场就是离这个村庄不到两公里的灵秀屠宰场，这也进一步证明了当时民警的猜测是正确的，这辆肇事车就是用来运送猪肉的，而且是从灵秀屠宰场运往大仓农贸市场的途中撞了行人后逃逸到这里的，所以办案民警必须马上赶到灵秀屠宰场，或许在那里就能够找到办案民警想得到的答案。

到了灵秀屠宰场，民警发现，这里的猪肉一般都是送往大仓农贸市场的，而且有许多从事猪肉运送的人都租住在附近的村庄里，不过他们的流动性比较大，难以断定每天都有哪些人来这里运送猪肉。

陈绍伟说："我们把事故发生那天进出大门的所有车辆进行截图，经过对比，初步锁定了几辆嫌疑车。"

那么，在这几辆符合肇事车特征的三轮摩托车中，究竟哪一辆才是本案中的肇事逃逸车辆呢？民警调取了事故发生前从灵秀屠宰场通往大仓农贸市场的监控，发现一辆在事故发生前最后运载猪肉到大仓农贸市场的三轮摩托车当时只运载了一头猪，民警对灵秀屠宰场事故当天大门监控录像进行二次比对，发现时间和信息都和嫌疑车辆相吻合，因此初步确定了肇事的嫌疑车辆和嫌疑人。民警又找来了屠宰场的工人进行辨认，最终基本确定了嫌疑对象。

经再次了解发现，肇事嫌疑人当天晚上就已经逃离石狮，回重庆老家了。专案组一边对其进行网上追逃，一边通过他的父母和亲戚反复做他的思想工作，迫于警方压力，犯罪嫌疑人易东沿向重庆当地公安机关投案自首，对肇事事实供认不讳。

犯罪嫌疑人易东沿说："那天我到菜市场时差不多5点，送完就往回走，在从大仓市场出来的时候，被一辆小车挤到了中间那个车道，我就跟在后面，他突然踩刹车，我从旁边回到中间那个车道的时候，那条路上没有路灯，很黑，当时没注意，好像碰到了什么东西。那时头脑一片空白，心里害怕，害怕撞死人去坐牢，然后就跑回家了。"

【陈绍伟的侦破体会】在侦破交通肇事逃逸案中，深入群众做详细的调查研究，做好群众的思想工作，发动群众提供破案线索，是最终侦破案件的有利依据和可靠保障。在走访群众过程中，不能只限于现场周围附近的群众，要把面放宽些、线放长些；要有较强的责任心，尽快将肇事者抓捕归案，履行民警的职责与义务。然而，要在茫茫人海中将肇事者抓捕归案，并非易事，需要办案单位与民警付出百倍的努力，不断增强责任感和使命感，要发扬不畏艰难、忘我工作的精神。在追查过程中，有时要放弃休息日，夜以继日地连续奋战；有时要充分利用科技手段。目前，我市的主要路口都安装了电子监控设备，进出市区的主要路段也设有卡口录像设备。我们要充分利用这些监控设备摄录的影像资料，分析某一时段、某一区域车辆通行情况，从而及时发现和捕捉肇事嫌疑车辆，确定侦查范围。此外，我们还可以利用刑侦科学技术手段，借助刑侦科学技术力量实现侦查破案的目的。

三块小碎片

这起逃逸案件侦破起来并不复杂，警方从接到报警再到介入侦查直至案件侦破，前后只用了10个小时，堪称破案神速。参与侦破此案的永春县公安局交警大队事故处理中队中队长周江华深有体会地说："侦破逃逸案件的一个重要因素就是要快。我们这次侦破的这起逃逸案件就很能说明这个问题。"

2013年2月6日21时许，永春县蓬壶镇美中村村部旁边的一个弯道上，一名醉卧在这里的本村的28岁青年林楚级被一辆小轿车碾轧身亡。

周江华说："警方接到报警后，起初认为是被人杀死的，县公安局派出刑警、治安警察先后赶赴现场。后经法医尸体解剖发现，死者肝部破裂大出血，符合被车辆碾轧的构成要件，遂以交通肇事逃逸案件立案侦查。我们接手后对现场进行了勘查。"

办案民警勘查现场时，在死者旁边的一个小沙堆上找到三块指甲般大小的漆片，这进一步证实了法医的判断是正确的。于是，办案民警立即兵分多路，围绕肇事车辆可能逃逸的方向进行排查。美中村属于蓬壶镇区，晚上路边停车数量特别多。

周江华说："我们根据漆片推断，肇事车型应该是小车类，遂重点围绕小车类进行排查。"

办案民警和蓬壶派出所的全体民警，拿着手电筒，对村里停放的小车逐一排查。村里骚动不安的家犬，耳闻目睹村里杂沓的脚步声和不断晃动的手电筒的光亮，就"汪汪"地吠个不停。这让办案民警十分担心，要是这狗叫声让犯罪嫌疑人生疑惊逃了，可就不妙了。为不惊动更多的狗，他们尽量压低走路时的脚步声，村里顿时安静了许多。办案民警继续往前一辆辆排查过去。在两公里外的林山和厝边，发现有一辆白色小轿车前保险杠中部有一个缺口，办案民警将从现场提取的三块小漆片与之比对，完全吻合。

据肇事嫌疑人康玉叶供述，他是本镇联星村人，在泉州娃哈哈集团做高管，这天驾驶闽CKK××1小轿车从镇政府往美中村的丈人林山和家行驶，驶至肇事路段时，碾轧到一个东西，起初他认为是砖头或石块之类的物件，就没有在意，继续开着车往老丈人家驶去。后来听人家说村部那边死了人，是被人杀死的。过了没多久，又看见很多警察拿着手电筒在检查车辆，这下，他的心里就有点没底了，就去检查自己的车，发现没有碰撞痕迹，心里就踏实了些。他说他曾经前后三次前往现场观看警察办案，心想警察没那么神，不可能在没有足够证据的情况下就找到他老丈人的家。再说了，自己很快就要回泉州了，只要警察今天晚上不来，一切都会平安无事的，暂且睡觉吧。有了这种侥幸心理，当晚他检查完车辆后就呼呼大睡了，直到被警察从被窝里拉出来。而林楚级是村里有名的酒鬼，经常醉卧路旁，是派出所的常客，但因为他是个精神病患者，出警民警只是在他酒醒之后把他送回家。此次他被碾轧之前，真是烂醉如泥，经东南医院化验，酒精浓度100毫升里达到500多毫克。医生咂着舌头说："这是史无前例的醉鬼。这个人喝酒往死里喝，即使这次不被车轧死，平日里也会被酒精毒死。"

【周江华的侦破体会】快，是人民警察的一种职业要求。这起交通肇事逃逸案件从接处警到侦破，前后只用了10个小时，可谓破案神速。此案肇事嫌疑人说："警察没那么神，不可能那么快就找到我，只要晚上不来，一切都会平安无事的。"错了！月黑犬吠夜，神兵从天降。正在肇事嫌疑人做白日梦时，警察出现了，在铁证面前，他认栽了。快，是人民警察的一种突出技能。试想，一起交通肇事逃逸案件，如果不及时出警，让肇事嫌疑人和可疑车辆脱逃，那后果将是如何？快，内涵丰富，是人民警察所应具备的一种职业素养。人民群众急需、急盼民警个个都是游刃有余地驾驭工作的"能警"，而不是跟着"打酱油"的"庸警"。

图侦套牌车

　　一辆套牌车在发生一起损伤不是很严重的交通事故之后驾车逃逸。"逢逃必破"的石狮市公安局交警大队事故处理中队民警，没有因为这起事故损伤不大而放弃侦查，而是在报警人提供的仅有的一点线索的基础上，巧妙地运用图侦技术进行综合研判，最终锁定了肇事车辆。

　　2013年2月8日23时20分，在石狮市宝岛路《石狮日报》报社路口，一辆皮卡车追尾一辆由石狮市莲塘村蔡日生驾驶的闽C8E××2二轮摩托车，造成摩托车上的乘员蔡洞热受伤住院的交通事故。

　　陈绍伟副中队长接警后带队赶到事故现场，现场倒地的摩托车的后刹车灯破碎。据被撞的蔡日生描述，他的车被追尾之后，回过头来一看，发现是一辆皮卡车，车牌号好像是闽C8?566，"8"字后面那个字他忘记了，反正当时整个人高度紧张。他说："一方面坐在我车后面的人受伤，需要照顾，一方面想去追逃逸的那辆车，整个脑袋都空了。"

　　根据当事人反映的肇事车辆的逃逸线路及车牌信息，陈绍伟立即调取石狮市公安局交通管理大队视频监控管理平台石锦线市区往锦尚方向的卡口图片进行研判。侦查中发现，有一辆车牌号为闽C85G66的尼桑银灰色皮卡车的特征与蔡日生描述的特征吻合，且车头部位有明显损坏痕迹。后经进一步核查，闽C85G66车牌已经被注销。

　　陈绍伟说："尽管这个车牌已经被注销，但它还是被我们列入了侦查范围。"

　　陈绍伟分析认为，这辆套牌车在肇事逃逸之后的一段时间里，肯定不敢再挂这副车牌上路了。那么，要想侦破此案，唯一的办法就是查看嫌疑车辆之前的信息，也就是它的行驶轨迹。图侦显示，该车经常在石祥路出现。

陈绍伟说:"通过查看嫌疑车辆的行驶轨迹及卡口图片,我发现该车于2月8日21时22分从石祥路往市区方向行驶,并在发生交通事故后往石锦方向逃逸,该逃逸路线符合蔡日生的描述;该车在事故发生前最后出现在卡口时车头前部并未损坏,事故发生后在其逃逸方向卡口图片上显示,车头前部有明显的损坏痕迹;嫌疑车辆经常出现在石祥路,说明肇事嫌疑人可能生活在祥芝镇一带。"

细心的陈绍伟还发现一个重要信息,那就是闽C85G66号车牌曾被一辆丰田汉兰达小车使用过。

陈绍伟说:"结合嫌疑车经常出入石祥路这一特点,我们决定对真实车辆进行研判。研判的措施是确定监控卡口进行监控。之后,通过调取嫌疑车辆套用闽C85G66号牌前石祥路的卡口资料,对比嫌疑车辆的特征,我发现一辆车牌为闽CGB××0的皮卡车与嫌疑车辆的特征较为吻合。吻合的特征表现在五个方面:一是两辆小车车标吻合;二是车内挂的装饰物吻合;三是驾驶人的头像吻合;四是贴纸吻合;五是车头掉漆处特征吻合。因此,可以确定闽C85G66小车的真实车牌为闽CGB××0。"

但是,通过对比闽CGB××0皮卡车车主信息与肇事嫌疑人经过卡口时的照片,陈绍伟发现车主与肇事驾驶人不是同一人。

陈绍伟说:"后来我通过查询闽CGB××0皮卡车近期的违章记录发现,当事人是石狮市祥芝镇环村东路的蔡兴冬。再经比对,发现蔡兴冬的车与经常出入石祥路卡口的肇事车的信息吻合,且其名下还拥有一辆闽C29××D汉兰达越野车,这就让我想起了曾经在监控里见过的闽C85G66汉兰达越野车。这两辆号牌不同的车辆的车标、车内装饰物、驾驶人特征、挡风玻璃上的年检标志等特征完全一致,因此确定蔡兴冬曾经将闽C85G66车牌套用于自己名下的闽C29××D丰田汉兰达越野车。"

由此可见,闽C85G66车牌是蔡兴冬在使用,这样,肇事嫌疑人就锁定为蔡兴冬。同时,陈绍伟发现闽C85G66套牌皮卡车不再出现在卡口系统里了,相反地,消失已久的闽CGB××0皮卡车在事故发生后却频繁出现。

陈绍伟说:"我们反复推敲各种抓捕方案,最终确定通过车辆布控的方式来实施现场抓捕。"

2013年2月9日早上,值班民警收到了嫌疑车经过石狮某电警卡口的报警短信后,立即驱车前往该路段的下一个卡口守候,最终在嫌疑车等候红灯的时候将其抓捕归案。经过讯问,蔡兴冬对其肇事逃逸的事实供认不讳。

【陈绍伟的侦破体会】我们要避免只重视查扣嫌疑车辆而不重视抓捕嫌疑人的错误认识。交通肇事逃逸案件发生后，或许是迫于社会各方面的压力，民警会想方设法、费尽九牛二虎之力地查扣肇事嫌疑车辆，算是对受害者及其家属有个交代。至于肇事嫌疑人能不能抓到、什么时候抓到则是下一步追逃的事了。恰恰相反，犯罪嫌疑人未抓获就不能算作破案是法律规定的，因此人车俱获才是侦破交通肇事逃逸案件追求的最佳结果。"细"字在交通事故侦破工作各个环节中显得尤为重要。只有经过认真细致的勘查、排查、走访，我们才能在第一时间获得肇事车辆及人员的第一手资料和信息。在盘查嫌疑车辆和驾驶员时，如果不细致，就不能揭穿驾驶员的谎言，肇事车辆就会从我们的眼皮底下逃走，到时候我们就会抓瞎。

顺着着情侣装的女孩追踪

2013 年 2 月 14 日，情人节。这天，追赶时髦的青年男女穿起了颜色各异的情侣装，欢度情人节。在南安市区，有三个在校的男女学生却怎么也快乐不起来，因为他们当中有一个人因卷入一起交通肇事逃逸案而被警方传唤。

那么，这起事故到底是怎么发生的，警方又是怎么破案的呢？

这天下午 3 时 48 分许，一位母亲带着她 6 岁的儿子从市区成功街沃尔玛超市门口向街对面横穿，一场灾难就此埋下。在车流穿梭的公路上，一辆飞驰而来的摩托车撞上正在横穿的 6 岁小男孩，男孩"扑通"倒地，摩托车左右晃了晃就绝尘而去。正在横穿的母亲听到身后有撞击声，立即回头观看，这一看差点让她昏厥过去。当她踉踉跄跄地跑过去抱起心爱的儿子时，满脸是血的儿子却一句话也说不出来了，只静静地躺在她的怀里，任凭他的母亲跌坐在地上呼天抢地的哭喊。

接报后的警车呼啸而至。小男孩被送往当地医院抢救，当地医院无法完成颅脑手术，转而送往北京。

接手侦破此案的民警张金荣遇到了难题，现场没有肇事者留下的任何蛛丝马迹。要知道，侦破交通肇事逃逸案的构成要件是现场的遗留物，如果现场没有遗留物，这起案件的侦破难度就可想而知了。张金荣在一阵迷茫过后，立即走访现场目击者。有一位目击者称，他当时看到有一辆无牌黑色太子摩托车撞倒那个小男孩后，驾车从车站往成功塑像方向逃逸，驾驶人为身穿黑色上衣的男性少年，后载一名身穿黄色上衣的男性少年。有了这位热心的目击者提供的线索，张金荣能否依据此线索顺利抓到肇事者呢？他当时立即调取了沿线所有的 26 个监控点的录像，证实了目击者所描述的摩托车确实经过了该路段，但因成功塑像路段附近没有安装监控设备，无法知道该车逃往何处，至此案件陷入僵局。但张金荣认为，雁过留声，人过留名。既然肇事车能在沿途留下影像，就说明他在来路上一定会留下线索。于是，张金荣顾不得休息，继续沿着来路查看录像，这次他发现在事故发生前 13 分钟左右，一辆由一个身穿黄色上衣的男性少年驾驶、后载两名身穿黑色情侣装的少年的黑色太子车经过事故地点，并在南安汽车站门口停车。

张金荣觉得这下有戏了，因为经过比对，他发现该车及驾乘人员与肇事车辆及人员非常吻合。而这天是情人节，这三个少男少女都穿着情侣装，这种特殊的符号让张金荣的思维突然活跃起来，他想既然他们在车站下车，一定有理由，一定是某个人到车站送别他的情人。

"到车站调取监控录像。"张金荣毫不迟疑地走进了车站的监控录像室。监控显示，与肇事者同样身穿黑色情侣装的女孩在 15 时 45 分许搭乘从南安到水头的班车。张金荣想，既然这班车是开往水头的，只要这女孩到达水头并且还穿着情侣装，就能顺着这个穿着情侣装的女孩进行追踪。经过对水头汽车站及附近街道等 14 个监控点的监控录像进行查看，发现该女孩在车站下车后，步行穿过几条街道，停在水头鑫顺街的一个路口接听或者拨打手机，这是一个非常重要的信息，张金荣立即锁定这个信息，寻找到了这个穿着情侣装的女孩。案情就此明朗。

原来，就读于南安某职专的美林镇玉叶村的王再，和同校女孩伍丽是情侣关系，伍丽是水头某村人。情人节这天，有情人相会。但他们的这种关系还处于秘密状态，不敢让双方父母知道，怕他们棒打鸳鸯散，就选择到就读于柳城中学的付少家中相聚。聚后，穿黄色上衣的付少载着穿着黑色情侣装的王再和伍丽前往南安汽车站，送伍丽回水头，伍丽跟他们分别后，穿黑色情侣装的王再接过摩托车，载着付少回家，当他风驰电掣般地行至成功街沃尔玛超市门口时，撞倒林姓小男孩。王再见出事了，就突然加速逃逸。伍丽接到的那个电话，就是王再在出事后打出的。

至此，案件侦结。受伤的林姓小男孩在北京接受了开颅手术，据悉，病情稳定。

【张金荣的侦破体会】在对现场进行勘查后，没有发现肇事者的任何蛛丝马迹，这给我们的侦查工作带来了不少困难。在调查寻访中，一位目击者说看到有一辆黑色摩托车撞倒小男孩后，驾车从车站往成功雕像方向逃逸，并描述了驾驶人的衣着特征。我们立即调取沿线的监控录像，但成功雕像路段因没有安装监控设备而无法得知肇事车的逃离路线，案件陷入僵局。后来，我们想到肇事车在来时可能会留下线索，就立即调取录像，发现肇事车在南安汽车站门口停车，并根据录像中肇事车主衣着和当日是情人节的特征，大胆猜测是送情人去车站，在车站的监控录像中发现肇事者确实是来送女孩的。我们就顺着穿着情侣装的女孩进行追踪，最后找到了摩托车肇事者，案情就此明了。此案的侦破，得益于对案件发生的联想和联系日常生活的大胆猜测。

蓝色三轮车

2013 年 3 月 8 日早上 6 点多，晋江市深沪镇华峰村路段发生一起车祸，一名六旬老人骑摩托车买菜回家的途中被撞倒，后经医院抢救无效身亡。晋江市公安局交警大队民警接警后立即赶到现场，办案民警经勘查现场后发现，现场只留下一辆踏板摩托车，地上血迹斑斑，老人刚从菜市场买回来的菜散落一地。随后从医院传来消息，被撞老人因抢救无效死亡。

晋江市公安局交警大队事故处理中队副中队长夏继春说："发现事故的时间是在报警前 20 分钟，到报警时间为止，总共 22 分钟，期间共有五十几个学生经过事发现场。"

事故发生在早上 6 点 40 分到 7 点之间，正是附近学生上学的时间。警方很快找到了这个时间段过往事发路段的中学生。其中，有一个学生跟肇事者和受害者同向走在马路上，这个学生骑自行车，有一辆蓝色三轮摩托车超过他。这个学生说，这辆蓝色三轮车速度很快，超车过去后，大概在他前面 5 米左右的地方撞了一辆两轮摩托车，撞后没减速也没停车，直接向前走，一瞬间的过程。另一个学生则说，听到这里有声响，扭头一看，摩托车倒地了，后备箱都滚出来了。

这两个情节对办案民警的帮助很大，据此可知肇事的是一辆蓝色三轮车。在紧接着调取附近的监控录像时，办案民警发现，果然有一辆无牌证三轮摩托车事发时经过现场。但随着对事故的进一步调查和分析，办案民警发现疑点越来越多，这似乎不是一起简单的肇事逃逸案。

夏继春说："我们通过对周边的访问、调查，发现事发路段除了路边的一个监控外，不远处的一间店面外还有一个监控，我们根据这两处的监控视频发现，有一辆车从这个方向过去，仅间隔了 26 秒又返回来了。这是一个很大的疑问，我们认为，如果是正常的交通事故，就会停车报警；如果是肇事逃逸，犯罪嫌疑人的第一个想法是赶紧远离现场，这条马路这么宽，他应该顺路跑掉，可是这辆车过去了又回来了。这说明什么呢？"

事故发生后 26 秒，这辆明明撞了人且已经逃离现场的三轮摩托车又返回来了，这个不合常规的现象引起了办案民警的怀疑。

办案民警继续从沿途的监控录像中寻找嫌疑三轮车的行车轨迹，发现它紧接着就进入了当地的菜市场。这辆车到这里来做什么？菜市场里面又发生过什么呢？

民警到菜市场走访调查，很快有了答案。摊贩们证实，肇事三轮车的车主正是一位在这儿卖菜的广西籍男青年，大概在一个月前，他和一名女青年一起来菜市场的入口处摆了个临时摊点卖菜。平时大家也没怎么注意这对新来的摊主，但是事故当天，还真发生了点冲突。

当天早上，受害人驾驶摩托车去菜市场买菜刚要出来，正好这个男青年开着三轮车载着菜和他女友来菜市摆摊，两车相遇没办法过去，死者用闽南话骂他，这个男青年没有吱声，但是脸色很难看，很气愤。附近摆摊的人见状稍微挪了一下让受害人通过。

这次冲突就发生在车祸前的十几分钟。这显然是一个很关键的突破口。夏继春说："死者不知什么原因在菜市场又转了一圈，在这里又遇到了男青年，男青年这才开车追出去。"

有证据证明，两人发生冲突后，卖菜的男青年曾经开车跟着老人出了菜市场。当天菜市场的监控也显示，车祸发生后不久，这辆三轮车又回到了菜市场，而且再次离开菜市场时路线也有了变化。

晋江市公安局交警大队办案民警施良友说："事故发生后，卖菜的男青年回来和他女友把菜收拾回去了，回去后就再也没来菜市场。"

办案民警调取周边的监控录像，发现犯罪嫌疑人之前都是走左侧的隘门这条路，每天都是凌晨5点多到6点出来，而案发当天的监控录像显示，犯罪嫌疑人撞人之后是从另一条路逃走的。

那么，这对卖菜的年轻人逃往哪里了呢？

近年来，深沪镇华海村一带有很多外地人来承包土地种植蔬菜，其中大多是广西、贵州人。办案民警首先从这些菜农当中寻找犯罪嫌疑人。

夏继春说："我们去观察了一下，基本上都是大面积种植单一品种，我们就把大面积种植单一品种的滤掉，重点寻找多品种种植蔬菜的菜农。"

为什么要针对栽种多种蔬菜的菜农群体呢？因为办案民警在对菜市场

的调查中了解到，那对年轻人卖的都是杂菜，而华海村种杂菜的菜农并不多，只有四户。办案民警调查的结果是，这四户人家都没有什么异常，这是民警没有想到的。

夏继春说："经调查发现，都是正常的种菜人，都不具备作案条件，包括车辆和人员。当时大伙都愣住了，是不是搞错了，还是我们访问到的内容是虚假的？这个时候我们也很谨慎，就再次详细询问这四户人家，最终发现有一户人家是刚来的，他家的菜地是刚从另一家手上盘过来的。"

这个信息非常重要，这个时间跟案发时间很吻合，转卖菜地的时间是案发两天后。此时，犯罪嫌疑人有可能已经逃离晋江。

接受调查的这几户菜农都来自广西鹿寨县，都是同乡而且沾亲带故，他们告诉警察，犯罪嫌疑人叫莫克爽，他还有亲戚在晋江安海一带种菜，莫家人会不会到安海投靠亲戚呢？果然，在安海莫克爽舅舅承包的田里，警方发现了那辆肇事的嫌疑三轮车。

莫克爽的舅舅韦中坚告诉办案民警，这辆车是莫克爽老爸开过来的，车后面还有三块挡板，是他老爸拆的。

莫克爽的舅舅说，莫克爽一家人已经回广西了。莫克爽具体在哪里他还真不清楚。至此，犯罪嫌疑人确定了，肇事车也找到了。警方加快了侦缉进度，南下广东，北上江苏，行程3000多公里。3月24日，终于在江苏省丹阳市将犯罪嫌疑人莫克爽抓获。

莫克爽承认，事发那天，因为让道的事，被那位骑摩托车的老人骂了之后，很生气。他说："我当时就超他的车，去他前面等他。在超过他的车三四十米的地方停下来，回头看后面，看他到了没有，他到的时候我肯定会招手让他停下来。我一回头没有看到他，我再仔细看的时候，发现他的车已经倒在路旁边了。"

尽管莫克爽极力回避撞击瞬间的动机和细节，但警方通过勘验和技术鉴定还是还原了事故的真相，即莫克爽在乡村道路上以46公里的时速撞向买菜老人。

莫克爽被晋江市检察院以故意杀人罪批捕。

【夏继春的侦破体会】有选择性地寻找证人、目击者会提高办案效率。依据现场的时空环境择优选择，以达到客观准确、省时省力的效果。本案案发时间为清晨五六点钟，分析可能的证人有经过该路段的各种途经车辆、早起的周边住户等。我们通过对案发路段前后进行观察，发现附近一公里处有一所中学。一般来讲，中学生都会较早到校，那么就一定有途经的学生见到案发经过。后来，我们在学校的配合下，找到了几名目击全过程的学生，奠定了破案的基础。本案最终定性"故意杀人罪"，关键点就是对一段不起眼的监控的研究。一般情况下，在监控中看到了嫌疑对象就万事大吉了，可有时会遗漏一些事故真相。本案就是对监控进行仔细的研究时，发现"26秒"嫌疑车辆"回头了"。交通肇事案一般都涉及"人、车、路"这三个要素，人是最重要的因素，有些人会巧妙利用交通工具杀人，以达到泄愤等不可告人的目的。一旦出现这种疑似"亡人"案件，最好还应考虑到"故意杀人"的可能性，在是"交通肇事案"还是"故意杀人案"的问题上，我们要做好证据方面的准备。

"麻龟"说掉头

在侦破交通肇事逃逸案件的过程中，有时会觉得已经走进了死胡同，但如果认真查下去，把几个看似没有多少关联的线索串联起来，则能收到峰回路转的意外效果。鲤城区交警大队就侦破过这样一起案件。

2013年3月23日零时12分，鲤城区兴贤路江南街道办事处路段，一辆无牌证二轮摩托车后载一人，沿兴贤路由浮桥街道往国道324线方向行驶，行至江南街道办事处门口时，与许书靖驾驶的二轮电动车发生猛烈碰撞，造成双方驾驶人及二轮摩托车乘员受伤的交通事故，二轮摩托车驾驶人及乘员弃车逃逸。办案民警勘查后认为道路交通环境良好，平直水泥路面，路中双实线隔离，双向四车道，夜间有路灯照明，机动车道路宽15米。在勘查肇事现场的摩托车时，发现车辆识别代码及发动机号码已被磨掉。现场除这辆摩托车外，还遗留有一箱被摔碎的悦动牌啤酒。

办案民警朱忠良说："这起案件的侦破难度，在于我们难以对监控录像里的两个人进行确认。"这个监控录像采集点距离事故现场只有5米，录像里有两个人，一个穿着两臂有条纹的运动衫，一个是穿着黑衣服。这两个人中，有一个跛脚，也就是那个穿黑衣服的人。他一跛一拐地"打的"离开了事故现场。而穿运动衫的那个男子则从相反的方向离开。办案民警将疑点集中在那个跛脚人身上，因为他一跛一拐的外形非常符合交通事故的构成要件。

朱忠良说："当时这两个人已经离开，唯一的追踪线索就是那箱悦动牌啤酒，这种啤酒一般集中在娱乐场所销售。而距离现场500米左右的地方就有一家金煌娱乐城，地点在王宫。"办案民警来到这家娱乐城调查走访，服务生非常配合，当即调取监控录像让办案民警查看，监控视频显示，与穿条纹运动衫和穿黑衣的人一起进出娱乐城的还有另外四个男子。虽然不能看得很清楚，但可以确定的是，从肇事现场逃逸的那两个人就是在这里喝完酒骑摩托车离开的。而另外四个人则分别乘坐两辆"的士"离开娱乐城。办案民警借助 GPS 查到了当晚从王宫载客的某辆"的士"，"的士"司机对那天晚上所载的两个"麻龟"（醉鬼）印象特别深刻，他说当时载的这两个客人的目的地是丰泽区的乌州村，在经过宝洲路田安路口时，其中一个"麻龟"接了一个电话后就说掉头去江南街道办事处。"的士"司机就掉头载他们来到肇事现场，之后就驾车离开了。

朱忠良说："我们在寻找肇事现场那两个人无果的情况下，却意外地获得了这条线索，心里别提有多高兴了。因为从某种角度来说，这两个'麻龟'的目的地应该是真实的，他们之所以返回现场，是因为接到了同伙的告急电话。如果能找到这两个人中的一个，这个案件就破了。"于是，办案民警立即拿着监控视频截图深入乌州调查走访，有群众反映说，截图上的人很像梁京有。梁京有被办案民警请到交警大队后，见事情已经无法再隐瞒，就说肇事者叫李力坪，鲤城区人，家住福隆新城。到案后的李力坪说，当时发生事故后，他就拖着受伤的身体步行一公里回到家，由于伤势比较严重，家人就把他送入医院救治。与先期入住的许书靖同住一家医院。

朱忠良说："我们先前的怀疑对象是那个穿黑衣的跛脚人，到案件侦破后才知道弄错了。不过，这个跛脚的人真的是跛脚。"

【朱忠良的侦破体会】本案的难点是肇事摩托车的车辆识别代码及发动机号码均已经被磨掉，传统的"以车找人"无法破获此案。现场有两摊血迹，除伤者之外，肇事摩托车上至少还有一个人受伤。现场摩托车上还载有一箱啤酒（后经走访，该品牌啤酒平常只在娱乐场所出售）。在事故现场附近的监控录像中，有两名男子在事故发生后先后离开事故现场。其中，一男子乘坐一辆出租车离开，另一男子步行离开。这两名男子极有可能就是肇事摩托车的驾乘人员，查明这两名男子的身份成为破案的关键。民警通过不懈的走访，从 GPS 公司及出租车公司了解到，有一辆出租车在案发时段从附近载了两名乘客返回泉州市区，并在市区宝洲街路段要求出租车返回事故现场。随后从那两名男子上车地点的娱乐场所（有销售该品牌啤酒）调取的监控录像中得到六名男子的视频截图（其中有离开事故现场的两名男子）。随后，在出租车要到达的终点处的走访中，民警从视频截图中查明了一名男子的身份，随即查明了其他相关当事人的身份，并最终破获此案。

一块塑料碎片

2013年3月29日9时42分，国道324线南安市官桥镇区路段发生了一起交通事故，一名叫陈秀琴的年轻女子被一辆轿车碾轧拖行致死。办案民警勘查发现，该女子被碾轧得比较厉害，伤势严重，现场留有少许疑似肇事车辆上的塑料碎片。

事发时虽然是夜间，但现场照明情况良好。有目击证人称，这位女子在发生事故之前，跟一位男子在现场附近争吵，然后就跑到车行道上，时躺时坐时哭。办案民警经调查得知，死者姓陈，23岁，南安市官桥镇人。陈姓女子是因为男友要与她分手想不开，喝醉后自己躺在道路中间，以死相逼，没想到爱情没有挽回，年轻的生命却就此终结。事发时，现场车流量较大，到底是哪辆车肇事呢？对此，目击证人并不能提供确切的线索。民警在距离事故现场四五十米的地方，捡到了一块塑料碎片，碎片上留下了肇事车辆上某一配件的编码，经分析认定肇事车是一辆银灰色轿车。

南安市公安局交警大队事故处理中队中队长吴为纲说："到百度上查这个编码，还真发现了一条线索，是海马轿车一个配件的编码，所以我们分析肇事车辆应该就是海马轿车。"紧接着，办案民警调取了事发路段附近三个路口的监控录像，在仔细核对过往车辆信息时，办案民警果然发现了一辆海马轿车。

吴为纲说："监控在距离来车方向两公里左右的地方拍到一辆海马轿车，这辆轿车9点的时候经过卡口，经过走访调查，确认案发时间是9点42分，整个路程跟时间基本吻合，所以我们就把这辆海马轿车作为重大嫌疑对象进行进一步的调查。"

嫌疑车辆挂的是广东佛山牌照，车辆登记的所有人叫兰一色，湖南人。

办案民警想，外地人、外地车牌、出现在南安官桥，这几个元素之间有什么联系呢?

吴为纲说:"南安官桥、晋江磁灶这一带主要从事瓷砖生产,然后我们就联想到佛山也有瓷砖市场,这辆车是否跟官桥、磁灶这一带的瓷砖加工厂有业务来往呢?我们就抓住这一点进行调查。"

办案民警通过查询,首先确定肇事嫌疑车的车主兰一色在事发时去了辽宁沈阳,事发后才回到南安官桥,住在官桥某酒店,而且兰一色还是这家酒店的常客。酒店服务员说,这个人是用豪华实业公司的名称开房的,这个公司跟我们有协议价,这个人瘦瘦的,看起来比较凶,他的嘴角有颗痣,痣上有撮毛。

在豪华实业公司,警方找到了车主兰一色,他是这家公司的市场销售经理,他承认自己确实有一辆广东牌照的海马车,但是已经卖给同事蔡国刚了,只是没有过户。

兰一色说,蔡国刚是他的老乡,在厂里打工,一年前就将车卖给他了。

这个说法与办案民警掌握的情况是一致的,而且车主兰一色的形象与监控显示的肇事驾驶人的形象确实有明显的差异,可以确定不是同一人。

吴为纲说:"车主挺瘦的,而驾驶人的脸挺大的,当时可以推断不是车主驾驶的。"兰一色向民警反映,就在案发当天,他曾经接到蔡国刚发来的信息,说家中老人生病,要回湖南老家一趟。他没多想就答应了。

高速公路的监控信息不仅表明蔡国刚的确驾驶肇事嫌疑车回到湖南东安县,而且事故前后的图片比对还显示,事故前,车辆外形完好,事故后,车左前部有明显损坏痕迹。蔡国刚肇事逃逸的嫌疑进一步上升,办案民警迅速赶赴湖南省东安县追缉蔡国刚。但是,偌大的东安县城,蔡国刚到底住在哪里呢?而且民警也了解到,蔡国刚家中确实有患病的老人,不适宜在老人面前实施抓捕,怎么办呢?必须找到一个妥善的办法。

民警决定,以兰一色的名义联系上蔡国刚,让他帮忙办件事。

吴为纲说:"以兰一色电脑在湖南家中需要蔡国刚帮忙带回来的理由把他给骗出来了。"

过了大概十分钟,蔡国刚拿了一袋行李、带了一个小孩,出现在办案民警的视线中,他在跟东安县刑警交接时被抓捕。

警察的突然出现让蔡国刚猝不及防,他的心理防线彻底崩溃了,很快就如实交代了事故发生的经过。他说,自己当时载着一位姓谭的朋友,沿国道324线由泉州往厦门方向行驶,在南安官桥镇路段发生了意外。

肇事嫌疑人蔡国刚说:"前方对面刚好过来一辆大车,那个车灯一下子晃得我看不到前面的路况,当看到前面有个东西的时候,已经只有三四米的距离,我就往右边打了一下方向盘,但右边刚好有辆大车,如果方向打多了担心撞到那个东西,当时看到那个东西花花绿绿的,以为是个石头,后来一想又不像,像垃圾什么的,这边又有一辆大车,我怕撞到大车,就想石头就石头吧,直接过吧,只要不卡在那边就行,当时是抱着这样一个心理。"

蔡国刚说,他以为前方路面上只是有一堆东西,避让不及撞到并碾轧了过去,所以没有停车查看,也没有报警,直到送朋友下车的时候,他才发现车子的左前方的确损坏了。

蔡国刚进一步解释说,知道出事之后,他担心死者可能是被前面的车撞了,自己只是倒霉跟着撞上了,所以才没有报案,第二天一早他就回了湖南老家。

吴为纲说:"从这起案件的证据分析,这个女子在车行道上醉卧,是事故的成因,应该承担相当大的事故责任。"

在这种情况下发生事故后,蔡国刚如果停车保护现场,向公安机关报警,他在这起事故里面不至于被追究刑事责任,但是他在明知碾轧碰撞女子之后,存在侥幸心理,驾驶肇事车辆逃逸,主观上就是要逃避法律的追究,他的这个行为是要被追究刑事责任的。

【吴为纲、黄勇生的侦破体会】这起案件经勘查发现,现场有少许疑似肇事车辆所留的塑料碎片。经报警人陈述,该女子因感情挫折,躺于马路上以死相逼,想挽回男友,不料最后真被碾死了。细心的民警通过碎片上的编码,确定肇事车辆是银灰色轿车。通过网络查出该编码是海马轿车的,且车是广东佛山牌照。经调取事发路段附近的监控录像,发现了嫌疑车辆。再根据官桥从事瓷砖加工业务这一信息进行调查,得知车主为兰一色。兰一色说已经将车卖给同事蔡国刚,蔡国刚开着车回湖南省老家了。民警以兰一色的名义联系蔡国刚,将蔡国刚"约"出来实施了抓捕。

"老湘会" 的食客

　　四川省古蔺县张静深的悲剧人生定格在他 30 岁的那一年，这是非常不幸的人生。而正是晋江交警为之申了冤，才在他不幸而短暂的人生中增添了一缕温暖的光辉。

　　2013 年 4 月 21 日 22 时 46 分，晋江市公安局交警大队事故处理中队接到报案称：在晋江市陈埭镇鞋都路黄鹤楼路段，有一辆白色宝马车与一辆自行车发生碰撞后逃逸，事故中有人受伤。办案民警接到报警后，立即赶到现场。现场有一辆自行车，驾驶人受伤后已被送医抢救。经询问围观群众及报警人，初步判断肇事车辆为一辆白色小轿车。

　　办案民警经工作，初步还原了事故发生的基本情况。这天晚上，在某鞋厂上班的张静深从工厂下班后，骑自行车从厂里出来，直接上了陈埭镇鞋都路，在公路中间逆向骑行，想从 20 米外公路中间的一个隔离带缺口穿过去。就在他还在公路中间的车流人流中骑行时，一辆白色小轿车疾驰而来，把他撞离自行车，飞向空中，然后又被重重地摔趴在地上。小轿车没有逗留，一溜烟地逃得无影无踪。经过六天六夜的抢救，医院还是回天乏术，张静深不幸撒手人寰。

　　晋江市公安局交警大队事故处理中队副中队长夏继春说："我们接手这个案件时是 27 日，也就是张静深死亡的第二天。"事发的第七天才介入侦查，第一现场最宝贵的检材已经部分灭失，民警唯一能做的事情就是重建侦破网络，理清侦破思路。

　　晋江市陈埭镇鞋业高度发达，进出鞋都的客商很多，由此衍生出的载客摩托车也特别多。这些摩托车有一个特点，外来人员群聚在一个固定地点，一般都是老乡，三五成群集结，其他人是水都泼不进来的。办案民警首先想到的就是造访这些人群。这些人里的摩托车车主见有警察来了解这起事故发生的经过，都很积极地为警察提供他们当时看到的事故经过和肇事车逃跑的线路。事故现场在富源鞋厂门口，肇事车辆在肇事后逃往万泰盛集团方向，并从它的门口经过。这些摩托车车主还向办案民警描述说，这辆车撞人之后，前挡风玻璃的右侧破了一个很大的洞。

办案民警依据这些重要线索，沿着肇事车逃跑的方向调取监控视频查看，发现这辆车到了万泰盛集团门口之后就钻进了一条巷子，访问巷子里做生意的人，他们也证实说，曾经看到过有一辆前挡风玻璃破了一个大洞的白色小轿车从他们的店门口经过，开得很快，一直往小巷深处开过去。办案民警顺着这条小巷追踪，发现这辆车先后经过美利达公司门口、一处民宅门口、陈埭镇横坂村委会门口、横坂桥头，之后经过华威体育用品公司门口就消失在一个双岔路口。这个双岔路口有两条路，一条通往池店镇的新店村，一条通往钱头村，再往这两条路查下去，因为是农村道路，沿途就没有监控可查了。这样，他们一路追踪了五六公里，最终还是一无所获。

夏继春说："案件侦破暂时陷入困境，我们只好重新回到现场，并以现场为中心大量调取监控录像，重点调取来车方向的监控，发现这辆车曾经沿鞋都路往仙石村方向行驶，但不知出于什么原因，这辆车又突然掉过头来，驶向肇事现场的来车方向。经过努力，我们在来车方向，也就是距离现场大约200米的地方发现了这辆车的踪影。"夏继春说，这辆车在肇事前20时许，曾经在一家叫"老湘会"的餐馆门前停留，并且驾车人下车后直接走进这家餐馆。办案民警立即来到这家餐馆调取监控视频查看，发现这个理着平头、身材微胖的人去了二楼的一个雅座，与几个年纪相仿的年轻人在一起吃饭喝酒。幸运的是二楼有一个监控，镜头刚好对准了他们用餐的这一桌，他们吃饭喝酒，包括喝多少酒等一举一动都被录得一清二楚。22时30分许，酒酣人散，微胖男子下楼后就一个人钻进了宝马轿车，绝尘而去。遗憾的是，在这家餐馆的门口，监控视频并没有监控到这辆车的车牌号。

夏继春说："没有办法得到车牌号，我们就直接跟这家餐馆的老板亮明身份，并且做通他的思想工作，希望他积极配合警方的侦查工作。因为我们在录像中看到，餐馆老板在这些人进入餐馆时很热情地跟他们打招呼，那热乎劲超过平时的待人之道，像老熟人一般。我想我们在这个时候找老板问问，肯定能问出一点名堂来。"

餐馆老板还算明理，积极地向警方提供了他所知道的情况。他说他知道这个人是一个出租车行老板的朋友，车行老板经常呼朋唤友来餐馆海吃海喝，这个人也经常跟着来，彼此就混了个面熟，但具体叫什么名字就真的不知道了。不过他知道这个人有一辆车放在车行老板那里赚钱。这是一辆宝马车，车牌号是闽 C06××3，餐馆老板还向办案民警提供了车行老板的电话号码。至此，案件趋于明朗。办案民警直接打电话给车行老板，老板也不敢怠慢，立即向警方提供了车主叶也新的联系方式。后经警方查证，掌握了叶也新的基本信息：叶也新，1986 年出生，江西省余干县人，长年居住在姐夫家。其姐夫在钱头村开着一家小工厂，他则买了一辆二手宝马车出租。办案民警在掌握了这些基本信息后，就直奔钱头村叶也新姐夫的工厂。其姐夫见有警察突然造访，觉得非常奇怪，在被问到其小舅子现在何处时，更是云里雾里。当他从办案民警口中得知小舅子涉嫌交通肇事时，一时被惊得目瞪口呆。他说他压根儿就不知道有这事儿，他小舅子 21 日回来后已经很晚了，大家都睡下了。第二天他小舅子又起了个大早开着车出去，后来给他们打来一个电话说回老家了。他们也没在意，谁知他小舅子的离开竟跟一桩车祸有关。

5 月 8 日，叶也新到晋江交警大队投案自首。面对警方的讯问，他说当时跟一帮朋友喝酒，可能是喝高了，到撞了人之后，酒才醒了大半。他说他怕担责、怕坐牢，就壮着酒胆在车流人海中驾车逃逸。到了姐夫家更是不敢对家人说起这个情况，为把这事做得天衣无缝，第二天他就把车开到一个比较偏僻的修理厂维修，并借故回到江西老家躲藏，谁知一颗悬着的心还没有放下来，警察的电话就打过来了。他只好自认倒霉。

夏继春还有一件事不明白，就问："你肇事之后是怎么开的车?"

叶也新愣着神儿说："这件事我倒是忘了告诉你，我当时是开进一条小巷溜走的。"

夏继春说："这我们知道。"

叶也新说："那你还问什么呀?"

夏继春说："我是问你，你当时的挡风玻璃被撞了一个大洞，你是怎么开车回家的?"

叶也新说："斜着身子、歪着脑袋开回家的。"

夏继春说："这就对了。"

叶也新听他这么一说，就有点闹不明白了，问： "你们是不是跟踪我了?"

办案民警听他这么一说，就忍不住吃吃地笑起来。

【夏继春的侦破体会】现场是逃逸案件证据的集散地。现场条件不好，但如果双向视频延伸条件好，我们就可以通过延伸过程发现车牌，即使看不清车牌也还可以利用相应的科技手段查找犯罪嫌疑人。若是双向视频延伸条件不好，那么对现场的研判就显得尤为重要。本案是在案件发生的第七天受害者死亡后接手的，有很多证据已经灭失，所以对现场的勘查要细致入微。在本案的侦破过程中就是视频延伸遇到了难题，最终经过对现场进行反复的研究，才查清了整个过程的来龙去脉，而且连证人都体现出来了。

一条红绳子

2013 年 5 月 20 日凌晨 2 时 40 分，在南安市康美镇福铁村路段发生一起交通事故，一辆轿车撞倒一名 60 岁的老汉，老汉当场死亡，司机报警自首。按理，事故发生后，有人自首，有人作证，这起事故就跟逃逸案件没有什么瓜葛了。但是，办案民警在现场勘查中，却总是隐隐约约感觉到这起事故好像有什么地方不对劲。

难道真的是另有蹊跷吗？

事故发生在凌晨，天下着雨，视线不好，出事的路段是上坡。接警后，赶到现场勘查的办案民警发现，死者的位置和肇事车辆相距近 30 米，要在上坡路段将行人撞出二三十米开外，当时的车速要多快才有这么大的力度啊？而且，死者头部、腿部多处骨折，肇事车辆周边却没有发现散落物，这种现象也比较少见。

南安市公安局交警大队事故处理中队办案民警陆峰说："当时这辆肇事车就停在第二车道上，行人躺在离肇事车辆二三十米的地方，车辆跟行人离得比较远，又是一个上坡道，这是当时让我们觉得比较可疑的地方。另外，在肇事车辆周边没有发现车辆留下的散落物，现场太干净了，这是令我们生疑的另一个原因。"

疑点还不止这些，在肇事轿车右后轮的水泥地上，有一撮未经碾轧的塑料包装绳，细小的绳子就在车轮的正后方，这是处在紧急刹车或者急速行驶状态下不可能形成的状态，因为红绳子不仅没有经过碾轧，似乎还微微地竖立着。

南安市公安局交警大队事故处理中队中队长吴为纲说："这条绳子是处在非常自然、非常原始的状态的。我们根据现场分析，肇事车在碰撞行人之后或者在碰撞行人之前，只要有采取制动措施，那轮胎必定会跟路面产生摩擦，如果轮胎在路面上接触绳子，必然会因摩擦而造成绳子整体损坏，但是现场的这条绳子太过完整和自然了。"

这个细节让民警产生了很大的疑问，这根细细的红绳子如果没有被碾轧，那就说明这辆车停放的位置变动过，不是事故的第一现场。

南安市公安局交警大队事故处理中队办案民警黄勇生说："这说明这辆车有可能是肇事后再返回来的或者此处不是第一现场。而死者的位置是不变的，因为肇事后留有血迹。"

死者的位置没有发生变动，肇事车如果在发生事故后离开过现场，那为什么还要回来？为什么还要主动报警？这当中有什么蹊跷呢？办案民警对报案自首的傅又鹏再次进行了询问。

傅又鹏说："那个人是要横穿的，走到那边，就撞到那边了，因为当时下雨，还有点雾，加上前面有车灯照射过来，而且我本身还近视。"

下雨有雾、车灯照射、视线不清，一切似乎都是那么顺理成章，但越是这样，民警心中的疑问越强烈。沿途的摄像头没能提供有价值的线索，警方决定另外寻找突破口。

吴为纲说："我们在肇事车辆上面发现了一部手机，这部手机处于关机状态。"

这部手机是谁的？为什么会放在车上？它的出现给办案民警提供了一个调查思路，他们立即开始查询这部手机的机主和通话记录。

吴为纲说："据调查，这部手机是这辆车的车主的，即是肇事者的弟弟傅又可的。我们对傅又可进行调查的时候，他跟我们反映，他在 5 月 19 日中午就离开南安到福州去办事了。我们分析，他到福州去办事的时候不带手机，他怎么联系？他在办事的过程中是不是需要这部手机？"

据傅又可说，事发当天，自己去了福州，车辆交给他哥哥傅又鹏驾驶。而傅又鹏也说，当晚，他是跟朋友在洪濑镇的一家 KTV 聚会，聚会后自己驾车撞死了人。随后，警方传唤了证人林立威，他也证明是傅又鹏驾驶肇事车辆的。三人的说法都统一，但是办案民警还是从中发现了疑点。

吴为纲说："傅又鹏跟我们反映，他那天晚上到洪濑镇的某个 KTV 去唱歌，到肇事之前他离开的时候一直在喝果汁。"

傅又鹏的酒精测试确实没有发现酒驾迹象，但是在 KTV 聚会却不饮酒，似乎有些不合常理。而且，傅又鹏和傅又可兄弟俩的手机通话记录都显示出了反常现象。

吴为纲说："我们对自称肇事者的傅又鹏的话单进行分析,发现傅又鹏平时的生活是比较有规律的,晚上的活动范围就在他家附近,而且在 10 点之后基本上没有外出的迹象。而弟弟傅又可的通话记录与车祸发生前后的时间、地点则有着紧密的联系。"

案发之前,傅又可的通话记录所显示的地点就在洪濑镇的某 KTV 里面,案发后是在现场及家附近活动。

吴为纲说："傅又可当天中午并没有去福州。"

电话记录不仅拆穿了弟弟傅又可当天去福州出差的谎言,而且还证实当天晚上他就在洪濑镇和康美镇之间活动。紧接着,警方调取了那间 KTV 里的监控录像,果然发现傅又鹏当晚并没有出现在娱乐场所。而就在这些录像资料当中,警方发现了傅又可出入 KTV 的身影,而且醉态明显。

随着侦查的一步步深入,案件真相逐步明晰了,傅又可的肇事嫌疑上升,傅又鹏顶罪的事实也只剩捅破那层窗户纸了。警方立即对傅又鹏、傅又可、林立威三人进行传唤,分开询问,逐个突破。三人对其串供作伪证的犯罪事实供认不讳。

肇事者傅又可说："差不多 1 点四十几分,我从 KTV 里面出来,开车到事故现场时,我要超一辆拖头货车,刚好爬坡,开快了一点。刚好那个人走在第二车道,就这么被我撞了。一开始我的脑袋就空了,不敢停下来,手机刚好没电,我想赶快向家里人求救,就把车直接开回家,叫醒我哥,跟我哥说不然你替我一下,我留下来借钱。"

肇事顶替者傅又鹏说："我就这么一个弟弟,不可能不帮他,还有就是他今年已经 27 岁了,还没结婚,如果他被判几年刑,这边赔的钱我要帮他出,他坐几年牢出来,再给他娶一个老婆,还要再出十几万,我哪有钱啊?不如顶替他坐牢算了。"

证人林立威说："他们叫我说傅又鹏当晚跟我一起在 KTV 里面唱歌,他只 K 歌没喝酒。当时他车都开到我家里来了,我没有办法犹豫。"

弟弟醉酒驾车肇事致人死亡,为逃避法律制裁,竟然让自己的哥哥顶替自己,又串通朋友作伪证。一起交通事故中,不仅肇事逃逸者傅又可被抓,傅又鹏、林立威也因涉嫌包庇被刑事拘留。

一条红绳子,揭穿一个顶替谜案。令人拍案称奇!

【吴为纲的侦破体会】经现场勘查,再结合当事人陈述的事故过程分析，办案民警就觉得事有蹊跷。蹊跷在何处呢？首先，本案中在现场遗留的一条红绳子最让办案民警不能理解，现场周边没有散落物，唯独让人怀疑的，就是在肇事车辆的后轮胎下面的一条红绳子太过完整和自然了。绳子如果没有被碾轧，那么肇事车辆停留的位置就不是事故第一现场了。现场的车辆是该事故的肇事车辆，但是人不一定是肇事者本人。我们对自称是肇事者的傅又鹏进行询问时发现，他并不能很清楚地陈述事故过程，这让我们更加生疑。民警在勘查车辆时，发现车内有一部处于关机状态的手机，经查为傅又鹏弟弟傅又可所有，为何手机会关机且放在车上呢？在询问两兄弟时，傅又可称自己 5 月 19 日就离开南安去福州办事了，车上的那部手机是当时留在车上忘记带走的。傅又可不带手机去福州办事让我们更加怀疑了。在后来的进一步调查中，发现傅又可有两部手机，但是其称车内的手机忘记带了，在他去福州后就没有再使用该手机了。经对该手机话单进行分析，发现该手机事故发生前在洪濑镇皇家 KTV 一带活动，且一直处于使用状态。我们再结合傅又鹏的手机话单进行分析，发现傅又鹏的生活规律与傅又可截然不同，傅又鹏生活作息是比较有规律的，晚上几乎不出门，在晚上 10 点后更加没有外出的迹象，而傅又可晚上都是半夜才回家的。其实，查到现在，整个案件的真实过程都已经呈现出来了，我们决定对傅又鹏、傅又可两兄弟，还有当时事故发生后的"第一"证人进行传唤，在我们的询问下，三人对犯罪事实供认不讳。

叶子板上的微量血迹

在这起逃逸案件中，或许逃逸者真的不知道自己撞死人了，否则，只要把车开到一个没人的地方加以处理，不留下人体喷溅状的血迹，警方就是查到他的头上，他死不认账，谁也拿他没办法。再者，假如警方没有以快制快、细心勘查肇事车辆，进而发现微量物证，也会失去破案的最佳时机。一句话：逃的"无知"，破的巧妙。

那么，这起逃逸事故是怎么发生的，警方又是怎么破案的呢？

2013 年 6 月 5 日 17 时 28 分，晋江市公安局交警大队事故处理中队接到报警称，在安海镇北环路庵前村路段，一辆摩托车摔倒在地，驾驶人血肉模糊地躺在路边。办案民警立即赶赴现场。

晋江市公安局交警大队事故处理中队副中队长夏继春说："这辆倒地的摩托车的车牌号是闽 C6V××8，死者叫苏台舟，66 岁，安海镇梧山村人。这起事故最让我们不能理解的是，肇事路段为双向六车道，路宽且直，视线良好。发生事故的现场没有留下第二方的任何痕迹，死者及摩托车被撞到路边的最右侧。而从死者脑浆迸、裂惨不忍睹的状态来看，符合汽车类撞击碾轧的特征。那么，这么宽的路面，按理说大路朝天各走一边，为什么这个老人会在路边被撞死呢？只有一种解释：肇事车辆当时可能在超车。"

为尽快还原肇事真相，办案民警立即调取路边监控，只可惜现场没有监控，仅有的两个监控距离现场各 300 米，万能的监控此时也鞭长莫及。

夏继春说："这条路虽说是 328 县道，但各类往来车辆相当密集，一分钟内几十辆车辆来回穿梭那是很常见的事。我们当时就想，能不能把估算的肇事时间尽可能地压缩到最接近真实肇事时间呢？这样我们就能在现场附近的两个监控中排查肇事车辆了。"

办案民警从死者身上找到了一部手机，查看到了他最后的通话时间，然后结合报警时间进行推断，把肇事时间压缩到一分钟以内。在这一分钟的时间内，办案民警在监控中发现有十几辆不同类型的车辆经过肇事现场，然后再根据死者被碾轧的状态，最终锁定了四辆大型车辆。奇怪的是这四辆车中，没有一辆行驶在靠右的车道上。

夏继春说："既然这四辆车都没有靠右行驶，我们就大胆推断，最中间的两辆车嫌疑最大。再根据这两辆车的特征分析，认为这两辆车是附近的运沙车。运沙车的起运地点是安海的安平码头，这个码头距离肇事现场只有6公里，我们连夜赶往码头，对在这里过夜停运的、连夜加班行驶的车辆，逐一进行排查、比对，当排查到车号为赣 F77××6 的重型自卸货车时，发现这辆货车的右后轮的叶子板上有微量的喷溅状血迹和脑浆。后经泉州市公安局物证鉴定所做 DNA 检验鉴定，与死者吻合。肇事嫌疑人卢之树，云南省西畴县人，在安海从事运沙工作。据他供述，他当时到肇事现场时，见前面一辆大型货车行驶速度很慢，就从右边车道超车。当时他光顾着超车，没有看到被撞车辆，只是在超车过程中感觉到车身抖动了一下，就觉得是后面的车轮轧到了石头之类的东西，因此也没有太在意，就继续开着车到码头正常排队载沙，并且已经载了好几趟了。"警察同志，我当时真的不知道我的车撞死了人，要是知道，我肯定会就地停车报警的，我的车有保险，我不必要为这事承担逃逸的罪名，求你们从轻发落我吧，我家里还有妻儿老小。"

夏继春说："这起案件之所以能够在短时间内侦破，主要是我们能把肇事时间压缩到一分钟以内，这样被排查的车辆数就大为减少了，为我们争分夺秒地排查赢得了宝贵时间。而此案中最关键的是，驾驶人没有意识到自己的车辆涉嫌肇事，没有及时清洗车辆，这为我们留下了可资破案的证据。并且，假如我们没有以最快的速度找到这辆车，它在载沙的过程中会被车上滴漏出的水冲刷得一干二净，痕迹全无。如果真到了这种地步，一切的努力都将是徒劳的。"

叶子板上的血迹助警方破案，这是办案民警事前没有想到的。

【夏继春的侦破体会】一些交通肇事逃逸案件，虽然客观上形成了逃逸的结果，但是驾驶员本人并不知道自己已经"逃逸"了。这种情形每一个办理逃逸案件的民警都可能或多或少地遇到过。经过分析发现，如果属于这种情况，及时、快速、准确地找到嫌疑车辆，提取、固定微量物证就成为确定肇事车辆的关键。微量物证在侦破交通肇事案件中具有不可替代的作用，依据科技手段得出的微量物证的鉴定结论，是认定肇事车辆最直接的证据。如果是主观上形成逃逸的，犯罪嫌疑人就会对大面积的车辆痕迹进行修复、修补，但往往仍会遗留有微量物证。

哥俩顶替案

闽南有句俗话，叫"打虎亲兄弟"。意思大家都明白，就是兄弟俩面对凶残的老虎要团结一心，共同面对。在现实生活中，有这样一对亲兄弟，在面对一桩车祸时，也是争着抢着要去顶替交通肇事一案。乍一看，这是亲兄弟割舍不断的情谊，是哥俩好的最直接的体现，可以理解。但从法理的角度去观照，这兄弟俩演的却是一出与法律相左的闹剧。

2013年6月10日凌晨4时53分。欧奋斗醉酒后驾驶闽C55××9号轿车沿鲤城区兴贤路由笋江路往浦口环岛方向超速行驶，行经肇事路段追尾碰撞未取得机动车驾驶证的吕熟炳驾驶的无牌号拼装三轮摩托车，造成两车损坏及吕熟炳死亡的交通事故。按理，这件事情到这里应该告一个段落，该谁承担什么责任谁就承担什么责任，由办案民警根据案件事实认定责任即可。但欧奋斗偏不这么做，非要把事情搞乱不可。肇事路段在成功医院门口，或许是由于车速的原因，肇事车滑行至移动公司门口才停住。这个可以理解，惯性使然。问题是驾驶人在车停住之后的第一个反应不是立即保护好现场，报警求助，抢救伤者，而是打开车门下车，之后又不知出于什么原因，竟然围着自己的车转了好几个圈儿。期间，他还掏出手机不知给谁拨打过电话。之后，才停止绕车转圈的脚步。这是办案民警到来之前附近监控拍摄的实时画面。而车祸现场的另一端，那个三轮摩托车驾驶人吕熟炳，人生的路在这场车祸中被迫走到了终点。他来自四川南充，40多岁，平时以贩卖蔬菜为生。他当天起个大早，是到这里的某个菜市场批发蔬菜果鲜，准备运回晋江池店贩卖赚几个钱的。没想到，钱没赚到，命却没了。

鲤城交警大队事故处理中队办案民警朱忠良说："我们到达现场的时候，欧奋斗还在现场，经抽血测试，其血液中检出的乙醇浓度为

177.25mg/100ml，属醉酒驾驶。"这本来是一起进入正常处理程序的交通事故案件，没想到到了当天下午，事情出现了戏剧性的变化。欧奋斗的哥哥欧奋闽于下午 2 时到交警大队投案自首，称自己才是这起事故的真正肇事者，请求办案民警立即无条件地放了他的弟弟，并向办案民警作了虚假供述。当时，办案民警被这对兄弟的"表演"弄得如坠五里雾，面对两个肇事者，到底谁是真的，一时还真让人真假难辨。

为弄清楚谁是真正的肇事者，办案民警还是花了一番工夫进行缜密的调查。经查，欧奋斗，27 岁，曾因参加黑社会性质组织罪、赌博罪于 2008 年 12 月 22 日被泉州市洛江区人民法院判处有期徒刑一年。为固定证据，办案民警一方面对事故现场及欧奋闽所在小区的监控视频进行采集、查看，一方面到电信局打印出话单，获取了事故后兄弟俩的通话记录。

朱忠良说："监控和话单显示，发生交通事故时，欧奋闽正在家里睡大觉，他接到弟弟的电话后，立即从家里走出来，小区监控里有他的清晰视频。在铁的事实面前，兄弟俩不得不承认哥哥想顶替弟弟坐牢的事实。据欧奋闽供述，他想顶替弟弟不是没有缘由的，因为他的弟弟比他在社会上混得好，能挣大钱。他弟弟进去了，他们家的经济就垮了。"

【朱忠良的侦破体会】在办案过程中，像这样相互顶替的案件还是经常会出现的。在本案的现场勘查时，民警发现犯罪嫌疑人欧奋斗就在事故现场附近，浑身散发着酒气，根据办案经验，综合对事故现场的分析，欧奋斗有重大嫌疑。民警随即对他进行现场盘问，但欧奋斗矢口否认是他驾驶车辆肇事的。为了还原事故真相、固定相关证据，民警随即将欧奋斗控制，并将其送往医院提取血样进行酒精测试。在随后对欧奋斗的询问中，其坚称肇事车辆系其哥哥欧奋闽驾驶的，他是在接到哥哥电话后才赶到事故现场的，民警对其进行酒精测试是违法的。之后，哥哥欧奋闽到交警队投案自首并自称他就是肇事车辆的驾驶人。民警相信自己的判断，但仅有判断是远远不够的，没有扎实的证据，是无法击破犯罪嫌疑人的攻守同盟的。在提取兄弟俩居住小区及相关监控、关系人的通话记录及相关证人证言之后，兄弟俩才低下他们嚣张的头。

凸出来的铁件

2013 年 6 月 27 日晚上 7 时许，天黑乎乎的。在晋江市永和镇内厝村羊角山地段，一辆闽 CEN××8 二轮摩托车在与一辆载石头的"四不像"（由农用车改装）变形车交会时，发生猛烈碰撞，致摩托车驾驶人当场死亡。

晋江市公安局交警大队事故处理中队接到报警后立即赶赴现场。经查，死者名叫张水明，28 岁，惠安县净峰镇人，从事电脑维修。这天晚上，他是在去永和为人维修电脑回程的路上发生不幸的。据家住附近的一个村民描述，他当时在家里休息，突然听到屋外传来一声巨响，就拿着一把手电直奔刚才发出巨大响声的地方，想去看个究竟。到了那里一看，发现一辆怪怪的车跑远了，而地上却倒着一辆摩托车，旁边躺着一个血肉模糊的人。他当时被吓坏了，赶快跑回家关起门来睡觉，当晚连续做了好几个噩梦，那血糊糊的惨景始终无法从他的脑海里抹去。但现场情况让办案民警深感迷惑，既然这位村民有听到巨大的碰撞声，为何现场只留下死者的血迹和摩托车的碎片呢？带着这个疑问，办案民警开始连夜排查，他们首先调取村里安装的监控，在距离事故现场 300 米处的一座小桥的桥头边上，有一家石材加工厂。这家工厂安装有两个相对称的对准村道小桥头的监控。警方调取监控视频查看后发现，一辆满载着石头且车斗两边都超宽的"四不像"变形车，在驶过小桥头之后，突然左转，消失在路的尽头。办案民警沿着这条路走下去，发现这条路其实只有 200 米长，之后就是进入村中的另一条路了。

内厝村有两个大型石窟，这两个石窟养活着村里的一批村民，其中不少村民为了赚更多的钱，纷纷花钱购买经过改装的"四不像"变形车。尽管用"四不像"变形车载石头存在巨大的安全隐患，但一年能为车主赚来 20 万多元的诱惑，还是让很多人甘愿冒这种风险，故而拥有者众。办案民警除了派出部分警力继续寻找和调取村里的监控录像外，剩下的就挨家挨户逐车比对，但这种车因为是同一个"工厂"生产出来的，是模型车，只要看过一辆车，就知道全村的"四不像"变形车都一个样。再加上肇事车在现场没有留下任何痕迹，办案民警辛苦了大半天，还是一无所获。于是，他们把希望寄托在对石窟的调查上，想从两个石窟那里获得当晚载石头的名单，但希望落空，不但老板说当晚没有载石头的车进入他们的石窟，就连工人也异口同声地说没有。

夏继春说："我们没有灰心，继续想办法寻找侦破线索。重点查找发生事故前后肇事车的活动轨迹，这就需要我们再查监控。"

办案民警再次在村里的超市、幼儿园、学校、村部、石材加工厂等地调取大量监控视频。

夏继春说："这次收获很大，因为我们在一家私人监控里，发现有一辆车在事故前经过这里，前往一个漳州人承包的废石料场。难怪前面我们查找的那两个石窟的老板及工人们会说他们那里当晚没有装载石头的车出石窟，看来他们没有撒谎，是我们错怪他们了。"

办案民警满心欢喜地来到这家废石料场，却又让他们失望而归，原因是这里的工人不配合。眼看就要破了的案件，又归于零了。怎么办？办案民警只好再次细看拷贝回来的监控视频。

夏继春说："我们再看这个视频的时候，发现了这辆车的一个不大明显的特征，如果不是仔细看，是无法看到的。你知道我们当时看到什么了吗？我们看到这辆车的后斗右前侧，有一个栏杆上凸出来大约三公分的一个铁件，这是其他车辆所没有的。别看这小小的一个凸出来的铁件，它对我们日后的比对起到了关键性的作用。"

在一家废石料加工厂，办案民警发现了这辆车，经过与视频截图进行比对，这辆车就是他们在监控里看到的那辆车，车牌号是闽05-61××0。这家老板说，这辆车是他的养子开的，养子是贵州人，是几年前到他家入赘的，名字叫朱敏申，现在正在离此不远的家里睡午觉。

当朱敏申被办案民警从被窝里拉起来的时候，他知道瞒是瞒不过去了，就痛快地说出了肇事前后的经过。他说那辆摩托车驾驶人之所以会被撞死，主要原因可能是他装的石头超宽，摩托车在与之交会时，撞到了超宽凸出来的石头。他说他当时知道祸闯大了，就一不做二不休，干脆把车开走。在驶过小桥头的时候怕人家会从后面追上来，就左拐进入另一条路。这条路上没人，他就把车停下，卸掉车上的两大块废石料，然后绕道回到他养父的废石料场。把车停下后，他对谁也没说，包括他的家人，然后蒙头大睡。次日起来，听人说那个驾驶人死了，他就更不敢说了。他想只要警察没有破案，他就把这事永远烂在肚子里。

夏继春说："我当时问他，你车上栏杆里插的那根铁件是干什么用的？他说你这还不明白呀，告诉你，干我们这一行的每辆车上都有，是专门用来撬石头和撬车后斗门用的。我问他，为什么别的车没有发现像你这样的插管，而只有你才有呢？经我这么一问，他来劲了，立即精神气十足地说，这是我独创的，放在那里不占位置且安全、方便，别的车用的插管都是直接放在车后斗，或者干脆放在驾驶室，但这样很容易遗失。他迟疑了一会儿，反过来问我，怎么？你问这个跟破案有关吗？他见我笑而不答，就一脸茫然地低下了头，然后喃喃自语道，该不是这根该死的铁件把老子出卖了吧？或许有这可能。"

或许，他这下总算明白了"要想人不知，除非己莫为"的祖训了。

【夏继春的侦破体会】无牌无证车辆经常出现在逃逸案件中，从犯罪心理学的角度讲，这样可以尽可能地达到"逃逸"的效果。这是我们侦破逃逸案件的难点。本案案发后，经过查找附近相关监控，可以判定肇事车辆是一辆"四不像"，难点是案件发生地是在石材矿区，周边三个乡镇都盛产石材，"四不像"是短途运送石材时使用最多的运输工具，在当地有上百辆，都是改装的，外观、颜色、形体、结构都差不多，无法区分。排除共性找特性，相信每一辆车一定会有它自己的本质特征，坚定信念后就是一遍又一遍地比对，终于发现了"凸出来"的铁件，利用这个特征查获了嫌疑车辆，破获了案件。

见不到屠夫的肉铺

2013 年 7 月 17 日 8 时 27 分许，泉港区滨海路狮东村路段。该村村民吴志新与妻子林三妹从田里早耕回来，途经事故路段时，欲从滨海路火电厂的路左往界山方向的路右横过机动车道，林三妹走在前面，吴志新肩扛锄头紧跟其后。此时，一辆摩托车快速驶来，将走在前面的林三妹撞倒在地，走在后面的吴志新亲眼目睹妻子被摩托车撞倒在地，不省人事，瞬间惊得目瞪口呆，不知所措。等他反应过来之后，连肇事车的车牌号都顾不上看，就直扑妻子的身旁。而那辆撞人的摩托车并没有因为撞人而摔倒，只是颠了一下就继续往前开走了。驾驶人在开车走的时候只回头看了被撞人一眼，就没事般地回过头去，表现得非常潇洒。

泉港交警大队事故处理中队办案民警郭维华说："我们接到报警赶到现场的时候，因为是大白天，现场有好多人围观。死者林三妹旁边是号啕大哭的丈夫吴志新，他在接受办案民警的询问时一把鼻涕一把眼泪地说，他只知道他妻子是被一辆摩托车撞死的，其他的就不清楚了。"由于摩托车没有倒地，现场没有留下肇事摩托车的倒地痕迹，只有肇事摩托车上的一个红色装饰灯壳和死者的一把锄头。就在办案民警勘查完现场准备撤离的时候，有一个自称是见义勇为者的土炮车驾驶人主动向办案民警述说，他当时就跟在肇事摩托车的后面，见他撞死了人还逃跑，就非常气愤地驾驶土炮车直追，只可惜他当时开的是重车，追了大约 200 米，就追不上了，只能眼睁睁地看着它消失在天线宝宝公司门口附近，不过他在追的过程中也不是没有收获的，因为他看清了驾驶人的外部特征：身穿白色衬衣，驾驶的是一辆豪爵类型的摩托车，车前有挡风板。

吴志新见土炮车驾驶人这么说，也很主动地向办案民警反映他刚才没来得及反映的情况，他说他知道肇事者是谁了。办案民警问他是谁，他说是狮东村的吴大柱。办案民警立即到狮东村找到吴大柱的家，吴大柱的家人对办案民警说，你们找他有事吗，他这个时候正在二楼睡觉呢。办案民警在吴大柱家人的带领下，叫醒了正在睡觉的吴大柱。吴大柱醒来时睡眼惺忪地问："什么事呀，这么早就把我吵醒。"办案民警问他："今天有没有在什么地方发生过交通事故？"他说："没有呀，我从昨天下半夜回家睡觉到现在都没有醒来，怎么能说我交通肇事呢，是谁这么缺德诬陷我？"办案民警说："你说没有就没有吗？人家死者家属一口咬定是你肇事的，你怎么解释？"吴大柱说："你们要是不信，我的车就在楼下，你们自己去看看。"办案民警立即带着吴大柱到楼下，一摸那辆摩托车的发动机，感觉是凉的，就觉得说吴大柱肇事纯属子虚乌有。办案民警向吴大柱道歉后，迅速离开了他家。

郭维华说："我们在排除吴大柱肇事的可能之后，就回过头来梳理土炮车驾驶人提供的信息，并且认为他提供的信息非常重要，至少为我们提供了车辆的型号、肇事者的外貌特征，以及肇事车的逃逸方向，为我们下一步的侦破工作提供了有利的情报。"

界山镇至南埔火电厂沿途共有三个监控，但都不是高清的，无法看清肇事者的"庐山真面目"。通过调取这三个监控点的录像可以比较肯定地判断，肇事者最终是消失在沙格村的范围内。于是，办案民警就一方面通过地毯式的搜索查找肇事摩托车，一方面进村蹲点，散发、张贴悬赏通告。工作中，一条条线索被摸出来，又被一一否定。连续六天，侦查工作没有多大进展。

郭维华说："是我们的侦查思路有问题吗？好像不是。因为从肇事前监控视频里看到的这个人的活动中心就在沙格村，所不同的是肇事后这个人似乎人间蒸发了，谜一般地消失得无影无踪。"有一次，办案民警准备到村里的一家茶叶店走访，走近店面时，发现这里有一个监控，就抱着试试看的心理进到店里查看监控视频，这一看还真看出了一点名堂来，视频里有一个印在办案民警脑海里多日的肇事嫌疑人的外形特征，这个特征与报警人和其他监控里的特征一模一样。这让办案民警兴奋不已。再细看，这个人当时正跨在摩托车上与一家肉铺老板对话。这就说明办案民警只要走到茶叶店对面，一问肉铺老板，就能找出肇事者。但是，他们的想法过于天真。当他们拿着视频截图让肉铺老板王族民辨认时，王族民给出的答案却让他们的心一下子凉了半截儿。肉铺老板王族民是这样为办案民警还原当时的情景的。

郭维华问："王老板，你先看看这张照片，然后再仔细想想，几天前这个人曾经来过你这里，你是否记得他当时来的目的，是否认识他？"

王族民接过办案民警递过来的照片，仔细端详了老半天，才痛快地说："当时确实有这么一个人到过我这里，就像这张照片一样，他跨坐在摩托车上对着我说，老板，排骨一斤多少钱？我说一斤19块。他说18块，我说18块不卖。他说不卖就不买，然后就骑着摩托车走了。"

郭维华问："你认识这个人吗？"

王族民回答说："不认识，不过有点面熟，但就是不知道他是哪个村的。警察同志，你们是知道的，干我们这一行的，接触的人多，认识的人少，还请你们多多原谅。"

肉铺老板的这番话入情入理，说得滴水不漏，无懈可击。办案民警只好带着茶叶店监控视频的拷贝回到警队。

这条看得见摸不着的线索让郭维华很懊恼，也很挂心。他老半天坐在办公室里对着拷回来的录像看了一遍又一遍，看得两眼发酸、发痛，还是闹不明白这段录像到底隐藏着什么秘密。用平常的眼光看，这段录像再平常不过了，一个人跨着摩托车对着卖肉的人询问排骨的价格，又与卖肉的人讨价还价，很正常，似乎无可挑剔。但他又在想，这段录像是茶叶店平时对着门口道路的，录像范围延伸到肉铺，这肉铺是监控录像的最尾端，肉铺的摊点外侧看得清清楚楚，而肉铺后面却是一片黑乎乎的影像，既看不到摊后卖肉的屠夫，也看不到摊上的猪肉。如果从推理的角度去看待这个问题，又会是什么样的结果呢？郭维华的脑海里瞬间跳出了一个奇怪的想法，他为这个想法而产生出一阵莫名其妙的兴奋。假设肉铺摊后面没有人在卖猪肉，而黑乎乎的影像后面另有其人呢？那么，这个神秘的所谓的顾客是否就是卖肉人呢？但这里面有一个问题，当时卖肉人在对谁讲话？是他的妻子吗？翻开调查记录一看，没错，这肉铺是个夫妻档。对了，当时这个神秘的顾客就是卖肉人，就是屠夫王族民。

郭维华说："我当时心情非常激动，拍着自己的脑袋自言自语地说，你这死脑筋今天总算开窍了，变聪明了。王族民的妻子在我们找她丈夫询问后的第二天，主动到交警大队打探案件的进展情况，当时我们心里还很感动，为感谢她对此案的关心，我们还特地派警车把她送回家。现在想来，她这是在刺探案情，是她丈夫派来的'密探'。我们被她的积极表现蒙住了眼睛。"郭维华把这一推理向上级领导作了全面汇报，得到领导的高度重视，命令办案民警立即控制王族民并搜查他的住宅，找出肇事摩托车。

办案民警第二次登门造访王族民的时候，他先是有点惊讶，而后是镇静。他和他的妻子非常配合办案民警的工作，妻子热情有加地泡茶、请茶，说警察同志辛苦了，喝口茶解解渴。丈夫从家里推出两辆摩托车，说他平时轮换用的就是这两辆摩托车，让民警们慢慢查，查仔细了，还他一个清白。

郭维华说："我们对他家里的两辆摩托车进行比对的时候，发现其中一辆悬挂闽 CEU××9 车牌的摩托车有重大嫌疑。首先，这辆摩托车前减震杆两侧的反光片明显是新的，与原装反光片不符。但不符合的证据在什么地方呢？我们没有这方面的专业知识，就去请教摩托车维修店的老板。老板说，这种型号的车原装的是白底的，而这个是黑底的。经比对现场提取的前减震杆两侧反光塑料碎片，完全吻合。其次，这辆车的车头距离地面高 80~107 厘米处的前大灯凹陷、左前转向灯向后弯曲、仪表盘部位破裂，符合与人体碰撞形成的特征。结合法医鉴定，林三妹左脚留有的黑色橡胶加层痕迹、左右小腿前侧有碰撞挫伤痕迹，符合被摩托车碰撞所形成的特征。"有挡泥板的这辆车被确定为嫌疑车辆，而王族民家里的另一辆没有挡泥板的同型号摩托车被排除嫌疑。说到这里，大家可能有一点不明白，监控视频里的摩托车不是没有后备箱吗？这就是王族民的狡猾之处，他在出事之后，为逃避办案民警的侦查，没有到摩托车维修店维修损坏的部位，而是买来损坏的反光灯自己安装，考虑到肇事后这辆摩托车会被监控，就特意在摩托车后面加装了一个后备箱。而对此王族民却脸红脖子粗地说："你们冤枉我了，我这辆车原来载生猪时曾摔倒过，换反光灯是正常的，至于后备箱，我在两三个月前就已经装上了。"

办案民警在掌握了充分的证据之后，把王族民连人带车带到队里作进一步调查。王族民在讯问的民警面前摆出一副"死猪不怕开水烫"的架势，与民警耗时间，一天一夜不开口。办案民警为让其开口说话，把监控视频截图摆在他面前说："你看，你在 7 月 17 日早上 8 时 19 分从家门口驶出，至肉铺前停下与你妻子对话，8 时 20 分 57 秒经过通港路海上加油站的监控点，8 时 24 分 31 秒经过滨海路下朱尾路口的监控点，8 时 27 分 51 秒经过滨海路狮东村路口的监控点。如果你看了这些监控视频还不承认肇事事实的话，我还告诉你，我们经过模拟，从你家出来，以 60km/h 的时速测试，刚好符合事故形成时间。这下你又作何解释?"

王族民终于扛不住了,就突然蹦出一句话:"这个人该死,谁叫她横穿的时候走得那么快。"他说,他当时撞人之后,就继续走,到了天线宝宝公司旁边便拐进一条新修的公路,然后上国道324线,往仙游枫亭购买生猪载回沙格村宰杀,之后就载到肉铺贩卖。当时为了不再被监控拍到,他就在回来的路上把头盔及上衣扔掉,光着膀子回到了家。他以为这样可以躲过一劫了。唉!人算不如天算,认栽了,这都是命啊。

郭维华说:"这起案件侦破起来比较难,难就难在死者家属从头到尾一直指证肇事者是他们村里的吴大柱,而吴大柱兄弟咽不下这口气,也一直带人到他家里去闹,我们就得腾出手来去做他们两家的思想工作。死者家属见我们这边迟迟破不了案,一直把尸体摆在路面上,堵塞交通,以此相要挟。哎!好在一切都过去了。"

【郭维华的侦破体会】经现场勘查认定,行人被一辆二轮摩托车碰撞,摩托车逃逸,现场只留下摩托车前减震杆上的一小块装饰灯碎片。在这样不利的条件下,经过专案组全体人员的不懈努力,历经六昼夜,终于侦破此案。在此类案件侦破中,首先要认真排除不利证据。该起事故死者丈夫是目击证人,肇事摩托车驾驶人在他喊话后还扭回头看了一下,死者丈夫一直指认是他们同村的吴大柱撞的人,办案民警立即前往吴大柱家里,由于吴大柱刚起床,后背还有竹席的印迹,且其摩托车放在家里,发动机是冷的,说明该车没有启动过,予以排除。其次要充分利用视频监控。专案组民警利用沿途监控寻找蛛丝马迹,在现场监控中发现有一辆摩托车(驾驶人头戴黄色头盔)从现场一晃而过,通过这一细节,以摩托车头盔为黄色这一重要线索,沿着其之前和之后的活动轨迹反复寻查,终于找到了其出行的大概范围。再次要细心走访寻找线索。利用视频监控缩小摩托车出行范围后,专案组分成三组,对该范围内的所有村庄进行地毯式的摸排,获得一重大线索,在沙格村一茶叶店监控中发现类似肇事摩托车且驾驶人为头戴黄色头盔的人从一小路口驶出,经了解系一屠夫,当日22时肇事驾驶人王族民被传唤到大队。最后要政策攻心突破防线。当时将肇事驾驶人及摩托车带回大队,由于其已将摩托车修理完毕,并且改装过,但更换痕迹尚有迹可循,刚开始他还百般抵赖,后通过政策攻心,突破了其心理防线。至此,该案告破。

监控下的背影

2013 年 7 月 26 日 17 时 27 分，永春县公安局交警大队值班民警徐灯煌、郑志刚接到县公安局 110 指挥中心转来的报警电话称：在湖洋镇锦凤村路段，有一位叫林秋菊的 90 岁老人被一辆车（具体是什么车不清楚）撞倒，受伤倒地，肇事车逃逸。

事故处理中队中队长周江华说："案情就是命令，值班民警立刻赶赴事故现场。此时，伤者已被送往当地卫生院进行抢救治疗。"到达现场后，办案民警立即展开勘查工作，发现事故现场路面上仅留下一摊血迹、数条车辆痕迹和一个疑似摩托车支架垫，没有发现其他肇事车辆残留物。现场勘查完毕，办案民警就立即走访事故现场周围群众，了解情况。经走访了解得知，有附近群众在事故发生时听到砰的一声响，像是摩托车倒地的声音，当时她没有反应过来，等看到躺倒在地上的行人系同村老人林秋菊时，肇事车辆已不知去向，就直接跑去通知老人的儿子并报了案。

办案民警根据群众提供的线索，同时结合路面留下的痕迹，初步判断肇事车辆为二轮摩托车。确定肇事车型后，办案民警扩大勘查范围，沿肇事现场附近的街道展开调查，掌握附近地带的电子监控设备，力求通过监控视频追查肇事车辆的蛛丝马迹。其间，民警还赶往卫生院看望受害者，但受害者伤情严重，不能言语，无法提供线索。在安置好伤者的抢救事宜后，民警随即到湖洋派出所调取 16 点 50 分至 17 点 17 分这一时间段的重要监控点的影像资料，并与派出所民警一道对所有监控资料进行比对、衔接，但由于最接近肇事现场的监控设备影像模糊，增加了比对工作的难度。但民警们没有就此放弃，而是将所有影像资料拷贝带回大队，经过技术处理后，将影像资料生成图片模式打印出来，接着更深入地进行比对、分析，最终比对出 31 张从肇事路段通行的二轮摩托车的图像，此时已是 27 日凌晨

2 时 16 分。

27 日上午，王天德大队长主持召开案情分析会，布置侦查任务，决定派出三组民警分别寻找 31 辆二轮摩托车的主人。接到任务后，民警们分组展开行动，一组继续对图像进行分析，通过模糊的车辆号牌查询车辆信息，并及时将信息通知一线民警。另外两组民警分别带着打印出来的图片到湖洋展开摸排工作，重点走访肇事现场及其附近村落的村民、住户，进行逐一排查，落实车辆及其驾驶人的身份。其间，那位原本正在操办寿宴的受害者在医院抢救无效死亡。

周江华说："31 张图片经过大量排查走访，办案民警手里只剩下一张背影模糊的照片，其嫌疑性较大，因为它是在锦凤中心小学门口的一个监控拍到的，显示时间的是肇事前的几分钟，与肇事时间最接近。但由于背影模糊，很多群众都辨认不清。如果放弃了对这张照片的继续辨认，就等于放弃了希望。"

28 日，办案民警继续到湖洋镇展开侦查工作，有一名村民一看到照片里的模糊影像就脱口而出："这不是锦凤村的刘牛吗？"还是群众的眼睛雪亮，肇事嫌疑人终于浮出了水面。上午 10 时许，当办案民警直接走进刘牛家时，发现刘牛神色慌张，在办案民警让其辨认图片里的车辆及其驾驶人是否其本人时，其答非所问，话语有些凌乱，眼神不能集中，好像在刻意隐瞒什么事情。随即，办案民警要求检查其车辆。经详细检查，办案民警发现该摩托车左侧防护栏板、车把等处有擦痕，更重要的是，办案民警发现了这辆摩托车的支架少了一块支垫，这更进一步证实了刘牛肇事的事实。随后，办案民警要求对刘牛手部、腿部进行检查，发现刘牛腿部有受伤的新痕迹，但刘牛对受伤的原因进行狡辩，说是在一次走山路时不慎摔倒擦伤的。这回办案民警已经掌握了确凿的证据，根本不听信他的鬼话，当场将刘牛传唤到湖洋派出所作进一步调查。

在大量证据面前和政策教育下，中午 12 时许，刘牛交代了肇事逃逸的犯罪事实和经过。据他交代，事发那天傍晚，他驾驶闽 C/MH××4 摩托车从湖洋镇街道沿县道 345 线往湖洋玉柱村方向行驶，至肇事路段时，刷到路边行走的一位老人，致老人摔倒在地，自己和车辆也同时倒地。当他看见老人受伤后，觉得自己的头涨大了，慌乱中急忙起身并驾车逃离现场。

刘牛垂头丧气地说："回到家后，我不敢对家人讲。本以为这样就可以瞒天过海，不想没过几天，你们还是找上门来了。"

逃也枉然

【周江华的侦破体会】这起交通肇事逃逸案件，现场仅留下一摊血迹、数条车辆着地痕迹和一个疑似摩托车支架垫，没有发现其他残留物。要破此案，谈何容易？从接警的 17 时 27 分到现场勘查、走访了解、调取录像、比对分析的次日凌晨 2 时 16 分，连续近九个小时的奋战，最终只比对出 31 张从肇事路段通行的二轮摩托车的模糊图像。民警们经过大量的排查、走访、分析，最终锁定了一张背影模糊的存疑照片，并以此为突破口，经过多方努力，最终破获此案。

玻璃映像

发生在 2013 年 8 月 3 日凌晨零时许的那起交通事故，不但令侦办这起事故的石狮市公安局交警大队事故处理中队的民警伤透脑筋，也令死者家属十分不满，他们调动和集聚了包括在厦门的某纪检部门、新闻界的朋友等很多人，到交警大队要求解开"车祸之谜"。任凭办案民警怎么解释，说经初步勘查这是一起单方事故，他们也不信办案民警这个说法，并要办案民警拿出有力的证据来证明这一点，但办案民警一时还真拿不出什么可以说服死者家属的"有力证据"。那些天，这些讨要真相的人不但堵在事故处理中队哭闹，还到石狮市纪委上访、申诉，强烈要求办案民警秉公执法，揪出真正的肇事元凶。此时的办案民警面临的压力有多大，就可想而知了。

那么，这起交通事故到底是怎么发生的呢？办案民警又是怎么初步认定的呢？这话还得从头说起。

8 月 3 日这天凌晨，从事个体服装拉链加工的 42 岁的莆田人叶肖泉，骑着摩托车载着拉链给客户送货，回程途中，在石狮市灵秀镇外西环路通往彭田新大街的路段，撞上了花圃的路沿，摩托车倒地，人当场死亡。副中队长陈绍伟及办案民警陈蛟龙接警后立即赶赴现场，并展开认真而细致的勘查。

陈蛟龙说："事故现场有一个'S'形大弯，这里曾经发生过多起交通事故，是个危险路段。我们当时到达现场的第一个反应是可能与来车发生相撞，但经过一番仔细勘查及访查两个报案人，初步认定这是一起单方事故。主要的证据支撑是现场没有发现其他车辆的散落物，也没有发现这辆摩托车和其他车辆发生碰刮的痕迹，而且第二天抽血化验的结果证实死者当时是酒后驾车。"

对于警方的初步调查结果，死者家属当然是一万个不答应的，他们要求办案民警拿出更多的有力证据来证明死者是肇事的。而此时办案民警掌握的证据并不多，一时无法说服死者家属，也无法控制死者家属的激动情绪。距离现场比较远的一个监控探头没有监控到事故发生的经过。

陈蛟龙说："肇事路段没有监控，而唯一的一个私人监控的镜头就差那么一点点就监控到现场了，太可惜了。"

由于事故发生在深夜，又是在一个比较偏僻的路段，警方经过大量的走访调查，没有找到目击证人，唯一能够纳入警方再次深入调查范围的只有当天晚上的两个报案人。而这两个报案人坚称，他们是在不同时间段经过事故路段，发现有人发生车祸才报警的，至于事发过程他们真的是一无所知。

接下来发生的事情就有点让人匪夷所思了，集聚在事故处理中队的死者家属及那些有名望的"智囊"，向办案民警提出了更加苛刻的条件，要求报案人接受警方的调查，他们的理由是说不定报案人中就有肇事者，因为这样的案例时有发生。办案民警只好做通两个报案人的思想工作，让他们带着当天晚上驾驶的车辆前来事故中队接受警方的进一步勘查。在死者家属的见证下，办案民警对报案人的两辆小轿车进行了仔细的勘验，并无发现与他人车辆相撞后遗留在车上的任何痕迹。死者家属默认了办案民警的勘查结果，但他们又提出了另外一个要求，重新启动调查程序，并且要在他们参与的情况下进行，否则无效。

陈蛟龙说："前面那个条件我们接受了，后面这个要求我们还没有经历过，但为了安抚死者家属的情绪，我们还是破天荒地答应了。"

办案民警带着死者家属和"智囊"们重新沿着以前调查过的路线和对象再次走访了一遍。这次调查，他们亲耳听到了一件事情，证实死者当时在送货到某五金店后，跟熟人喝了酒。事情好像到此可以告一段落了，但死者家属还是认为死者喝了酒不假，但这并不代表着酒后一定会发生交通事故，这桩车祸还是不能了结。

陈绍伟说："其实，我们也没有要了结的意思，只是在重新梳理证据，重新调整侦查方向，可死者家属偏不让我们有这个机会，整天纠缠着你要证据，这种过激行为让我们也无可奈何。"

闹到这种地步，这起车祸已经不像处理一起平常的车祸那么简单了，因为他们早把这件事闹到了市里，市里的电话也催得紧，无形中成了市里的督办案件。办案民警冷静下来之后，重新梳理每一个调查环节，生怕遗漏了中间的某一个细节。于是，他们重新来到事故现场，特别是到安装有监控的某物流公司重新调取录像，对着录像反复观看，看得眼都花了，还是没看出什么名堂来。就在大家垂头丧气的当儿，陈绍伟忽然一声惊叫，打破了沉寂。

陈绍伟说："我发现事故真相了。"

陈蛟龙反问："陈副，你在做白日梦吧？"

陈绍伟说："我不是做白日梦，我说的是真的。"他见大家还不信，就指着录像里的一扇玻璃窗说："你们看，玻璃窗里不是有一个始终亮着灯光的点吗？让我们再把亮点往前倒，就可以看到事故发生前的过程，大家注意了，这辆摩托车在事故发生前曾经抖了一下，然后翻了个滚，之后灯光就固定在画面上了。"

这真是"山重水复疑无路，柳暗花明又一村"。陈绍伟的这一重大发现，一扫笼罩在办案民警们心头上的阴霾，大家欢呼雀跃。死者家属及"智囊"们也很快知道了办案民警的这一重大发现，他们半信半疑地观看了办案民警拷贝回来的视频资料，不得不在事实面前承认是单方事故。

陈绍伟说："本来这个监控只差那么一点点就录到事故现场了，而万幸的是玻璃窗的映像为我们揭开了谜底。"他进一步解释，监控画面中的玻璃窗恰到好处地反射到了事故地点周边的情况，把实际的画面进行了延伸。后经查证该亮点为肇事摩托车的前大灯，直到办案民警勘查完现场，拖走摩托车后，玻璃窗上的映像才同时消失。警方最后认定，叶肖泉酒后驾驶摩托车由灵秀创业园往彭田新大街方向行驶，在转弯过路口时，由于车速过快，摩托车直接碰撞到花圃路沿，造成摩托车摔倒在地、叶肖泉当场死亡的交通事故。

【陈绍华的侦破体会】集体的智慧在侦破交通肇事逃逸案件中起着决定性的作用。发生肇事逃逸案件后，要立即成立专案组，汇总信息，抽调精兵强将，确立指挥，明确任务，分工负责，尽快投入工作，捕捉事故车辆和嫌疑人员的蛛丝马迹。为在最短的时间内确定侦查方向，要集思广益，让民警大胆设想，敢说话，集体讨论，避免"一言堂"，使侦破工作节省时间和少走弯路，同时开展寻证、取证和技术处理工作时要"细"。

几根眼睫毛

这是一起弃车逃逸案。按理，办案民警遇到这种案件就会很快根据留在现场的车辆进行追踪，找到肇事车辆，并由此侦破案件。但发生在石狮市的这起案件，并没有我们想象的那么简单，是经过一波三折才破的案。

2013 年 8 月 22 日凌晨 4 时许，在石狮市石泉路华山路口，一辆"大绵羊"二轮摩托车与一辆无牌证三轮摩托车发生正面碰撞，事故中有人受伤倒地，奄奄一息。接到报警后，办案民警吴志煌、张晓锡立即赶往事故现场。现场留有两辆肇事车辆，一辆是无牌证三轮摩托车，一辆是车牌号为闽 C9J××1 的二轮摩托车。据报警人称，身受重伤的三轮摩托车驾驶人已被先一步赶到的 120 及时送往医院抢救治疗，而二轮摩托车驾驶人及乘员则在事故发生后弃车，改乘一辆疑似前来接应的摩托车向晋江方向逃窜。

警方经过对现场进行仔细勘查，发现倒在现场的二轮摩托车旁留有一摊血迹，摩托车的挡风玻璃大面积破裂，裂口留有血迹、人体组织，以及看似不起眼的几根眼睫毛。警方勘查完现场之后，就马不停蹄地连夜赶往医院进行调查，但却被院方告知，送来的伤者由于伤重不治身亡。

吴志煌说："从医院出来之后，我们立即通过车辆管理信息对闽 C9J××1 摩托车进行检索。"检索结果显示，这辆摩托车的车主叫陈潇前，安徽人，居住在灵秀镇塔前村的一座出租房里。办案民警立即赶往塔前村，找到了陈潇前。陈潇前就在家里，睡得迷迷糊糊的，他对警方的突然造访和询问感到一脸茫然。他说："我今晚哪儿也没去，就在家里睡觉，不信你们自己去看，摩托车就停在楼下，车钥匙就在我身上，你们看，这就是我那辆车的钥匙。"陈潇前跟着警方下楼查看，不看还好，一看却把他吓了一跳："我的妈呀，我的车哪里去了？"吴志煌说："你的车在事故现场，已经被我们拖到停车场了。"这下陈潇前被吓醒了，立即打开家里的监控，监控显示，凌晨3点多的时候，有两个人溜进楼下放摩托车的地方，前后仅用了两分钟的时间就撬开了摩托车的锁，推着车出门骑着跑了。

车辆被盗，车主被排除了嫌疑。接下来，警方就集中精力查找这辆摩托车肇事前的行车轨迹，警方在塔前村路上沿途查找监控录像。其中，有一段监控录像不但清晰地录下了这辆摩托车当时正往晋江方向逃窜，而且还录下了肇事驾驶人的身高及面部特征。

吴志煌说："驾驶人20多岁，身高1.7米左右。"综合现场勘查的信息，办案民警初步判断，这两名盗车贼在盗窃得手后，生怕被人家发现从后面追赶上来，就慌不择路地加速逃窜。肇事后，紧跟其左右的另一辆载他们进入石狮作案的摩托车立刻回过头来把他们载走。所以，这起盗窃案件起码是由三个人组成的团伙，否则肇事者不可能在肇事后第一时间就被载离现场。另外，肇事者肯定在肇事过程中也受了伤，而且伤得不轻。基于这种判断，办案民警立即驱车赶往晋江，在肇事者逃跑的沿途走访了十多家私人诊所、医院后，最终获得了一个比较符合肇事者特征的信息。据一家无名诊所的医生反映，他在凌晨5点左右曾经接诊过一名与警方手里拿着的监控截图上的人很相似的外伤病号。医生说："由于我这家诊所无法医治这类伤员，就请他们到医院去医治，但他们坚持不去医院，硬要我为他们缝合伤口，我说我真的不是外科医生，无法处理这种伤口，并对他们说了一大堆好话，最后他们同意我为他们拨打120电话。"

办案民警立即赶往那位医生提供的医院，但这家医院的人说，他们看到这名伤者伤势比较严重，建议他们转到晋江市医院接受治疗。早晨6时，办案民警追踪到晋江市医院，据该院的医护人员介绍，凌晨5时40分，他们接收到一名面部及手臂受伤较为严重的男青年，其身高及外貌特征与办案民警提供的截图基本吻合。办案民警在医护人员的指引下，很快找到了正在手术台上接受医生缝合手术的男青年。民警随即对其进行询问，但他并不承认自己驾车肇事逃逸，声称自己是走路时不小心掉进了路边的水沟里。

吴志煌说："我们暂时没有什么强有力的证据能够证明他没掉进水沟，而是在石狮发生事故时受的伤，只好对这名受伤的男青年及其陪护人员进行信息登记。然后，留下一名民警悄悄在旁监视。"

为找到充分的证据，办案民警在返回石狮后，立即与刑侦部门联系，并通过技术手段证实那名受伤男子在事发时曾经过事故现场，并且其经过时间与事故发生时间相吻合，与此同时还证实该男子曾在肇事前的被盗摩托车的现场出现过。办案民警在获取了这些有力证据后，迅速赶往晋江市医院，对那名受伤的男子实施抓捕并带回石狮讯问。而其同伙见到早晨来过的警察突然又进入医院，知道事情败露了，就瞧个空从警察的眼皮底下溜走了。

面对办案民警的讯问，四川人彭百还是不老实，仍坚称自己是不小心掉进沟里的。办案民警说他是当晚纠集同伙到塔前村盗窃摩托车，在逃跑过程中发生了车祸。他却狡辩说，他当晚在晋江市区玩，根本没有到过石狮。警方出示盗窃现场以及沿途监控画面给他看，他还是不肯承认。最后办案民警出示了从现场提取的几根眼睫毛。

吴志煌问："这几根眼睫毛你应该认识吧？"

彭百反问道："你这是什么意思？几根眼睫毛能说明什么问题？"

吴志煌说："你对我们以上出示的证据全部矢口否认，当然对我现在出示的这几根睫毛更不在乎了，也如你所说确实说明不了什么问题，但我现在想揭开裹在你眼睛上的纱布，把你这几根眼睫毛接上去，你看怎么样？"

彭百此时条件反射般地大声叫起来："你们不能这么做，揭开纱布会感染的。要是弄瞎了，我不就成了独眼龙了。"

吴志煌说："你怕感染，怕成独眼龙？就不怕被你撞死的同乡的冤魂找你索命吗？"

彭百："你说什么，他死了？"

吴志煌说："死了，他叫谢谷民，40多岁，家有患糖尿病的老婆和两个残疾儿子。"

彭百一声哀叹："我的天啊！你们就别再问了，也别揭开纱布接我的眼睫毛了，我承认，那辆摩托车是我盗窃的，事故也是我造成的，那几根眼睫毛不用说肯定也是我的，因为当时我的左眼撞到了摩托车的挡风玻璃上，现在眼睛还疼得厉害。咳！我真是瞎了眼了，怎么会老乡撞死老乡呢？而且是撞到一个不幸的家庭。"彭百自言自语地说，本想和另外两个老乡盗窃摩托车去卖，弄俩钱花花，这下倒好，车没盗到手，却把自己盗进了监狱。

侦破一起交通肇事逃逸案，连带揪出一个盗窃摩托车团伙，这事办得漂亮。事后，同事张晓锡问吴志煌怎么想起用这一招？不是还有现场提取的血迹吗？做个DNA不就搞定了。

吴志煌笑着说："这叫审讯术，哈哈！走，咱们到食堂吃饭去。"

此时，墙上挂钟的时针指向当天晚上 8 时。

【吴志煌的侦破体会】"准"字在案件侦破过程中一定要很好地把握。指挥要准确，侦破方向要准确，取证要准确，破案时机要准确，抓捕犯罪嫌疑人要准确，适用的法律条款要准确。只有把握好"准"字，我们才不会打败仗，才能把案件办成铁案。几根不起眼的眼睫毛纳入我们的侦破范围，就是"准"字的充分体现。

赔偿疑云

交通事故发生后，往往伴随着一个非常具体的问题——赔偿，特别是事故导致人员伤亡时，肇事者和受害人家属往往因赔偿数额而争执不休，进而产生纠纷。而我国对于交通事故中人员伤亡的赔偿是有规定和标准的，按照这个标准进行协商，出入不会太大。但是，前不久发生在安溪的一起交通事故，双方却协商达成了一个出人意料的高额赔偿数字，数字背后又有什么隐情呢？

2013 年 8 月 26 日下午 3 点多，安溪县城厢镇同美中路王金顺店门口发生一起交通事故，办案民警接警赶到现场的时候，在事故中被撞的老人已经死亡。

安溪县公安局交警大队事故处理中队办案民警肖瑞波说："出警到现场的时候，发现这边一个老年妇女躺在地上流了很多血，但是没有看到任何车辆碰撞后掉下来的碎片或刹车痕迹，什么都没有。初步判断是一起机动车撞人逃逸事故。报警人说刚从这边路过看到一个人躺在那边流了很多血就报了警，事情是怎么发生的他没有看到。"

事故是怎么发生的，没有人知道，肇事车从哪里来、到哪里去也没有人知道，事故现场很干净，由于没有任何可供利用的侦查线索，让办案民警感到很棘手。

安溪县公安局交警大队事故处理中队中队长赵程毅说："我们只能通过其他的线索来摸排。"

正当办案民警展开大范围的侦查时，又接到通知说肇事者已经开着车来到安溪交警大队投案自首了。办案民警迅速返回，在对肇事车辆进行勘验后，证实这辆轿车正是这起事故的肇事车辆。

肖瑞波说："根据车辆的勘查结果和尸检报告，我们可以判断，车辆碰撞的部位与尸体体表的损伤部位是相互吻合的，肇事车辆就是闽 D1D××3 小轿车。"

投案自首的轿车驾驶人叫林志能，安溪县官桥镇人，陪他一起来自首的是轿车的车主白丰华。白丰华向办案民警反映，当天是林志能向他借车，说是要开车到安溪县城办事。

赵程毅说："车主在第一次到交警大队反映情况的时候，车钥匙是从林志能身上取走的，这也就从侧面印证了林志能驾车的事实。"

随后，林志能本人对肇事经过进行了陈述，表达很清楚。他明确地知道事故现场的位置及行人倒地的位置。

在没有任何侦查线索的情况下，肇事者能够投案自首，这让办案民警松了一口气，这样不仅可以节省办案成本，也能让受害人家属尽快得到赔偿。警方很快为投案自首的林志能办理了刑事拘留七天的手续，肇事者家属一方也很快和受害人家属进行了经济赔偿协商，事故的善后处理看起来进展得很顺利。但没想到的是，肇事者家属和受害人家属在赔偿问题上达成协商后，双方都没有意见了，但办案民警却不答应了。为什么呢？因为赔偿数额与赔偿的规定标准相比，实在是高得离谱！办案民警认为，这中间一定有问题。

按照我国交通事故赔偿的具体标准，再参照当地的一些民间约定，这起交通事故对受害者应该给付的赔偿数额，民警心里大体上是有数的，而且事先也和肇事者的家属有过交流。

安溪县公安局交警大队副大队长陈文章说："肇事者家属在第一次跟死者家属就经济赔偿问题进行协商后，跟我们反馈说要赔偿 12 万元，我们认为这个数额是合理的。"

第二天肇事者家属来到交警大队对办案民警说，他们已经达成协议了：一次性赔偿 26 万元，现金支付。前一天还咨询过办案民警，知道赔偿数额大约在 12 万元比较合理，怎么隔了一天，就变成 26 万元了？而且，肇事一方经济条件并不好。

赵程毅说："肇事者家属的经济状况并不是很好，他的母亲有病在身，还有一个小孩，为什么会以这么高的数额赔偿给对方呢？这个问题引起了我们的极大怀疑。"

按正常情况，如果双方私下协商不能达成协议，就会请交警出面调解。但是他们没有，而且要赔偿 26 万元，这让办案民警隐隐约约感觉到其中似乎隐瞒着什么东西。警方怀疑肇事司机是不是另有他人？针对这一点，办案民警展开了全面调查，但调查工作遇到了意想不到的困难。因为当时社会上很多人认为，经济赔偿完了，事情解决了，没有什么后遗症，所以摸排的时候没有得到任何有利的线索。

双方已经达成赔偿协议，为什么警察还要再追究这事？群众不理解，甚至怀疑办案民警是不是有意偏袒肇事一方？再加上肇事现场没有目击证人，沿途的监控录像和电话记录清单都不能提供有价值的线索，林志能到底是不是肇事司机？办案民警还是无法确定。

赵程毅说："因为事发一个小时后，下着非常大的雨，天气变化对视频图像有影响，没有办法直接识别驾驶人的特征。"

事故发生后的第七天，肇事嫌疑人林志能刑事拘留的期限到了，如果没有特殊理由，林志能就可以取保候审了，他一旦出去，许多疑点可能会淡化，甚至无法追查，怎么办？

陈文章说："我们还没有掌握证据，七天的刑拘期限就到了。面对要放人还是要继续关押的问题，我们认为如果放了这个人，这个案件就没办法查下去了，所以当时我们就向检察院提请逮捕肇事者。"

警方的这一举措最终促成了事故真相的揭开。到了第八天，社会上已经开始有嘈杂的声音了，说林志能到这个时候还没放出来，可能是交警已经掌握了他顶替的事实。有人向办案民警反映情况说，是林志能的妻子驾车肇事的，林志能是替罪鬼。

专案组马上公开进驻官桥，对林志能周边的亲属、朋友进行深入的调查和走访。强大的攻势，让事故真相水落石出。林志能的妻子林彩枝自己走了出来，承认事发当天是自己为了送客人到县城借车无证驾驶肇事的，事后又让丈夫顶替。

肇事嫌疑人林彩枝说："当时那边树叶很多，老人好像撑着一把伞，当我升完窗子回过头来的时候，那老人就从那边走出来，因为距离很近，按喇叭、刹车都来不及了，就这么撞上去了，她人倒地了，我也害怕了，就开着车跑了。"

因为是无证驾驶，林彩枝明白自己要承担什么样的责任。事后，她开车到自家店里，向丈夫求救。林彩枝说："你去顶替吧，不然小孩子你没办法照顾。"她丈夫起初不肯，后来想到小孩没人带就答应了。

丈夫决定顶替自己去投案，林彩枝一方面心里的石头落了地，另一方面又感到对丈夫万分愧疚。于是，她千方百计地想把丈夫尽快解救出来，这才出现了高额赔偿被害人家属的一幕。也正是这个高额赔偿的不正常现象，让警方揭开了林彩枝无证驾驶机动车肇事致人死亡，逃逸后由丈夫林志能顶替的犯罪事实。

【陈文章、赵程毅、肖瑞波的侦破体会】侦破交通肇事逃逸案，首先要确认肇事驾驶人和肇事车辆。在办理每一起交通肇事逃逸案时，肇事驾驶人和肇事车辆是案件最基本的信息，它们的确认关系到案件侦查的后续环节。在查获肇事驾驶人和肇事车辆后，应该结合现场勘查证据、证人证言、痕迹分析、肇事嫌疑人供述、视频资料等综合分析查获的肇事驾驶人和肇事车辆是否为事发时逃逸的驾驶人和车辆，只有准确认定了肇事驾驶人和肇事车辆，才能有效侦破逃逸案件。本案中肇事驾驶人顶替的现象就是一个很好的例子。因此，今后在办案时要准确无误地确认事发时肇事的驾驶人和车辆。其次要提高交通事故案件办理和侦破的敏感性。在办理案件时，要注意案件中存在的异常情况，查明该情况是否与案件有直接关系。本案中高额和迅速的赔偿就是一种异常情况，这个异常情况使我们对肇事驾驶人产生了怀疑，最后才真正有效地侦破了该起逃逸案件。因此，高度的办案敏感性，有助于案件的侦破。再就是办理交通事故案件要有足够的耐心。办案中证据的收集需要一个过程，在这个过程中要通过合法程序取证，有时候真正的驾驶人不会主动交代，我们要不厌其烦地通过大量的走访和摸排获取证据，最终将实际肇事驾驶人绳之以法。

多嘴的看客

2013 年 8 月 26 日 23 时许,在一家棉花厂打工的湖北人唐语,从晋江市金井镇玉山村村委会草湖埔路段公路边上的一家小食杂店买东西出来后,横穿公路准备回厂区宿舍睡觉。令他始料不及的是,在横穿时被一辆疾驰而来的豪爵摩托车撞翻在地,当场死亡。摩托车驾驶人从地上爬起来,一看被撞的人躺在地上毫无动静,再看看周围一个人影也没有,就弃车撒腿而逃。路过现场的热心群众见事故现场只有一个人和一辆摩托车,就立即报警称,有一个人骑摩托车摔死在公路上。接警的辖区交警中队民警赶到现场后,经勘查也认为是单方事故。案件最终报到晋江市公安局交警大队事故处理中队。

办案民警施良友说:"我们到现场一看,也觉得这起事故比较符合单方事故的特征,因为事故现场只有一些散落的摩托车大灯碎片,也找不到任何的刹车痕迹。"

话虽这么说,办案民警还是不敢过早地下结论,因为这毕竟是人命关天的大事。于是,一部分民警留在现场继续勘查,寻找可能被疏忽的证据,另一部分民警则在周围的群众中走访调查,收集有用的线索。

施良友说:"就在我们覆盖尸体的时候,人群中突然有一个人走向尸体,歪着脑袋想看清是谁。这个人的异常举动立刻引起了办案民警的注意。"正常的情况下,围观的群众见到事故现场的尸体,都唯恐避之不及,而这个人却往前凑,好生奇怪的一个看客呀。其实,当时现场的办案民警并没有想到这个人的这一举动,会对警方后来破案提供直接帮助,只是例行公事地走上前去加以制止。谁知这个人听到办案民警的劝告后,有点依依不舍地一边往回走一边回头看着地上的摩托车,自言自语地说:"这辆摩托车看着好眼熟啊,好像是我们厂里的小陈的,该不是他自己骑出来自己撞死的吧?"

说者无心,听者有意。办案民警听他这么一说,立即叫住他,让他把刚才说的话再说一遍。而这个人见办案民警突然把他叫住,追问他刚才说的话,心里一惊,知道自己刚才不小心多嘴了,会惹来麻烦的,就顺着办案民警的话回答说,他刚才什么也没说,是警察听错了,他什么都不知道,并且拔腿就走。

这是一条重要线索,办案民警怎么会轻易地让他走,于是就把他带到中队,经一番晓之以理动之以情的政策教育,这位知道摩托车真正主人的多嘴看客,终于鼓足勇气向办案民警道出了他所知道的一切。

施良友说:"这人说摩托车的主人叫小陈,是他们厂里的一个工人。具体叫什么名字,哪个省的人,他就真的不知道了。"

办案民警据此初步判断这起交通事故不是单方事故,而是一起性质恶劣的交通肇事逃逸案。他们立即风风火火地赶到深沪英朗化纤厂,找到了该厂老板,老板听说自己的工人在外面出车祸撞死了人,不知出于什么想法,耗着时间跟警察打哈哈、磨嘴皮子。他说他的厂里确实有这么一个人,但夜已经很深了,人家都回家睡下了,警察这个时候去抓人,恐怕有些不便,再说了,这个人具体居住在哪里,他真的不知道。

施良友说:"其实这个老板是知道小陈住在哪里的,但就是不肯对我们说实话。我们跟他磨蹭了老半天,他最后只留下一句话:你们先回去吧,明天我会给你们一个交代。这个老板把话都说到这个份上了,我们当时也没辙。"

这位老板还算诚实,次日下午 2 点 30 分,他真的就带着安徽籍工人陈晓晓到交警大队事故处理中队投案自首了。据陈晓晓供述,他当晚因为肚子饿,想到草湖埔十字路口边上的小街买些吃的回厂里。于是,就骑上摩托车出了厂门,当时夜深人静,路上人车稀少,就不由自主地加大了油门。谁知到了事故路段,就撞上了一个从小店里出来慢悠悠横过公路的人,待他发现这个人之后,已经很近了,想采取避让措施已经来不及了。他那时撞上去之后连人带车也摔倒在地,他从地上爬起来,心里想这下完了,怎么办?报警吧,就意味着要坐牢,不如趁周围没人弃车逃逸,反正这辆摩托车无牌无证,现场又没有目击者,警察再有能耐也不会找到他头上。

施良友说:"陈晓晓在被戴上手铐的那一刻突然问我,他当时都算计好了,除了地上的死人,没人知道这事,警察是怎么破案的。我当时就附到他耳朵边上说，是老天爷告诉我们的，他知道你当晚所做的一切恶事。"

此案告破，死者唐语的家属获赔 20 多万元，陈晓晓被判一年半有期徒刑。

施良友说："这起案件要不是我们'耳听八方'，把那看客说漏嘴的话当一回事，要想在短期内破案，还得多花费一些工夫，说不定会成为一桩死案也未可知。"

【施良友的侦破体会】一个合格的处理重大交通事故的交警，应该是一个多面手：他不仅是交警——指挥交通、维持秩序，也是技术员——勘查现场、尸表检验，还是侦查员——调查抓捕、侦破案件，又是调解员——缓和情绪、赔偿调解，更是办案员——立案、刑拘、逮捕、起诉。这些方面是相互结合、不可分割的，初到现场开展的每一项工作，都是为以后的每一步工作做铺垫。本案中，我们在做现场勘查时，不经意间听到一个多嘴的看客的一句话，进而顺藤摸瓜挖出一起交通肇事逃逸案件的真相，令人叹服。

一个半月形的碎片

2013 年 8 月 29 日 20 时 30 分许，在国道 324 线 232km+900m 路段南安市水头镇福山大道三岔路口，由重庆市酉阳县可大乡程香村彭宇盛驾驶的闽 D6P××0 二轮摩托车，后载老乡刘得生、黄雄，发生了交通事故，致刘得生、黄雄当场死亡，彭宇盛严重受伤。

办案民警赶到现场后发现，现场是个"T"形三岔路口，双向六车道，水泥路面，中心有隔离栏，夜间有路灯照明，天下着大雨。现场有两具尸体，一个伤者已经被送往医院抢救。死者中，一个脑浆四溢，一个头部前额留下一个三角形的切开肉洞，惨不忍睹。

办案民警薛汉文说："现场留给我们可资侦查的线索并不多，只捡到肇事车上一个半月形挡泥板的塑料散落物。该散落物暂时还不能说明什么问题，也无法判断是什么车型。想依靠散落物侦查此案为时过早。"不过在询问现场目击群众时还是有收获的。一个摩托车驾驶人说肇事车辆是一辆拖头平板车，而另一个从对向开过来的集装箱货车驾驶人却说是一辆集装箱货车。两个人的说法南辕北辙，相去甚远。再到医院询问驾驶人彭宇盛，他第一次说是平板车，第二次说是集装箱货车。到底哪个说法正确，只有借助监控才能判断肇事车辆的类型。监控视频显示，这辆各说纷纭的疑似肇事车，其实是一辆集装箱货车，车身全长 40 尺，可以同时装载两个长 20 尺的集装箱。之所以会让人产生错觉，是因为这辆车当时只载有一个长 20 尺的集装箱，而且是处在左转弯的角度，如果从不同角度看过去，就会给出不同的答案。在办案民警查看了沿路的多个监控视频后，最终在一个高清晰监控视频里找到了肇事车车牌号。这辆悬挂闽 D97××1 牌照的重型半挂牵引车，当时还牵引着闽 DC××7 挂号半挂车，是一辆重型集装箱半挂车。办案民警找到江西籍驾驶人胡田塘，胡田塘在办案民警面前感到很委屈，说他根本没有肇事。当办案民警问他路过肇事现场时看到了什么时，他说他当时驾驶车辆左转弯回直车辆后，通过左后视镜发现他的车辆后面，有一辆驶往厦门方向的摩托车滑倒在地，并溅起火花。同时，他还说就是打死他也不信是他的车肇事的。此时，一切只有让证据说话。办案民警经对这辆车进行勘查，发现车的右后轮有新鲜血迹，右后轮挡泥板的右下角缺失一块半月形的塑料板，与现场遗留的半月形塑料碎片比对，完全吻合。血迹经 DNA 鉴定与其中一个死者相符。至此，案件告破。办案民警在事故认定书上是这样写的："胡田塘驾驶闽 D97××1 号重型半挂牵引车牵引闽 DC××7 挂号重型集装箱半挂车，从厦门市沿国道 324 线往泉州市方向行驶至 232km+900m 路段左转弯往福山大道时，遇彭宇盛驾驶的闽 D6P××0 号二轮摩托车后载刘得生、黄雄，从泉州市往厦门市方向行驶，遇险时彭宇盛减速并往左打方向避让，致闽 D6P××0 二轮摩托车及车上人员向左倒地滑行过程中，车上彭宇盛、刘得生、黄雄与闽 D97××1 重型半挂牵引车牵引的闽 DC××7 挂号重型集装箱半挂车发生碰撞，造成刘得生、黄雄当场死亡，彭宇盛受伤及两车不同程度损坏的道路交通事故。胡田塘驾驶车辆离开现场。"

【薛汉文的侦破体会】接报后，民警立即赶往现场进行勘查。由于现场只留下一个半月形汽车挡泥板的塑料散落物，无法说明什么问题，也无法判断是什么车型。通过查访附近的群众，两个目击者的说辞又相去甚远。后来通过询问二轮摩托车驾驶人彭宇盛，说法也不一样。民警借助监控查出是一辆集装箱货车，车上悬挂 D97××1 车牌，查询该驾驶人胡田塘，胡田塘坚决否认自己有肇事行为，办案民警发现胡田塘的车轮上有血迹，且挡泥板的右下角缺失了一块半月形的塑料板，与现场遗留下来的完全吻合。至此，案件告破。

第三个现场

　　一辆车能在不长的时间内制造三个肇事现场，这在交通事故逃逸案件中是很少碰到的，笔者也是首次采写到这样一个离奇的逃逸案件。奇在哪里？这第一奇是被撞的人飞起撞穿肇事车的后挡风玻璃奄奄一息地躺落在后排座时驾驶人却浑然不知；第二奇是同时被撞倒在地等待救援的伤者再次被绕了一圈回来的肇事车二次碾轧；第三奇是肇事车撞到了公路边的墙壁上，动弹不得。

　　这起逃逸案件的侦破过程有点戏剧性，事情还得从头说起。2013年10月16日2时55分，人们正沉浸在甜甜的睡梦里，当然不知道外面的世界里正发生一幕人间悲剧。在事故现场，两个行人被撞飞，一个被撞飞到快速车道，一个被撞飞后不知所踪，肇事车在撞人之后逃得无影无踪。

　　肇事现场位于惠安县螺城镇中山路科山花园路段，该路段南北走向，双向四车道，水泥路面，路面干燥，夜间有路灯照明。

　　办案民警冯强说："报警人称有两个行人被一辆小轿车撞伤，小轿车逃逸。我们赶到现场的时候，只有一个已经死亡的30多岁的女性。据目击者说，这个女人好可怜，几分钟内接连两次被车撞，不死才怪。当我们问及另一个伤者在哪里的时候，围观群众没有一个人能答得上来。我们当时就纳闷，难道这个伤者伤得不重，自行离开回家或自行去医院求救？"现场是散落一地的玻璃碎片和一摊摊血迹。认识死者的人说，死者名叫何梅香，38岁，四川省广安县人，是距离现场不远的尚干小吃连锁店的员工，另一个疑似失联的人名叫张韬，20来岁，是连锁店总部派下来指导工作的，因为这家连锁店是新开张的，业务还不熟悉。正当办案民警还在勘查现场的时候，又有报警电话打过来，说惠安县医院门口有一个伤者，命若游丝，经抢救无效已经死亡。惠安县公安局高度重视，怀疑是凶杀案件，立即派出刑警介入，后经法医对尸体进行检验，初步排除他杀，疑似交通事故。因此，办案民警就接手了这个案件。但死者是在哪里被撞的？为什么会被人载到医院门口？是不是先前被撞的张韬？如果是，怎么会被人载到这里？一连串的问号盘旋在办案民警的脑海里，挥之不去。

冯强说："就在我们感到不解的时候，派出去到县城区域巡查的民警传来消息，位于国道 324 线的螺城镇东霞路路口，发现一辆撞墙的小轿车，车号为闽 C73××5。勘查第一现场的办案民警立即赶过去，发现这辆车不但前后挡风玻璃都被撞碎，车后排座上还留有大量血迹。后经 DNA 鉴定，这些血迹与张韬吻合。"追捕肇事车驾驶人施先助成为突破案件的头等大事。但办案民警在他的家里扑了个空，其手机处于关机状态。经进一步侦查，施先助于当天傍晚落网。

据 29 岁的螺城镇双龟牌巷的施先助供述，肇事当天晚上，他与朋友在蓝宝石酒店喝酒，可能是喝高了，也可能是认为晚上城区没人的缘故，他离开酒桌后就钻进小轿车，载着另一个朋友从酒店出来，一路上加大油门狂奔。到肇事路段的时候，撞上了两个横穿的行人，那两个行人被撞飞了，车前挡风玻璃也破了，这时，他的酒也醒了一半，知道这次闯下大祸了，根本不敢停，就继续向前行驶。这时坐在副座上的朋友突然发现后座上有人，浑身上下血糊糊。朋友说，这个人可能是刚才被撞飞到车里的，得赶快送医院抢救。他就听了朋友的话，立即掉头把这个伤者送往县医院，路过肇事现场时，可能是慌不择路吧，他的车又从躺在地上的那个人的腿上轧过去。到达医院门口后，他和朋友把人抬下来，放在门口。他的朋友因为在肇事后一直跟他吵架，在把伤者抬下车后就自行离开了。他独自驾车离开后，心里想的第一件事就是赶快离开城区，跑回家里躲起来。谁知到了东霞路路口的时候，不知怎么回事，开着好好的车就不知不觉地撞上了路边的一堵墙。

办案民警在这起交通事故的调查报告上写道："施先助在撞飞张韬、何梅香后，被撞的何梅香飞到路左的快速车道上，张韬则被撞到肇事车前引擎盖至前挡风玻璃处飞落于后挡风玻璃致玻璃破碎，滚落于车内后排座椅上，在掉头送张韬前往医院途中二次碾轧何梅香小腿。"

【冯强的侦破体会】我们立足于辖区交通管理实际，经过科学分析，制订了交通肇事逃逸案件侦破预案，积极做好指挥、出警、堵截线路、卡点设置、勘查抢救等先期处置工作，保证交通肇事逃逸发生后的侦破工作有序、快速、高效展开。大队、中队严格按照《交通肇事逃逸案件侦破预案》进行值班备勤，保证快速出警，力争在第一时间赶到现场，以获得更多的信息，在蛛丝马迹中寻找线索以锁定逃逸对象，抓获肇事嫌疑人。本案的破获正是由于大队领导指挥优势警力迅速按预案分成多个小组，分工合作、互相配合，在对肇事车逃逸的城关区域内展开大规模的盘查堵截，才在第一时间内查获了被犯罪嫌疑人遗弃的肇事轿车，从而为顺利破案打下了坚实的基础。最后，在确定了犯罪嫌疑人后，又在局领导的协调下，通过多警种协作迅速查明了犯罪嫌疑人的住所并展开抓捕行动，最后迫使犯罪嫌疑人向警方投案。

追踪"环卫车"

2013年10月29日22时许,在南安市康美镇世纪新村路段,一名从工厂出来的60多岁的工人,在厂门口被一辆机动车撞倒身亡。肇事车辆撞人之后没有停留,继续往前行驶,很快消失在夜幕中。

办案民警到达现场后发现,现场没有路灯,没有监控,没有刹车痕迹,也没有留下肇事车辆的任何碎片,只有尸体上留有的油漆之类的附着物和被车辆碾轧的痕迹。办案民警就把重点放在寻找肇事路段周边的监控上,经一番查找,发现世纪新村大道旁边,也就是肇事现场不远处,有一个私人监控。该监控显示,有一辆泉州某物流公司的货车在事故之前通过肇事路段。这辆车经工作排除了肇事嫌疑。再查环亚集团海绵厂的一个监控,发现这个监控拍摄到的车辆有两辆:一辆是行驶在前面的农用车类车辆,一辆是载客的"的士"。"的士"驾驶人向办案民警证实,他在经过肇事现场时发现有人躺在地上,他当时停也没停就开着车离开了。办案民警再在沿途调取监控录像的时候,却再也没有发现于肇事现场周边监控里看到的那辆农用车了。

办案民警黄勇生说:"我们判断这辆疑似农用车的车辆可能为躲避沿途监控而选择走没有监控的乡村土路。这样,我们就失去了追踪目标。怎么办?我们再次查看那两个看了无数遍的监控视频。私人监控刚好从侧面照到了农用车的左侧有一行模糊的字迹,经仔细辨认,发现这一行字是'清洁环卫车'。"于是,追踪环卫车就成了头等大事,办案民警先后走访了康美、丰洲、霞美、洪濑、梅山、码头、金淘等九个乡镇的200多辆清洁环卫车,但一无所获。就在办案民警感到侦破工作走进了死胡同的时候,有一个环卫工主动前来跟办案民警聊天。他说丰洲和码头这两个地方有不少假冒环卫车的农用车,这些农用车打着环卫车的旗号,载的货物却是废铁、铁砂之类的东西，目的就是躲避交警的执法检查。环卫工的话点醒了办案民警，他们再次深入丰洲、码头这两个乡镇，逐村排查。在码头的一个土炼铁厂里，办案民警找到了一辆载铁砂的"环卫车"，车号为闽C12××6。经勘查，发现这辆车的底盘有人体血迹，经DNA鉴定，与死者吻合。肇事者陈目标说，他当时是从丰洲载铁砂回码头的，肇事后，怕警方追查到自己身上，就选择走山路回码头。

【黄勇生的侦破体会】经勘查现场，发现没有路灯，没有监控，没有刹车痕迹，也没有留下肇事车辆的任何碎片，只有尸体上留有的油漆之类的附着物和被车辆碾轧的痕迹。经一番查找，我们发现距离肇事现场不远处有一个企业自设监控，在该监控中，我们找到了死者的"来源"，他就是该企业的员工，经过我们反复实验，终于锁定了事故发生的大概时间。因为该企业的监控无法拍到道路画面，所以我们只能继续调取沿路监控，最后锁定两辆货车。两辆货车车身上都喷有明显标志，一辆是喷有"泉州某物流公司"的白色轻型厢式货车，一辆是喷有"清洁环卫车"的自卸货车。为了更准确地锁定肇事车辆，我们找到了清洁环卫车后面的一辆"的士"，经过对白色轻型厢式货车和"的士"两车的勘查和询问，终于锁定了嫌疑车辆——清洁环卫车。

不明飞行物

2013 年 11 月 12 日傍晚，省道 307 线 38 公里处南安市丰州路段，发生了一起交通事故。事故现场，一辆中巴客车停在路中，车的左前方躺着一个行人。

南安市公安局交警大队事故处理中队中队长吴为纲说："我们接到的警情是一辆中巴车与一个行人发生碰撞，致行人死亡。"在事故现场，有目击群众更是有鼻子有眼地告诉办案民警："我们看到他在这边吃饭，吃完饭要到公路对面开走他的水泥罐车，然后，他走到路中间就被这辆班车给撞了。"

被撞行人是一名水泥罐车司机，江西人，40 岁。当时，他吃完饭打算横穿马路，开水泥罐车回工地，不料在横穿过程中被撞身亡。路过的驾驶人和群众都认为是这辆中巴车撞死了这个行人，但是中巴车驾驶人却矢口否认。

中巴车驾驶人赖猛说："当时我的车速是 30 ~ 40 公里/小时，忽然从左侧前面来了一个不明飞行物，我看到后马上踩刹车，下车查看时，发现一个人躺在我车左前轮的前面。当时，我没有超速，没有疲劳驾驶，没有压线，都是走的正常车道，他要飞过来让我撞，我也没办法。"

行人怎么可能飞过来呢？赖猛说的是真的吗？而现场所有的情况都指向同一个事实：中巴车与死者确实发生过碰撞。这是客观存在的，谁也不能否认。面对这种情况，办案民警该怎么认定呢？

吴为纲说："从勘查的情况来看，中巴车有损坏，它的左前角有比较明显的凹陷痕迹。中巴车被碰撞的部位与行人所碰撞的部位基本吻合。"

经过勘查，死者碰撞的部位大部分在左下侧。办案民警分析认为，如果这个人是直立行走，碰撞的部位应该会比较高一点，挡风玻璃都有可能碰撞到。尽管不能否认中巴车的确与行人发生过碰撞，但办案民警在勘查中也发现了多处疑点：碰撞的部位和撒落在路面上的散落物与中巴车的肇事特征明显不符。

吴为纲说："我们发现路面有一个白色后视镜，还有一些类似大灯玻璃的碎片，这个后视镜跟碎片的端口痕迹是比较新鲜的，没有经过第二次碾轧或碰撞，应该说是一次形成的，但中巴车的左大灯跟左后视镜是完好的，没有损坏。"

虽然事发现场的情况是中巴车撞了人，但事实却可能并不是那么一回事。办案民警经过缜密的勘查和分析，大胆认定，是其他车辆先把行人给撞了，行人是被第一辆肇事车撞飞之后再撞到中巴车的。办案民警调取了中巴车的车载GPS，通过解密呈现了事发瞬间的情景。

南安市公安局交警大队事故处理中队办案民警侯宏基说："在查看监控的过程中，人飞过来的过程能够看得到，这跟赖猛讲的情况基本是吻合的。"

在事故现场，办案民警把散落的碎片拼接起来，是一个完整的左后视镜，而且还有现代轿车的标志。这应该就是那辆肇事逃逸嫌疑车遗落的了。于是，寻找和确定这辆车就成为当务之急。

办案民警确定肇事嫌疑车是现代瑞纳轿车车型，并且很快在距离现场三公里处的监控卡口发现了一辆白色轿车，它的外观特征正好符合现代瑞纳轿车的特征。

侯宏基说："我们发现有一辆闽C18×××白色现代小轿车，于11月12日7时42分通过泉州见龙亭交通卡口出城。车主的登记信息是南安市洪濑镇，这跟我们在现场分析判断的逃逸方向是吻合的。"

由于车主信息准确，民警很快就找到车主赖某，让民警没想到的是，车主赖某坦然相告：她男朋友开车撞了人，车去修理厂修理了。

民警立即赶到修理厂，缺失的后视镜，破损的大灯，凹陷的引擎盖，撞碎的挡风玻璃，这一切都证实了民警找到的这辆轿车就是肇事车辆。

吴为纲说："我们把现场提取的左后视镜，以及大灯碎片跟肇事车辆的损坏部位进行整体分离比对，痕迹完全吻合。"

肇事车找到了！但是，为什么之前肇事驾驶人撞人之后驾车逃逸，而当办案民警找上门时，却又痛快地承认自己发生事故后正在修车呢？这当中难道还有什么玄机吗？果然，办案民警在勘查车辆时又发现了新疑点，这辆肇事车似乎在事故后又经历了二次撞击，并且留下了明显的痕迹，维修人员也告诉民警，这辆车由于单方事故已经报保险，但不知是什么原因，保险公司拒赔。办案民警马上找到了这家保险公司的业务员，试图从中寻找答案。

保险公司业务员说："第一个是现场不符，因为第一个保险杠有两次撞击痕迹；第二个是引擎盖凹陷的力度跟现场不符；第三个是挡风玻璃，他说是砖头掉下来砸的，但是我分析砖头掉下来砸的痕迹跟那个痕迹比对起来不符；第四个是车子倒出来以后，大灯碎片不够。大概就是这四个疑点。"

保险公司业务员的判断进一步印证了民警的发现和推断，这辆肇事车的驾驶人是想通过二次撞击造成单方肇事的假象，一是想骗保，二是想通过维修掩盖其肇事逃逸的真相。事实浮出水面后，肇事逃逸驾驶人钱均恒供述了事发的经过。

肇事嫌疑人钱均恒说："因为当时下着雨，本来开得就有点慢，因为我近视，被人家远光灯一照，就看不清楚前面，就感觉到撞到人了，当时自己感觉是撞到了电动车什么的。回家以后想出了撞墙报保险的办法，然后就开着车往墙上撞了两下，并用砖头敲碎半片挡风玻璃。"

结合之前钱均恒肇事逃逸的现场，以及他肇事逃逸后在自己住所附近自导自演制造的一个肇事现场，可以证明钱均恒是有意识要掩盖他之前肇事逃逸的事实的。

吴为纲说："第一，驾驶人钱均恒明知已经发生交通事故，但是他没有停车保护现场，而是直接驾驶车辆逃离现场。第二，钱均恒在肇事逃逸后又返回现场，客观上他应该知道事故所造成的后果，但是他不但没有及时报警，还伪造了另外一个事实来掩盖他逃逸的事实。"

交通事故大多属于意外，一旦发生事故，要学会面对，要停车报警、保护现场、实施救助、尽到义务。就本案而言，死者是水泥罐车司机，他横穿马路本身是有危险的，如果不是肇事司机逃逸，死者对事故也是负有责任的；中巴车司机发生事故后及时停车报警，处理得当；而轿车司机肇事逃逸、伪造现场骗保、掩盖真相，不仅于事无补，反而欲盖弥彰，他将为自己的行为付出沉重的代价。

【吴为纲的侦破体会】民警赶到现场后，立即展开调查。经勘查、走访得知，停在现场的中巴司机赖猛告诉我们，其驾驶车辆正常行驶时，刚好其对向有辆小轿车驶来，灯光挺刺眼的，突然在其车前来了一个"不明飞行物"撞到了中巴车。然而，另外一组走访民警反映说，看到有行人吃完饭后要到公路对面开走他的水泥罐车，走到路中间时就被班车给撞了。周边许多群众都这么认为。这时，勘查现场发现，中巴车确实与该行人发生了碰撞，这是客观存在的，从死者伤情与中巴车的损坏情况就可以确定。但是，中巴车上的碰撞位置却让民警觉得不可思议，如果该行人正常行走而与中巴车发生碰撞的话，那么中巴车上的碰撞位置不应全都在左下侧部位，而应该会高一点。还有，在现场发现一些与中巴车不相符的散落物，有一个白色后视镜碎片的端口是比较新鲜的，经过拼接发现上面有现代轿车的标志。同时，调取中巴车的监控的民警传来消息说，中巴司机说的情况属实，车前确实来了一个"不明飞行物"。现场让我们可以肯定的是行人先与一辆白色现代轿车发生碰撞，之后瞬间又与中巴车发生碰撞。当务之急就是寻找白色现代轿车，顺着去往泉州的方向找去，一直跟踪到见龙亭卡口，经过时间、距离的推算，锁定白色现代轿车，车牌号为闽C18×××。

无痕碾轧

2013 年 11 月 12 日晚上 8 点，在晋江市陈埭镇江头村村委会路口，一位 60 多岁的拾荒老妇人倒毙路中。她是突发疾病死亡还是被人杀害呢？刑警勘验现场之后，基本排除了这两种可能性，而更倾向于发生了交通事故，于是将案件移交给晋江交警大队。

办案民警来到现场再次进行勘查的时候，死者已经被送到殡仪馆，现场留给民警的线索很少，只剩下死者拾荒用的塑料袋和一些散落废品。

晋江市公安局交警大队事故处理中队办案民警王志军说："那天晚上下雨，视线不好。"

尸检结果显示，死者致死的原因是头部着地导致颅脑损伤，左腿骨折，但是没有发现碾轧的痕迹，腿部也没有其他伤口。那么，骨折是怎么造成的呢？如果确实发生了交通事故，应该是有车辆经过时发生碾轧或者剐蹭，导致死者头部着地。

办案民警首先围绕着案发现场周边进行查访，调取监控，经过一天的查访，在离现场很远的一处路边监控视频中，果真发现了一段可疑的录像资料。

晋江市公安局交警大队事故处理中队副中队长夏继春说："终于找到一个远距离的视频监控，还原了死者死亡的过程，录像显示是一辆无牌轮式挖掘机从她身上碾轧过去的。但只看到了挖掘机的轮廓，没有什么具体特征。"

民警查看留在现场的一个编织袋，发现里面有好多空瓶子，而编织袋上有一处碾轧的痕迹。办案民警推断，车辆碾轧过编织袋，可能刚巧起到间隔作用，因此没有车轮直接接触到老人的痕迹。

夏继春说："我们再结合现场的录像进行综合分析，最后判断应该是在碾轧的过程中轮子没有直接碾轧到人，而是隔着编织袋，编织袋里面装着好多瓶子，车子从她腿上轧过去，既能形成骨折又找不到碾轧痕迹。"

拾荒老人确实被车辆碾轧致死，案件至此取得重大突破。但是，肇事者是谁？在监控录像中只能模糊地看到一辆无牌的挖掘机，应该如何才能找到这辆肇事嫌疑车呢？

找不到目击证人，肇事挖掘机又无牌无证。而这类挖掘机大都在小型工地施工，如电信、电力线路以及一些私人住宅的小型工地，机动性很强，要找到它实在太难了。尽管难度很大，但是找到这辆嫌疑挖掘机是破案的关键。办案民警坚信，一定会有蛛丝马迹可循，他们决定围绕着案发地江头村的道路展开详细调查。

江头村是陈埭镇外来人口众多的村落，治安监控网络健全，村路四通八达。这辆轮式挖掘机时隐时现，让民警很纠结，调查进行得并不是很顺利。

夏继春说："我们就是沿着可能的线路，每一条路都去排查，最有可能的就放在第一位，如果有，我们就沿着它查下去，如果没有，我们再找第二个有可能的，如果再没有就一直排下去，再找第三种可能性、第四种可能性。最终我们找到案发现场前 1.1 公里处至案发现场后的 1 公里处，有这么一辆挖掘机进入监控，但之后这辆无牌的轮式挖掘机又消失了。"

沿途的调查走访，还有视频搜索，断断续续地延续到江头村三岔路口出来后，这辆嫌疑车就消失了。它会去哪儿呢？调查民警突发奇想，这辆挖掘机会不会横穿马路，沿着这条路逆向过来？

夏继春说："我们也是抱着试试看的心态，然后沿着逆向转过来，发现这边有个很小的监控，仔细看了好几遍之后，发现了这辆车的尾部特征很像，我们就继续跟着这辆车的尾部特征追查下来，后来发现它真的从这边逆行过来进入一条小巷。"

偏僻小巷里的视频探头证实，确实有一辆逆向行驶的挖掘机经过，办案民警就沿着这条路查下去，延伸了将近一公里，这辆嫌疑挖掘机再次消失。但是，这一次消失，让办案民警感到离目标不远了。

夏继春说："到里面只有一条路了，再次消失只能证明它进来的地方跟它消失的地方是中间区域，并有可能就是它停放或者是藏匿的区域，这个区域就作为我们侦查的重点。"

虽然感觉到挖掘机近在咫尺，但就是找不到它的踪影。一个并不大的区域，一辆无牌无证的挖掘机，怎么到这里就无影无踪了呢？

民警不敢疏忽，一条巷一条巷地寻找，一户一户地访问，当发现这里有人在专门经营挖掘机时，民警的眼睛顿时一亮。

夏继春说："我们发现那边确实有一个人拥有三辆这种轮式挖掘机，我们的信心就很足了，有可能就是这三辆挖掘机当中的一辆。"

询问车主，查找出车记录，落实工地和线路，发现李沉洲驾驶挖掘机出行的时间和线路与事故吻合。在案发后第四天下午，民警找到了还在工地施工的挖掘机和驾驶人李沉洲，但车辆特征不一致。因为从沿途监控发现的这辆嫌疑挖掘机，有一个特征就是引擎盖是裸露的，而现在找到的这辆挖掘机的引擎盖却盖得好好的，难道不是同一辆车吗？后经询问李沉洲，他说是前几天刚好盖子掀掉了。其实，驾驶人李沉洲对于自己的肇事行为毫无知觉，对于民警的讯问也没有回避，他说当天经过现场路口的减速带时车辆颠簸了一下，但是他不知道碾轧到人了。

王志军说："说到轧死人，他不大相信。让他看监控，他说没错，那个车就是他的，跟他的行进路线完全吻合，而且那个时间段只有他那辆车经过，没有其他挖掘机通过。"

综合探头资料显示的情况和李沉洲的供述，办案民警认为李沉洲的确不知道自己曾经发生过事故。事故发生的瞬间，他没有减速也没有停车，面对讯问他也没有回避，痛快地承认肇事车辆就是他开的。

那么，司机当时为什么没有看到路上行走的拾荒老人呢？难道是挖掘机的结构特点造成了司机的视线盲区？为此，办案民警特意做了一个实验证实了这一点。

视线上的盲区导致司机没有看见路上的拾荒老人，在碰撞那一刻的颠簸他也以为是减速带的缘故，所以没有停车下来查看。但是不管怎么说，交通事故毕竟发生了。挖掘机本身存在着交通隐患，而且又无牌无证，按照法律规定是不允许上路的，肇事司机开车上路的行为已经违反了相关法律法规的规定，由此造成的交通事故，应承担相应的法律责任。

【夏继春、王志军的侦破体会】针对其他警种处理过的现场、又以疑似交通肇事移交给交警部门的案件，最大的难题就是原始现场没有了，尸体也保存在殡仪馆了。那么，能够说明事实的最客观的证据就是尸体的检验鉴定和可能找到的路面监控。本案中的尸检结果显示，死者的致死原因是头部着地致颅脑损伤、左腿骨折，但是没有发现碾轧的痕迹，腿部也没有其他伤口。最大的疑问是，骨折是怎么造成的。经过证据的合理性关联思考，我们再次进行现场勘查的时候，死者已经被送到殡仪馆，现场只剩下死者拾荒用的塑料袋和一些散落废品。我们大胆设想：车轮是否没有直接碾轧到人，而是隔着编织袋从她腿上轧过去，既能形成骨折，又找不到碾轧痕迹。经过查证事实就是这样的。虽然视频追踪、研判分析至关重要，但现实的情况是目前无法做到视频全覆盖，而要着重靠综合研判，将视频逐步延伸，直到查明真相。

蝴蝶结之谜

2013 年 11 月 24 日 8 时许，永春县云龙桥桥面上，行人稀少。一位 80 岁的老妇人在桥面上独自行走着，此时，她根本不知道危险正在一步步靠近。一辆从桃城镇桃东去往桃溪方向的无牌电动车驶上了桥面，与老妇人同向行驶。驶至桥中的时候，电动车突然撞向老妇人，老妇人瞬间倒在血泊中。这个时候，桥面上刚好有人经过，这个人是桥上唯一的行人，也是唯一的目击者，他及时用手机向警方报警。

接到报警后，永春县公安局交警大队事故处理中队民警颜少毅、梁永民迅速赶到现场，见老妇人头部流血、神志不清，就及时把她抬到随后赶到的 120 救护车上，送往医院抢救。

随后赶到的事故处理中队中队长周江华在勘查完现场后认为，这起事故想要及时侦破有点悬。

周江华说："现场除发现路面上有一小段刹痕外，没有其他任何散落物。我们当时的第一个反应就是尽快找到目击证人。"目击证人向办案民警详细描述了他的所见所闻。他说，他当时正从桥的东边往西边走，看到一名年轻姑娘骑着的黑色无牌电动车突然撞倒一个行人，那姑娘和电动车也摔倒在地。姑娘从地上爬起来后，显得很慌乱，神情也高度紧张。这姑娘身着黑色衣服，她边哭边打着手机，不一会儿，就有两名男子步行到了现场，随后又有两名年轻女子驾乘一辆无牌电动车赶到了现场。他们在与肇事者简短交流后，两名男子一边将伤者移到路边，一边扶起倒地的电动车。然后，这几个人就各自散去。

周江华根据目击者的反映，初步判断这起逃逸事故的肇事车辆是一辆无牌黑色女式电动车，而驾驶车辆的人是一个年轻姑娘，这姑娘在肇事后拨打手机呼朋唤友，并在警察到达现场之前就逃得无影无踪。这只能说明一个问题，那位姑娘的落脚点就在附近，她从桥的东边过来，其目的地是西边的县城。而她这么早进城干什么呢？是进城购物，还是进城上班呢？但不管她进县城的动机是什么，她都得经过城里的大街小巷，一旦进入这些地方，她就逃不过星罗棋布的监控，只要我们在监控方面做足文章，再狡猾的狐狸也会露出尾巴。于是，办案民警就立即到县局指挥中心调取案发前事故现场两边的八角亭、城南街自来水公司路口的监控录像。

周江华说："在这些监控视频中，均没有发现有目击者提供的身着黑色衣服的姑娘的特征。"

办案民警迅速调整侦查方向，走访案发现场附近的商场、住户，但仍然没有发现有可资破案的线索。

周江华说："当天下午，我们成立了'11·24'专案组，并召开了案情分析会。"

办案民警根据案情分析会的布置，再次对案发地周边的所有监控视频进行全面收集、比对，以此掌握肇事嫌疑对象的踪迹。同时，加大走访摸排范围和力度，最大限度地了解有利于案件侦破的信息。当晚，大量视频资料和截图汇集到专案组。专案组对这些资料进行了认真的观察和分析，最终锁定一幅并不清晰的视频截图。这幅截图是从距离肇事现场不远处的一条支道上的一个监控点采集的，虽然图像不清，但从疑似肇事者与另外一名女子并列行驶的图像上却可以看得很清楚，尤其是这名女子所穿衣服背后的一对蝴蝶结更为明显。

周江华说："这对蝴蝶结的出现，让我们兴奋不已，就像在茫茫黑夜中看见了一丝曙光。"此后，办案民警就将截图画面制作成相片并让办案民警带着这些相片，到该女子有可能出现的地区进行调查。

仅凭一张视频截图能找出肇事者吗？其实办案民警心里并没底，因为受该监控设备质量和监控距离的影响，画面里的正面人像相对变小且模糊。这使得走访调查工作难度加大。

周江华说："11 月 30 日，专案组召开案件侦破推进会，对已掌握的资料进行梳理，并再次对事故现场附近的监控视频里的一个衣服上有蝴蝶结的嫌疑姑娘进行仔细的观察，发现这姑娘的神态和动作有点怪，怪在哪里呢？怪就怪在这个衣服上有蝴蝶结的姑娘站在一家商店门口，不时紧张地向事故现场张望。她为什么在这个时间段张望，是不是我们要找的人呢？"

为把这个人从监控录像中"请"下来，12 月 2 日，办案民警前往这家名叫"国泰"的商店进行深入调查走访，发现这家商店的停车场里停放着一辆黑色电动车，经仔细查看，发现这辆车的左侧有一片崭新的剐痕。再询问停车场的管理人员，说这辆车的车主名叫郭丽梅，是个 90 后。家住桃城镇城东南街，在国泰商店上班。办案民警进入商店后，看见她今天穿的还是肇事那天穿的衣服，后背上的蝴蝶结非常扎眼。

面对办案民警的询问，"蝴蝶结姑娘"很快承认了她肇事的事实。这天早上，郭丽梅驾驶电动车从留安路经云龙桥要去国泰上班，途经肇事现场时，撞倒正在横穿桥面的一个老妇人。事发后，郭丽梅说她非常害怕，就哭着打电话给她的父亲和同事。过了一会儿，她的两名同事先赶到现场，接着她的父亲和她的兄弟也从附近跑步来到现场。她的父亲来到现场后，简单地问了事发经过后，就走到那位倒在地上的老人身边，叫了几句没听到她有反应，就把她拉到桥面上的人行道上，并拿出 200 元放在老人身边，然后"义无反顾"地各自离去。郭丽梅更是没事人一般，照常去上班。而那位被撞倒的老人，是岾山镇塘溪村人，名叫王深，现在还昏迷在医院的病床上。

【周江华的侦破体会】大白天发生交通事故，而事故现场就在有人来往的县城的一个桥面上，受害的是一个 80 多岁的老妇人，且倒在血泊之中。茫茫人海，车水马龙，何处觅疑踪？民警们从监控视频里发现肇事嫌疑人的衣服背面有一个蝴蝶结，便以此为线索展开侦查，百折不挠，坚持不懈，终于侦破了案，还了受害者一个公道。

加长支架上的铝制箱

这起案件，用台商投资区公安分局交巡警大队大队长李海峰的话说，就是在侦查过程中动用了全大队的人马，调集了各路侦查精英，还是没有任何进展，案件走进了死胡同。此时真想放弃，但又于心不甘，最后在市公安局交巡警支队事故处理大队教导员陈著铭及晋江两名刑警的指导下，历经十八天的艰苦奋战，终于告破。

事故发生于 2013 年 12 月 3 日 19 时 20 分许，泉州市公安局指挥情报中心 110 报警台接到群众电话报警称，在台商投资区洛阳镇欢乐聚 KTV 门口，看到一辆摩托车剐倒一位老人，人员受伤，肇事摩托车逃逸。接报后，台商投资区分局交巡警大队事故处理中队值班民警林友江、骆华强迅速赶赴现场展开调查取证工作。到达现场后，经询问现场周边群众得知，伤者伤势较为严重，已送往泉州第二医院抢救。民警在勘查现场过程中，发现现场散落有一只右脚棉鞋、一盒酸奶、一个塑料袋及一个泡沫塑料盒。此外，在现场道路上并无发现遗留痕迹。办案民警初步确认该事故为交通肇事逃逸案件，并将情况向大队值班领导作了汇报。事故处理中队值班领导魏东兴立即赶赴现场，与办案民警再次对现场展开勘查，并对现场周围群众进行走访，寻找目击证人及调看附近欢乐聚 KTV 的监控录像。监控画面显示，19 时 18 分许，有一男子驾驶黑色太子摩托车沿洛阳侨乡市场商品街由国道 324 线往屿光中学方向行驶，至事故路段时，碰撞了自路右往路左横过道路的行人后，急速右转弯往亚伟批发超市方向逃窜。

在现场勘查完毕后，办案民警立即前往医院查看伤者伤情，经伤者家属介绍，伤者叫刘红果，女，56 岁，江西人。事故造成刘红果颅脑严重损伤，随时有生命危险。民警想从伤者的口中了解一点信息的希望也破灭了。在安抚伤者家属后，办案民警再次返回现场，对事故现场周边的监控展开调查，以寻求确定肇事嫌疑人的逃窜路线。

最终，通过现场走访及周边监控发现，肇事驾驶人在事故发生后，沿滢馨鲜花店路口方向逃窜，经过第一个路口的茶叶店再次右转弯，民警通过调取点点通网吧的监控录像，发现在 19 时 23 分许，肇事嫌疑人驾车经过该网吧门口左转弯往洛阳海堤方向逃窜，按其逃窜行驶轨迹，在屿头停车场后面的一个服装厂门口的监控录像中显示的 19 时 24 分许，肇事嫌疑人驾车通过。在接下来的调查中无法进一步获得录像资料。

办案民警返回大队之后，向中队值班领导魏东兴报告该起事故情况，后由魏东兴带领民警于当晚第三次前往事故现场，通过事故监控录像确认肇事车辆为一辆两轮摩托车，该车特征为后备箱为银色铁质的，肇事嫌疑人年龄在 30~40 岁之间。从车辆行驶轨迹查看，有可能对肇事路段的地形极为熟悉，极有可能为临近村庄的人员，可以根据人员及车辆特征在附近村庄走访和排查来寻找突破口。

办案民警按照这种思路，对现场周边村庄进行走访并调取监控录像，同时扩大对肇事嫌疑人的来车方向及出入时间进行查找的范围。在查看国道 324 线洛阳侨乡市场的监控时，发现该监控影像模糊，只看到有一辆摩托车逆环岛快速行驶。而在查看洛阳农业银行的监控时，发现其被广告横幅所遮挡。再查找到屿光中学门口的监控时，并无新发现。在对周边村庄的走访中，均未取得有价值的线索。

办案民警林友江说："在寻找未果之下，我们只好在附近街道、村庄张贴悬赏通告，力求找到目击证人及线索。但反馈上来的线索没有一条经得起推敲的，案件呈胶着状态，像一块烫手山芋。"

怎么办，办案民警心里急呀，眼看这个肇事嫌疑人就在录像里，但就是没有办法把他揪出来。时间一天天地过去，办案民警的心也一天天地往下沉。期间，最让办案民警惋惜的是，伤者家属到事故处理中队报告称，刘红果经医院抢救无效已于 2013 年 12 月 5 日死亡。

陈伯鑫说："那个时候，我们非常伤脑筋，死者家属情绪激动，扬言要纠集人员围堵政府上访。其实，在这段时间里，我们办案民警的心里比他们更着急，人人都吃不下饭，睡不着觉，火气直往嗓子眼冒。"

大队长李海峰每日都非常关注案件侦破的进展情况，他见大家经过十多天的侦查毫无结果，情绪有所波动，就再次召开案情分析会，并充分肯定了前期工作，只是觉得在侦查思路上似乎是出了问题，但问题出在哪里，大家都弄不明白。

李海峰说："我们只好如实向上级反映我们遇到的困难，请上级领导派人员前来指导我们的侦破工作。"

支队事故处理大队教导员陈著铭就带领晋江两名刑警到台商投资区分局交巡警大队事故处理中队进行指导。

陈著铭说："我们来的时候，对事故发生时肇事者的逃逸路线重新梳理一遍，发现了以前被忽略的一些细节。"

陈著铭在事故发生地往回调看国道324线进入洛阳镇侨乡市场的一个环岛的全球眼时，发现肇事者没有依规绕行，而是往左直接进入侨乡市场，从这一点分析，肇事者当时应该是赶路心切，其行驶路线应该是向前直走到屿头村，而他在事故发生后突然改变路线，只能说明另一个问题，就是他对这一带很熟悉，想从这里的曲里拐弯的小巷里走以逃避人们的视线。因为从录像中可以看到，事故发生时的地点与他突然右拐的间隔只有几米远的距离，这是欢乐聚KTV门口的监控里看到的影像。再往下看到的是点点通网吧的监控录像，该监控录像显示，肇事车辆到这个地方的时候，已经将大灯关闭，摸黑行驶。但可以看到这辆摩托车往左拐，进入一条小巷，巷里一家服装厂的监控里有这辆摩托车快速通过的身影，再往下查就没有监控可以支撑。

陈著铭说："从监控中，我们可以得到一些初步的信息，首先是这个人对这一带的地形很熟悉。其次是肇事嫌疑人的特征是头戴安全头盔，上身敞胸，脚穿球鞋，驾驶一辆有牌照的摩托车。最后是在点点通网吧的监控里看到了一个很白的反光点和一个后座支架上自制的铝合金后备箱，这个后备箱支架比较特别，特别在哪里呢？经进一步反复查看，发现这个后备箱的支架比其他车辆的支架要长许多，长到什么程度呢？大概有一个后备箱的位置。而拥有这种铝合金后备箱的人，有可能是从事装修、电焊等工作的修理工，后备箱的功能是专门放置铁钳、螺丝刀等工具。很显然，这起事故的侦查重点应该放在'以车找人'的基础层面上。"陈著铭进一步强调说，"这个人反侦查意识强，有可能曾经被公安机关处理过，要把眼光盯在这些人身上。"

李海峰说："有了上级部门的指导，事故处理中队的办案民警再办起案来就有了一个比较明确的侦查方向。"

陈伯鑫、林友江再次深入屿头村进行摸排，发现屿头中学有一个监控，该监控距离事发地点大约 500 米。

陈伯鑫说:"我们立即调取该录像,发现在事发前的下午 3 点多,有一辆与事故发生时的车型一样的摩托车驶过中学门口,往侨乡市场而去。再进一步细看,发现驾驶摩托车的人也是脚穿球鞋,也是敞着胸的。在下午 5 点多的时候,这辆车又出现在屿头中学门口的监控里,这次驾驶人脚上穿的不再是球鞋,而是拖鞋。我们当时认为这辆车有戏。"

办案民警经过一番努力,在屿头村找到了这辆车的主人,但遗憾的是曾经驾驶这辆车的人已于发生事故的次日去了桂林。办案民警在车主家里发现这辆车有肇事嫌疑,因为它的左转向灯有破裂痕迹,符合肇事逃逸的构成要件。这个人在侨乡市场开有一家茶叶店,是个生意人。当办案民警拨打他的手机时,发现这部手机是空号,这个生意人的嫌疑上升。办案民警认为虽然他现在人在桂林,但走了和尚庙还在。就把这辆摩托车带到点点通网吧进行模拟试验。试验的结果显示,这辆摩托车的反光度没有肇事逃逸的那辆车亮,而反光度的来源是摩托车油箱上的保护罩的商标,这辆车没有这个商标,也就没有那么亮。办案民警再次比对车上的支架,发现这辆车的支架没有录像里看到的那么长,是不是车主在事发后又重新做了手脚?经勘查,没有发现这辆车的支架有新的痕迹。而更为明显的是通过对屿头中学与点点通网吧的两个监控录像进行比较,发现点点通网吧录像里的人比屿头中学录像里的人要瘦得多。由此,刚刚令办案民警兴奋一阵子的生意人和他那辆摩托车被排除出案外。

在对屿头村继续走访排查的过程中,有群众反映在侨乡市场附近见到过有类似的摩托车从屿头村方向经过。

举报人说:"我当时到国道 324 线的一家超市买东西时,发现有一辆摩托车从我的旁边一闪而过,这辆摩托车与警方发布的悬赏通告上的摩托车极为相似,就多看了一眼,但遗憾的是只记住了后面是‘57’的两个数字。"

林友江问:"确定吗?"

举报人说:"确定。"

得到这一线索后,办案民警对尾数为"57"的二轮摩托车进行排查,最终在尾数为"57"的 50 多辆摩托车中,找出两辆车主在洛阳镇的同车型的摩托车。经进一步筛查,最终确定车牌为闽 C8××57 的二轮摩托车有重大嫌疑,后经网上查询得知,该车车主为洛阳人,叫王闵闻。在事发后的次日曾经因交通违章被丰泽交警查处过。2013 年 12 月 24 日下午，办案民警赶往洛安村健民巷王闵闻家中，查找到这辆警方苦苦寻找的闽 C8××57 号二轮摩托车，后将王闵闻口头传唤至交巡警大队接受询问，王闵闻如实地陈述了其交通肇事逃逸的经过。

王闵闻是个曾在监狱服刑 8 年零 6 个月的刑释人员，他在刑释一年多的时间里，一直在晋江从事电焊工作。事发当天晚上，他从父母家骑摩托车前往屿头村的丈母娘家，准备去接生病的孩子和老婆回家，由于当时赶路心急，撞上了一个横穿的老太太，因怕再次进入监狱和付出高额赔偿，就想都没想地转入巷子逃之夭夭。因为他对这一带的情况很熟悉，加上进入巷子之后关掉了车灯，肯定不会被人发现，当然也不会被抓住。唉！人算不如天算，他这次算是再次栽进了监狱。

事后，办案民警经过对事故现场的模拟，以及王闵闻身着的事发时的衣物和车辆上的痕迹与死者衣物的损坏情况进行比对，发现死者左侧的裤子与铝制箱角剐擦后被压缩的痕迹完全吻合。至此，案件告破。

【林友江、陈伯鑫的侦破体会】像"12·3"这起重大交通事故逃逸案件，当我们对肇事车辆去向无法取得突破时，就转换思路，将侦查重点放在事故发生前的来车方向上，体现出不撞南墙心不死的决心。同时，要有一定的群众基础，可以广辟线索来源。这起案件，现场并未留下有价值的线索，肇事摩托车甚至都没有倒地，但是可能会有些关键的目击证人看到了事故发生的经过，或者事发不久经过现场时看到或留意到现场附近的车辆，也许这些人的证言能给案件的侦破提供直接或间接线索，但现在的证人或多或少地都会怕给自己惹麻烦，不愿向交警部门提供有价值的线索。这就要求办案民警在平时办案的过程中，对交通事故当事人或他们的亲朋好友给予热情接待，用真诚去帮助、感化他们。在遇到逃逸案件时，如果这些你曾经帮助过的人在现场，他们就会积极地帮助你。而且，即使他们没有看到，也会帮你积极寻找线索或通过他们感化其周围的人积极提供线索。在"12·3"事故中，如果没有举报人提供的线索，相信还是很难取得突破的。

照相机里的车轮印痕

2013 年 12 月 6 日下午 6 点多，在安溪县魁斗镇发生了一起交通事故，造成了一死一伤的惨重后果，但是现场却没有发现肇事车辆。那么，这到底是单方事故，还是肇事逃逸案件呢？办案民警在对现场进行了细致勘查后，发现了诸多疑点。

安溪县公安局交警大队事故处理中队办案民警刘顺忠说："我们接到的是一个过路群众报的警，他当时说有一辆摩托车自己摔倒了，有两个人受伤了。我们刚开始也以为是一起单方事故。"

当晚值班的民警曾可生跟另外一名同事赶到了事故现场，然而现场的情形跟报警人说的情况存在着巨大的出入，这是一起一死一伤的重大交通事故。

刘顺忠说："倒在地上的是一位女子，倒在路外边的是一位老年人，年轻女子身着蓝色牛仔裤、红色棉衣，已经确定没有生命体征，而路外除了受伤的老人之外还有一辆电动摩托车。"

遇难的那名女子头部严重受损，可是电动摩托车却没有丝毫的破损，事故现场没有肇事者。

安溪县公安局交警大队事故处理中队中队长赵程毅说："现场没有给我们留下任何线索，看起来纯粹就是出事的摩托车。"

如果是肇事逃逸，至少肇事车辆要跟电动车多多少少地有剐擦痕迹，如车漆在电动车上有所粘附等。可是，电动车完好无损，没有任何剐痕。但如果是单方事故，那女子头部伤情的严重程度又让人生疑。有着丰富事故处理经验的办案民警在现场仔细地寻找着，但是客观条件给事故勘查带来了巨大的困难。

赵程毅说："不知道是什么车辆撞倒他，或者说有没有其他的影响因素，这个没法判断。"

事发路段正在进行道路施工，道路左侧被封闭起来，整段路只有一侧有路灯，照明条件非常差，而事发地刚刚铺上沥青不久，对于事故痕迹的提取无形中造成了相当大的难度。

赵程毅说："因为路面材质的问题，对我们的痕迹判断是相当不利的，但在现场取证的过程中，细心的民警在拍照时有了惊人的发现，从照相机里面可以清晰地看到两条车轮印。"

办案民警判断，这很有可能是一起肇事逃逸案件。但是，碾轧受害者的到底是一辆什么样的车，两辆车又是如何相碰撞的，遇难女子是在第一次撞倒后死亡的，还是在次生事故中丧生的等等，一系列问题随之而来。

刘顺忠说："经过再次询问报警人，报警人说是在事故发生以后才经过肇事现场的，所以他对事发的经过是一无所知的。"

从报警人那里没有得到肇事车辆的任何信息，办案民警只能把侦查思路放在了照片中的车轮印迹上，正是照片里的那些印迹的宽度引起了警方的注意。

刘顺忠说："根据车轮印迹、车轮的宽度，以及车轮血印之间的长度，判断出这是一辆货车，再根据这辆货车车轮的周长推断车轮为重型货车或重型牵引货车所有。"

办案民警判断应该是一辆重型货车的车后轮从死者头部碾轧过去的，血迹粘附在车轮上，延续着留在路面上，但是这辆重型货车从何而来，又开往何处呢？是否有人亲眼目睹了事故发生的那一刻的情景呢？伤者是一位老人，已经送往医院救治，因为大脑颅内出血，昏迷不醒，无法从其口中得知事发时的任何情况。电动车没有牌照，但是根据受害者的衣着特征，警方很快确认了两个伤者的身份。

赵程毅说："他们从蓬莱老家出发，要到安溪城关找死者的老公，因为死者的老公在安溪务工。"

遇难女子的丈夫和孩子在安溪城关，当晚女子是搭乘公公骑的电动摩托车去城关给丈夫送菜的，途经事发路段时不幸遇难。掌握了这些信息之后，民警开始从死者出发地点至事发路段一路寻找监控，经过两个多小时的工作，终于在离事故现场900多米的地方找到了一处监控。那么，在这段视频中能否找到受害者和肇事车辆呢？

在确定受害者经过此处监控的时间之后，专案民警开始仔细地寻找这个时间点前后行经的重型货车，然而当天正是周五，这个时间段刚好是下班返城的高峰期，车流较大，摸排工作相当艰难。

刘顺忠说："当天 18 时 21 分，监控视频记录了这辆被撞车辆，前后通行的情况都拍摄下来了。再根据监控点的视频资料摸排同一个方向经过的车辆，因为这条省道沿途有不少的民居，自然就有很多岔路口，很难判断这辆车具体的行驶方向和路线。"

经过细致查找，终于在当晚 11 点左右，警方从那段唯一的监控视频中发现了两辆重型货车存在重大肇事嫌疑。然而，由于监控无法看清嫌疑车辆的车牌号，案件侦破再次陷入了僵局。而与此同时，寻找目击证人的办案民警又有了重大突破，在几经周折之后，民警终于找到了监控中紧随在嫌疑车辆后面的那辆小轿车的司机，当晚他亲眼目睹了惨剧发生的瞬间。

赵程毅说："他没有看到车辆的号牌和颜色，但知道它是拉钢筋的车辆。"

这也再次印证了民警对嫌疑车辆是重型牵引车的判断，同时也进一步缩小了查找嫌疑车辆的范围，因为如果是运载钢筋的货车，那么很有可能就是从湖头三安钢铁厂出发的车辆。办案民警就到三安钢铁厂去查证该厂当天的发货情况。但是那个时间段发货车辆不止一辆，到底会是哪一辆呢？为了防止货运车辆超载，公路部门在安溪彭亭设立了检测站，每一辆行经此处的载货车辆都要登记备案，专案民警立即对在事发时间在这里登记的货车记录逐一进行筛查。

刘顺忠说："我们就马上到彭亭监测站调取货车记录单，进行对比以查找嫌疑车辆，最后我们就在这个记录单当中发现了一辆嫌疑车。"

这辆车牌号为闽 C27××5 的蓝色重型牵引车，正是三安钢铁厂运载钢筋的货车，办案民警迅速赶往三安。

刘顺忠说："查到这辆车的时候，司机当时正好在厂里面等着装载货物。"

肇事者林邻正开着嫌疑车辆在厂里等待载货，不过当民警问起林邻这起事故时，林邻却茫然不知。办案民警将林邻带回大队作进一步调查，并对嫌疑车辆进行勘查。

赵程毅说："我们在对车辆进行勘验的时候，发现车的右侧后轮外侧粘附着血液跟菜叶，这与现场死者被碾轧而导致血液喷溅、摩托车载有蔬菜的事实是吻合的。"

办案民警提取了该车右轮轮胎上面类似人血的可疑斑迹，然后与死者的血迹进行 DNA 比对，结果完全吻合，最终确定林邻就是肇事者。

【赵程毅、刘顺忠的侦破体会】在对现场进行勘查时，再细小的细节也要注意。事故现场是柏油路面，血迹与路面颜色混为一体，不借助专门的灯光很难发现任何蛛丝马迹。正好，借助照相机的闪光效果，从照相机拍摄的照片上，清晰地发现了两条车轮碾轧的血痕。通过对车轮印迹、宽度及车轮血印之间的长度进行比对，可以推断肇事车辆的车型为重型货车。在肇事路段前后的监控中很快找到了嫌疑车辆和嫌疑车辆前后的车辆。通过走访排查，几经周折，终于找到了嫌疑车辆，经过对车辆轮胎的勘查，发现了对应车轮轮胎表面的疑似人血的斑迹，然后与死者的血迹做了 DNA 比对，结果完全吻合。

报警人眼里的"泔水桶"

2013年12月17日19时许，天下着雨。在晋江市西园街道霞浯小学地段，一辆三轮摩托车碰撞行人吴歌后，钻进雨幕逃之夭夭，造成了吴歌经抢救无效死亡的交通事故。而与之擦肩而过的报警人，在警方二十多次的反复询问中，坚持说自己看到的肯定是一辆载"泔水桶"的三轮摩托车。

警方根据这条线索立案侦查，最终能找到肇事者吗？

晋江市公安局交警大队事故处理中队办案民警赶到现场时，发现肇事路段并不宽，仅能供两车勉强交会。行人在这个雨夜不知出于什么原因，走在道路左侧，结果付出了生命的代价。

施良友说："肇事现场有个目击者，这个目击者就是后来的报警人。"根据报警人的描述，警方大概知道了当时肇事瞬间的一点情况。肇事三轮摩托车在与报警人驾驶的小轿车交会之前，把那个不幸的行人撞伤在地，三轮摩托车驾驶人下车看了一下现场，随即驾车离开。离开时正好与小轿车交会。报警人说，他在与摩托车交会时发现这辆车上载有三排并列的六个"泔水桶"，交会后发现在他的车灯前，倒着一个人。他说他当时为什么能看得这么清楚呢，主要是当时天下着雨，这条路又比较窄，双方的车速都不快，并且看到三轮摩托车停过车，驾驶人上下车的快速行为引起了他的注意和好奇，交会时就多留了个心眼。

施良友说："报警人说得这么详细，我们也很相信。随即就按照报警人提供的这条线索，展开了勘查工作。"

办案民警在勘查中发现，在距离现场约三十米的地方有个监控探头。通过查看监控录像，发现在19时25分的时候有一辆蓝色三轮摩托车经过事故现场，而且画面里有模糊的看不清的车后牌。再经仔细辨认，还可以看到该车前面驾驶室有挡雨篷，是开放式的后车厢，车厢上装载有若干报警人所说的"泔水桶";驾驶人头戴黄色安全头盔,身穿雨衣雨裤,脚上穿雨鞋,身材比较瘦。

按理,有报警人的详细描述,有办案民警及时查看到的监控视频,这起案件应该很快就能破了。可是,在接下来的日子里,侦查工作并不顺利。为什么?因为民警过分相信报警人的话,顺着"泔水桶"的思路走下去,结果走进了一条死胡同。他们查遍了街道里所有人家,都说他们这个街道根本没人养猪,也就不存在有哪户人家拥有"泔水桶"。办案民警花了两三天的时间,得到的却是这么一个令人沮丧的答案,大家的心里不免有些懊恼。

施良友说:"太阳每天照常升起,我们的侦破工作也得照常进行。我们想,既然这个街道没有人养猪,更没有外来人承包的养猪场,也就谈不上有'泔水桶'的存在。那么,这个事实存在的'泔水桶'到底是从哪里来,又会到哪里去呢?这时,我们想到了街道以外的村庄和社区,他们或许有养猪场。说干就干,我们又花了一些时间到周边的几个养猪场进行侦查,但经过对蓝色三轮摩托车进行一一比对,没有一辆与肇事现场相符合的车辆。"

怎么办?这时,办案民警就想,会不会是报警人看错了车上的桶装物件,把别的类似桶装的物件错看成了泔水桶?于是,他们再次找到报警人,报警人此时显得有些不耐烦了,他说民警都找他不下 20 次了,信不信是民警的事,但他还是那句话,就是泔水桶。

施良友说:"我们这次真的左右为难了,不相信他的话吧,他说的言之凿凿;相信他的话吧,顺着线索追踪案情却毫无进展。此时,我们作出了一个大胆的推断,假如这个报警人说的泔水桶是菜农装菜的菜筐呢?我们当时为这个假设兴奋不已,似乎看到了一丝曙光。"

菜筐这类物件在路上经常可以看到,因为晋江这地方有很多外来人员承包当地人的农田种菜贩卖,并以此为生。办案民警再次到霞浯街道访问,街道上的人都说,他们街道有 30 多家菜地承包户,都是外地人承包的。办案民警在街道干部的带领下,对每一家菜地承包户的住地仔细查过去,重点调查拥有蓝色三轮摩托车的住户。警方没有花费太大的周折,很快在一个住户家发现了一辆蓝色三轮摩托车,但奇怪的是这辆摩托车被卸去了菜农载菜上菜市场卖菜时必备的挡风玻璃。一查,却发现这挡风玻璃被卸下来放在一个废弃的厕所里,而车牌却藏在床铺底下。这显然就是"此地无银三百两"。

一切昭然若揭。这辆由四川籍人士李进东驾驶的赣 F91××T 蓝色三轮摩托车，正是警方多日来苦苦寻找的肇事车。据这家菜农的老板称，他是安溪人，在这里以种菜卖菜为生，肇事者是他的女婿，肇事后已经回四川老家了。后经办案民警进一步工作，躲在安溪丈母娘家的李进东于次日下午到事故处理中队投案。

【施良友的侦破体会】在一些逃逸案件的侦查中，如果有目击者报警而且能够详细描述目击的全过程，对我们侦破案件来说是莫大的福音。但是，我们不能完全相信他们的描述，不管他们描述得多么详细，都要进行甄别分析。因为有许多影响目击者正确还原事实的因素存在，首先是交通事故是瞬时偶发的，留给目击者观察的时间短，甚至有些目击者会因为突然发现的事情而紧张导致描述部分失实。其次，事故发生时现场的灯光、天气、目击距离会影响到观察效果。再次，目击者的年龄、身体状况、文化程度等都会影响目击者对事故的认知程度和描述的准确性。本案中的"泔水桶"与"菜筐"在雨天、夜晚、灯光昏暗、有一定观察距离的情况下具有极高的相似度。但是，案发现场附近村庄种菜的较多，没有养猪的。所以，认真查证报警人的描述是否符合案发区域的环境特征，可以节省侦查时间，缩短办案过程。

栅栏里的绿色物件

　　山区里的夜来得特别早。还不到晚上 6 点，天幕已经四合，加上四野洒下的一地冬雨，德化县三班镇蔡径村通往德化城区的道路上行人稀少。南埕镇枣坑村 40 多岁的张北方，冒着这寒冷的冬雨在路上独自行走。他没有料到这次出门行走会遭遇人生的厄运。

　　德化县公安局交警大队事故处理中队接到报警的时间是 2013 年 12 月 17 日 20 时许。张北方的家属报警称，张北方在县道 346 线 28km+600m 的龙浔镇宝美村路段发生交通事故，被不知什么车辆撞成重伤。发生事故的时间是当天的 17 时 59 分。

　　办案民警林振强说："张北方后来送医，被医生诊断为左边胁骨断了六根。张北方无法说出自己是被什么车辆撞倒的，只知道自己整个人滚到路边的田里，浑身疼痛难忍，咬着牙在第一时间掏出手机拨打家里的电话求助。"林振强说，这个路段比较偏僻，前不着村，后不着店。路上没有行人，也就没有目击者。道路交通环境为平直水泥路面，道路有效宽度 9 米，画有中心单虚线，双向两车道，夜间有路灯照明。办案民警到达事故现场时，发现事故现场什么也没有，没有刹车痕，没有散落物。对于这样一个什么都没有的事故现场，要想破案确实有难度。不过办案民警还是借助现场的一个监控，确定了肇事车型。

　　林振强说："监控视频显示，在 17 时 59 分的时候，有一辆无牌号蓝色的正三轮摩托车，从三班镇往城区方向行驶，途经事故现场时将行人张北方撞出路外。当时这辆车不但没有停留，而是加速逃逸。"林振强说，我们在事故现场的一公里范围内调取沿途监控，没有发现这辆车通过。这就说明一个问题，这辆车就在这一公里的范围内。我们在调取现场监控视频时发现这辆车有一个比较明显的特征，车后斗上载着一个栅栏式木箱，这个箱子高约一米，宽约半米。因为栅栏式箱子是隔空的，可以比较清楚地看到箱子里面有一个绿色物件。就是这个绿色物件，让警方能够循线追踪。

　　林振强说："我们最初的判断是拥有这种箱子的人，一定是这边的陶瓷厂家，是用于装陶瓷托运的。但我们走遍了这里的几个厂家，都没有发现这里有陶瓷生产厂家，更别说用它装运陶瓷了。几个零担托运公司老板也证实了这一点，他们说在这个时间段他们没有接过这单生意。当我们把监控视频拿给其中的一个公司老板看的时候，他为我们揭开了这种箱子用途的秘密，他说这不是用于装载陶瓷托运的箱子，而是装载制作陶瓷箱子的空压机的栅栏式箱子。我们的侦破思路为之豁然开朗。"林振强说，这辆肇事三轮摩托车应该是属于附近某家木材厂的专用交通工具。有了这种想法，我们就再次返回事故中心现场附近调查走访，发现离事故现场不远处有一家木材厂，经询问得知，这家木材厂是专门为陶瓷厂家定制陶瓷箱子的。木材厂的老板姓郑，雷峰镇长基村人。郑老板的这家木材厂百分之九十的业务是上门为陶瓷厂家定制托运木箱。好戏开始登场，问他定制木箱时是否需要带空压机过去，他说要，否则没法工作。再问他所用空压机是什么颜色，他发觉有点不对头，就支支吾吾起来。倒是他 6 岁的小孙子快人快语地说"是绿色的"。问他家里的三轮摩托车去哪里了，他说他的儿子郑效强开去给零担公司制作箱子了，过一会儿就会回来。再问他 12 月 17 日傍晚他的这辆车去了哪里，郑老板这时候有点迟疑了，但还是很老实地拿出他的记账本，给办案民警查阅。办案民警发现这辆三轮摩托车于这天午后到世盛陶瓷厂定制箱子。这在时间上基本吻合，就等郑效强回来。十多分钟后，郑效强开着车回来了，办案民警一看，这辆车所载的箱子及箱子里的绿色物件，也就是空压机，与监控视频拍到的事故现场的摩托车及所载物件一模一样。郑效强没有多说什么，也没有多做解释。只说了一句话："我当时听到那个人大声喊疼。"

　　【林振强的侦破体会】这起案件刚好有视频监控拍下事发经过，让办案民警直观地看见了肇事车辆及其特征，通过肇事车的特征对案发路段附近进行排查，排查了所有的陶瓷厂及零担托运公司，排查结果让办案民警失去信心，在最后一家零担托运公司的老板看了肇事车截图后，告诉我们栅栏里绿色物体是装订木箱用的空压机，我顿时眼前一亮，在肇事现场附近刚好有一家木箱加工厂，正是这家加工厂的正三轮摩托车肇事后逃逸。

钢圈上的“闪光灯”

陈沙织被警方带走的那一刻，左思右想怎么也弄不明白，自己逃的时候顺风顺水，逃离之后也做了一些逃避警方侦查的功课，警方怎么会这么快就找上门来了。

2013 年 12 月 31 日 21 时 39 分许，在台商投资区洛阳侨乡市场的“好而滋”门口路段，发生一起无牌证二轮摩托车撞死行人后逃逸的交通事故。

接报后的台商投资区交巡警大队事故处理中队民警陈伯鑫、林友江赶到现场。现场为混合通行道路：东往屿光中学方向，西往国道 324 线方向，南往洛阳新城方向，北往屿头村方向。该路段为平直干燥水泥路面，无交通信号控制设施，夜间有路灯照明。伤者为洛阳镇屿头村团结巷的 48 岁男子杨忠毅，已被赶来的 120 急救车送往医院抢救。

事故现场没有留下任何痕迹，只发现杨忠毅受伤倒地的地方到处都是垃圾。经现场访问一位摊贩得知，肇事摩托车无牌，骑摩托车的人是个染着黄色头发的青年，撞人后匆匆忙忙往国道 324 线逃窜。

陈伯鑫说：“我们顺着这位摊贩提供的逃逸路线一路追踪，至国道 324 线路口时，发现这里有一个探头正对准侨乡市场。后调取监控录像观看，发现事故发生不久，有一辆无牌照二轮摩托车快速通过该路口，往惠安方向行驶，且行为异常。另外，这辆摩托车有别于其他摩托车的特征是，它的前后轮各安装了一个会发亮的闪光灯。”

据此，办案民警继续往下一个路口追踪，白沙路口的监控显示，这辆会闪光的摩托车顺着路口左转去往洛阳镇西塘村方向。在西塘村路口，办案民警在一棵大树前方的一个监控里发现，有一辆摩托车一闪一闪地通过这里。由于该监控点不是高清探头，所以无法看清骑车人的“庐山真面目”，只能看到一个模糊的影子。再往前就是村子了，线索就此中断。

林友江说："为彻底弄清骑车人的真实面目，我们只得重新返回事故地点，对来车方向的监控录像进行查看，在洛阳侨乡市场的欢乐聚KTV的监控里，发现有一个染着黄色头发的青年男子从KTV里出来，但是无法看清这个人的脸。"

办案民警发现这条重要线索后，就直接进入这家KTV，在大厅的监控中，办案民警清晰地看到了这个人的面孔，就截取了图片。调阅人口信息查询，发现这人身份证上的照片也是染黄色头发的，对上号了。办案民警直奔西塘村，村干部反映，他们村确实有这么一个染黄头发的青年，名叫陈沙织。

陈伯鑫说："肇事嫌疑人基本确定后，我们就派民警在肇事嫌疑人经常出入的地方蹲点守候，蹲了两天也没有发现肇事嫌疑人。我们再次去问村干部，村干部说这个人在洛阳正大鞋厂上班。"

办案民警又直奔正大鞋厂。在鞋厂，办案民警发现站在他们面前的是一个黑色头发男青年，查看他的黑色太子摩托车，也没有发现安装有闪光灯。怎么回事？难道是办案民警搞错了？

林友江说："其实没有搞错，因为这个人与监控里的人像截图完全对得上号。我们把他连人带车带到队里进一步询问。"

在队里，陈沙织还是不老实，摆出各种理由与办案民警对抗。办案民警问他平时染的黄色头发现在怎么变成黑色的了。他说没有啊，平时就这个样子。再问他这辆摩托车不是在两个车轮上装有会发亮的闪光灯吗。他则回答说不懂得闪光灯是怎么回事，也没有安装过这种东西。办案民警见他"不见棺材不掉泪"，就干脆把他晾在一边，直接勘验摩托车，让证据说话。这一招还真灵，办案民警不费吹灰之力就直接找到了破绽。

陈伯鑫问："你这辆车是旧的，怎么转向灯是新的？"

陈沙织在警方的讯问下无法自圆其说了，就承认了他肇事逃逸的经过。

原来，这天晚上，陈沙织和一帮朋友到欢乐聚KTV喝酒唱歌，之后就骑着摩托车往家里行驶，可能是酒喝多了的缘故，迷迷糊糊中就撞上了一个在其车左侧对向行走的行人，他自己连同摩托车一起也摔倒在地。他见自己闯祸了，酒也醒了大半，瞬间闪过一个念头：逃为上策。

陈沙织说："我当时一路狂奔，直接把车开到家里。第二天发现车的左转向灯损坏了，就打电话到摩托车修理厂要来一个左转向灯，自己安装。又拆下装在两个轮子上的闪光灯。尽管如此，我还是不放心。"

陈伯鑫问;"怎么说?"

陈沙织回答说:"因为我的黄色头发。想到你们可能会根据目击者的描述,或者从沿途的监控里发现我的头发特征,循线追踪到我家里,要是这样,我就大难临头了。一想到这些我就非常害怕,于1月2日中午到染发店把头发染回了黑色。"

陈沙织见办案民警不回答,就喃喃自语道:"我做得天衣无缝,怎么会被查到?是不是我那该死的闪光灯?极有可能。"

就在陈沙织还弄不明白自己为什么会被抓的时候,办案民警告诉他,伤者经医院全力抢救无效,已于1月2日13时死亡。陈沙织这下真的瘫了,乖乖地把手伸向办案民警拿出来的手铐。

【林友江、陈伯鑫的侦破体会】这起事故是事后报案的,等我们接到报警赶到现场的时候,现场除了一些废弃物以外没有任何有价值的痕迹物证,事故路段也没有监控摄像头,最后在事故路段的出口处查找到一个探头,通过反复查看视频内容,发现其中一辆摩托车行驶异常,车速比其他车辆明显快出许多。于是,我们对这辆可疑车辆展开调查,沿路追踪,最终在铁的事实证据面前,肇事嫌疑人交代了肇事逃逸经过,这起逃逸案件得以成功侦破。这起案件给我们的一个最大的启示就是,不能忽视办案过程中的任何一个细节,在事故路段出口的那个监控录像,我们反复看了几次都没发现有何异常,直到发现了那辆摩托车上的"闪光灯"。

蹊跷的车祸

2014年2月9日晚上，阴雨绵绵，在安溪县西坪镇发生了一桩蹊跷的事儿。晚上7点，女老板詹利丽开车回到镇上自己的修车店，可是人还没下车，就听到店里伙计的一声尖叫："你车下有人！"这一声尖叫可把詹利丽吓得不轻。车下怎么会有人？哪里跑来的？到底出了什么事？

听到伙计的尖叫，詹利丽赶紧跳下车查看，这一看不要紧，她顿时吓蒙了。自己的面包车尾部竟然拖着一个人，他的身体露在外面，头部卡在右后轮上，看不出面目。

这人从哪儿来的？一动不动的，似乎已经断了气。难道是刚才开车时在路上撞的？怎么一点儿也没有察觉呢？詹利丽惊吓之下，不知所措。周围的人赶紧先帮她报了警。

很快，办案民警赶到了现场。肇事嫌疑人詹利丽在对办案民警描述时的第一句话就说："当时我也吓傻了，太吓人了，我自己也没想过会是这样。"

大家首先把卷在车底的人小心翼翼地移出来，然而遗憾的是，经法医检查，人已经死亡。那么，他是谁呢？由于面部被撞得变形，最初围观的村民也认不出来。

死者老詹的儿子说："刚出来不能确定，雨在下，人在车底，整张脸血肉模糊，变形得根本无法辨认。隔壁邻居说拨打一下我老爸的电话号码，电话在车底下响了。"

死者老詹，66岁，是一位老茶农，和詹利丽都是西原村人，而且两人还是亲戚，论起辈分来，詹利丽还得叫老詹叔公呢，所以当得知车轮下轧着的人是老詹时，她更是觉得如五雷轰顶。

詹利丽说："他们说是我堂亲，我更是被惊呆了，不知道接下来该怎么办。"

死者的儿子说："作为受害者家属，我们很痛苦，你把人撞死就撞死了，但不能这么无礼，把他老人家拖得脸都看不清楚了。"

很显然，老詹的死是车祸造成的，那么肇事的人是不是詹利丽呢？据死者家属说，当晚老詹打算到孙子家看看，不曾想人未走到，就出了事故。车祸应该是发生在他步行的这段路上，而这段路正好也是詹利丽开车回来的必经之路。可是，詹利丽却怎么也想不明白，自己开车的这一路上并没有碰到过什么人呀。

据詹利丽回忆："那天下着毛毛雨，路面黑黑的，当时路边有垃圾箱，以为是垃圾就轧过去了。现在想来，那个被我误以为是垃圾的物体，应该就是我的叔公了。"

安溪县公安局交警大队事故处理中队办案民警刘顺忠说："我们回到现场去勘查的时候，发现路中只有一点点碎片，还有死者的一只鞋和一把雨伞。"

看来，老人在詹利丽经过时已经倒在了路上。那么，老人为什么会倒在那里？在詹利丽的车开过去之前，又发生过什么呢？

办案民警当即围绕事发地展开调查。在调取了事发路段的监控后，办案民警发现，行走在路上的老人先被一辆银灰色面包车撞倒，过了4分钟左右，詹利丽才驾车经过，导致老人被拖行了数百米。那辆银灰色面包车，才是真正的肇事者。

刘顺忠说："案发时间是在当天19时37分左右，监控视频很模糊，无法看清肇事车的车牌。"

于是，警方对事发路段周边的群众展开调查，找到了事发时骑摩托车经过的群众。目击者也证实，撞到死者的是一辆银灰色面包车，车撞人后就跑掉了。由于是夜间，又下着雨，目击者也没办法完全看清车牌。

刘顺忠说："通过走访，我们从一个目击者口中得知车牌上的尾数为2，于是就倒推判断这辆肇事车是从哪里来的。"

不知车牌，如何查出肇事车辆呢？要知道，在西坪镇，微型面包车是茶农们最常用、最便利的交通工具，所以数量相当多。肇事车混迹其中，要揪出它谈何容易。办案民警只得以事发地为中心，展开更大范围的调查取证工作。在连夜沿途寻访之后，民警终于有了重大发现。

安溪县公安局交警大队事故处理中队办案民警唐文杰说："我们找到一

个探头，从监控画面可以看出这辆车的行驶路线和车牌号。"

2月10日上午，根据这辆车的信息，警方很快找到了车主，车主的女儿是这辆面包车的实际驾驶人，她向警方坦白交代了驾车撞人的全部经过。

肇事嫌疑人林立影说："天气不好，下着大雨，又没有路灯。那时候看不清路面，车开得也不快，我当时不知道撞到什么了，同时又有交会车，而且路边有一片竹子，我以为是竹子倒下来了。下雨天，玻璃上面有很多雾水。"

警方认定，林立影涉嫌肇事逃逸，负本事故的主要责任，詹利丽负事故次要责任。经调解，事故三方已达成了赔偿协议，詹利丽也得到了死者家属的谅解。

【刘顺忠的侦破体会】本案中，找到事故发生的第一现场是关键。我们沿着詹利丽当晚的行驶轨迹进行勘查时，很快发现了事故发生的第一现场。在对第一现场展开的调查中，没有路灯的雨夜路面和模糊的监控成为横在我们面前的难题。在第一现场的一处监控中我们隐约可以看到老人被第一辆肇事面包车撞倒在地上，过了4分钟，老人又被另一辆面包车拖行。专案组人员分工明确，经工作，找到了第一辆肇事面包车。对现场周围群众进行了深入的走访和调查后，很快又找到了肇事车辆和肇事驾驶人。

八分钟之后

2014 年 3 月 2 日 4 时 16 分许，在国道 324 线 161km+500m 的螺城镇王孙岭路段，有一个人被一辆机动车撞倒后碾得血肉模糊。最早报警的人是惠安辋川镇的屠夫陈再服。他说他今天撞到鬼了，上路就撞到死人，自己所驾驶的三轮摩托车侧翻在路右，所载猪肉掉落一地。办案民警问他是怎么撞的。他说是车的左轮碾轧到尸体，然后侧翻。办案民警将信将疑，因为他们不时会遇到那种为逃避责任而假扮李逵的事情，让办案民警一时真假难辨。

肇事现场比较偏僻，路边一侧仅有的几家店面，在这么早的时间很少有人开门经营。唯独一家经营豆腐的店面老板起早在店里做豆腐。现场就在这家豆腐店门口。据这家老板讲述，她在店里做豆腐的时候曾经听到两次声响。第一次听到声响时，她探出头看了一眼，发现响声过后，有一辆白色货车往福州方向开走。她再往刚才发出响声的地方望了望，那地方的地上黑乎乎的，没看到什么东西。于是，就继续埋头做她的豆腐。谁知过了不久，门外再次传来响声，这次她干脆放下手里的活计，跑到公路上去看个究竟。这次她看到地上有一具尸体和侧翻在地的一辆三轮摩托车，车的旁边站着一个受伤的人。

办案民警冯强说："现场除了血肉模糊的尸体，能够在地上找得到的东西，就是尸体旁边一些零碎的塑料碎片。国道 324 线的监控主要设在重要路段和路口，像这种比较偏僻的路段一般是没有监控的。"办案民警在事发现场的来路上找到一个监控点，这个监控距离现场最近，大概一公里。可惜，这个监控已经坏了，不能用。于是，到 10 公里外的国道 324 线螺阳镇下星村查看监控视频，发现在案发的时间段有 20 多辆不同类型的车辆经过，其中有一辆白色货车从这里经过。但这些监控视频比较模糊，只能看清车型，不能看清车牌号码。办案民警继续沿着往肇事现场方向的路边到各个门店寻找私人监控。还好，在距离现场 700 米左右的一家私人监控里发现了一个神秘人物。这个神秘人物在 4 时 8 分的时候通过这个监控，消失在去往肇事现场的路上。4 时 15 分的时候有一辆白色货车通过这个监控，4 时 16 分的时候发生了交通事故。根据推算，行人走 8 分钟，机动车只需 1 分钟就可以在肇事现场相遇。这样白色货车的肇事嫌疑上升。办案民警在这个监控视频里还发现了这辆白色货车后面模糊的扩大号码。经技术处理，一辆悬挂闽 CSV××9 车牌的白色货车跃入办案民警的眼帘。经查，这辆车的车主是莆田的林谋，得知情况后，办案组人员立即制订方案，于当天 18 时许赶往莆田仙游赖店，在当地公安机关的配合下，终于找到闽 CSV××9 白色货车车主林谋，让其联系事故当天的车辆驾驶人李进埔。电话打过去关机，与李进埔的老婆联系上了，他的老婆在电话那头说她的老公开车在外不在家。无奈，办案民警只好驱车赶往他的老家。好险，在找到李进埔的时候，他的车正在修理店修理，被撞坏的挡风玻璃、前保险杠都换好了，只差喷漆这一关了。李进埔说，他当时开车到肇事现场的时候，发现车前方好像有一个行走的人影，待判断真是一个行人时，为时已晚，就这样撞过去了。而这个被撞的行人是南安人，名叫郑年多，37 岁。死者家属很感激办案民警当天就为他们的亲人破了案，特意送来一面锦旗，以表谢意。

【冯强的侦破体会】视频寻踪，深度研判。围绕肇事的白色货车，研判人员借助 SUPER EYE 和事故现场周边的私人监控录像，从事故现场向四周延伸调取监控录像，对过往车辆的动向进行逐一排查分析。监控录像显示，事发前后，在事故路段过往的车流量较大，其中白色货车就有 20 多辆，且监控视频也相对模糊，只能看到车型，具体车牌看不到。研判人员根据从现场提取的散落的白色货车零部件，再结合监控视频，初步锁定了一辆悬挂闽 CSV××9 牌照的白色货车。在办案民警找到驾驶人李进埔和嫌疑车辆闽 CSV××9 白色货车时，该车正在修理店修理，被撞坏的挡风玻璃、前保险杠都已换好，只差喷漆了。民警立即连夜对李进埔进行审讯，李进埔称其驾车行驶至肇事现场时，发现有一正在行走的人影，待其判断是一行人时为时已晚，碰撞该行人后由于害怕承担责任，就立即驾车离开了现场。

屠夫的擦手巾

　　位于永春县北部的一都乡仙友村，距离县城百十来公里，是永春的一个小镇，与安溪、大田、漳平毗邻，相互间鸡鸣狗吠相闻。山里的夜晚似乎来得特别早，也特别黑，村民们大多习惯早早地关门闭户，乡间道路上很少有人走动。

　　黑夜就像一张巨大的网笼罩着山村，而淅淅沥沥下个不停的雨，又给这个黑夜带来几分迷茫。在这个村庄发生了一起交通事故，一位撑着雨伞在路上行走的老人被撞倒在地昏迷不醒，时间定格在 2014 年 3 月 8 日 19 时。

　　永春县公安局交警大队事故处理中队副中队长林要强接到报警后立即带领民警赶赴事故现场。事故现场位于仙阳村去往仙友村方向的一条乡村路上。据早一步赶到的下洋交警中队民警介绍，当时这位老人被撞后趴在地上，身下压着一把雨伞。在伤者周边散落着几块不大的大灯碎片，经组合，发现上面有英文字母。后经配件公司确认，肇事车辆系太子摩托车。

　　林要强说："伤者叫陈晨露，57 岁，仙友村人。事发后已经被下洋交警中队的民警送往医院抢救。我们在现场及周边村落进行调查访问时，有一个驾驶小轿车的人向我们反映，他当时路过现场时，发现有一辆摩托车摔倒在地，驾驶人从泥地上爬起来，正一瘸一拐地走向另一个倒在地上的人，估计是想去扶起倒在地上的人。他当时因为天正下着雨，就没下车，只摇下车窗对那人问了一句，怎么了？那人说，没事，自己摔的。他就没再问，驾着车离开了现场。"就在小轿车离开之后，又有一个自称是去一都街道给客户送货的人，返回时来到了事故现场。这个人当时骑着一辆摩托车正在爬坡，在车灯的照射下，在距离事故现场三四十米远的时候，发现有一个人站在一个倒在地上的人的旁边，就放慢车速顺口问了一句，怎么了，撞人了吧。谁知,那人听到他的问话之后,边说没事,是自己摔倒的,边快速骑上摩托车,加大油门一溜烟地跑了。他加大油门追了一段路也没追上。

两个目击者都发现了在现场的肇事者,但都没有看清对方的面貌,让他轻而易举地从目击者的眼皮底下溜走了。根据后一个目击者的描述,肇事者逃走的时候是往仙友村方向去的,而仙友村旁边还有一个苏合村,两个村庄在同一个方向上,肇事者最终会停留在哪个村庄呢?这是一个谜。

林要强说:"我们当晚没有进村入户,怕搅扰村民们的休息,就沿着来车方向查找沿途监控。还好,在距离肇事现场不远处是一都中学,它的大门口安装有监控。"

这个监控不是高清晰的,加上雨夜天黑,它所监控到的视频并不清晰。尽管图像模糊,但摩托车经过的瞬间还是在视频中留下了可资破案的信息。

林要强说:"当时我们对这个监控视频并不看好,因为视频里只能看到摩托车的前部和肇事者的嘴巴,鼻子上面都被雨衣的头罩遮住了。"

于是,办案民警就围绕仙友村、苏合村及与之毗邻的安溪、大田、漳平等村落展开了大规模的走访调查。当然,这里的乡镇诊所和卫生院也是重点调查的地方,因为肇事者受伤后有可能到这里进行包扎或接受治疗,但遗憾的是这些地方都没有肇事者的蛛丝马迹。

办案民警在大山沟里的村村落落、山梁沟底上上下下走了一遭,什么也没有得到,只能调整侦查方向。一方面派人到来车方向的几个村落,包括一都镇街区进行侦查,另一方面再次查看唯一的监控视频。这次,办案民警在视频里有了重大发现。

林要强说:"我们再看视频的时候,发现视频里除了有前保险杠两边安装有银色边框的挡风塑料板外,还有一个之前被忽略了的红色塑料袋。"这个红色塑料袋挂在摩托车车把下的左边,习惯于这种挂法的人不多,只有屠夫才有这个习惯,放在塑料袋里的东西,不是别的,而是一块屠夫经常要用的擦手巾,他们每卖完一块肉,都要拿出这块布巾来擦拭沾在手上的油渍。有了这个重大发现,大家非常高兴,把主要精力放在了调查屠夫上。调查屠夫,其实也不是一件容易的事。各村都有屠夫,有些村一查就是一群,仅仙阳村就有二十多个。

林要强说:"我们先到镇里的菜市场调查摸底,因为那里聚集了各路屠夫。我们去的时候就有人向我们反映,有一个屠夫已经好几天没来这里卖肉了。我们查到这个屠夫的时候,发现他在家里养伤,原因是前几天他在市场卖肉的时候，与同行因为生意的原因打架斗殴，这起事件有派出所的出警记录为证，遂被排除。"办案民警坚信监控视频不会说谎，就继续在屠夫群里摸排。此时，有一个屠夫悄悄给我们提供了一个线索，说仙阳村里有一个叫肖春耕的人，这几天不知什么原因没有来卖肉。这是一个很重要的消息，我们立即到当地派出所查找这个人的户口信息，得知此人34岁，从事屠宰生意好几年了。当办案民警登门造访的时候，发现这人已经去三明市大田县参加小车驾驶培训好几天了。问他身上有没有受过伤，据他的家人和知情人说，他身上有伤。而关于这伤的来历大家也都能说得清清楚楚，且说法比较一致：3月9日早上，肖春耕和往常一样，起个大早去杀猪，杀完猪用摩托车载着到菜市场去卖，卖完猪肉之后，就到了也是居住在仙阳村的他的丈人家里帮忙锯木材，他的丈人开了一家锯木厂。他在帮忙时，右脚拇趾不小心被输送带碾过，去诊所简单包扎了一下，10日就去大田参加小车驾驶培训了。"

林要强说："有这么巧合吗？右脚拇趾偏偏是在发生事故的第二天受伤？我们不信，就问他平时骑的摩托车怎么不在家里了。他的妻子说，他骑着去大田了。我们问他妻子家里的另一辆太子摩托车是谁的。他的妻子说是她老公从她娘家骑回来的，说是他脚受伤了，骑车方便。"

办案民警没有轻信她说的话，就用手机跟他联系，他也非常配合，并如实告诉办案民警现在他接受培训的具体位置，办案民警怕他撒谎，就叫他把手机拿给教练，并请教练用三明的固定电话打过来，教练照着办案民警的话做了，并且说他们现在在三明，晚上会去沙县。

林要强说："我们跟肖春耕约定，次日在他所说的大田吴山路口的一户农家见面。他说他当时出来的时候，花五块钱把摩托车寄放在那里。"吴山与一都交界，办案民警到达吴山的时候，肖春耕和他的哥哥已早早地等候在一家农户门口。

办案民警分成两组，一组勘查那辆摩托车，另一组询问农户户主。结果，两组民警都有收获。

林要强说："我们在勘查中发现这辆车的大灯壳近日更换过，大灯壳是新的，大灯玻璃里还附有少量的原来灯壳上的反光膜的碎屑。而询问农家户主也有有利的消息。我们的民警告诉我说，户主说这辆摩托车是早上刚放在他家门口的，他不认识这两个人，更没有收到五块钱寄存费。"

一切都明白了。肖春耕被戴上了手铐。面对如山铁证，肖春耕不再隐瞒，如实交代了他肇事前后的所作所为。他说，他当时从家里出来，骑上摩托车经过家门口的一小段小路后，就直接左拐，进入通往仙友村的村道，在过了一都中学门口不远处，由于夜黑，加上雨天的原因，他突然撞上了一位在前面行走的老人。他立即停车上前查看老人是不是还活着，如果人没事，就送老人去就医。

肖春耕说："谁知我连问几句都没听见声响，也不见动静，我发现自己闯下大祸了。正在发懵的时候，我发现有一辆小轿车过来，车里的人问我怎么回事，我骗他说没事，是自己摔倒的。这辆小轿车走后，又过来一辆摩托车，这时我想如果再不趁着夜黑逃走，恐怕就要面对巨额经济赔偿和坐大牢了。"

肖春耕逃走的时候，怕后面的摩托车会穷追不舍，就左拐进入南阳"官埔"小道，绕了两公里的路程回到家里。他以前是摩托车修理工，家里存放有太子摩托车车灯，只那么三两下就把肇事摩托车修好了。次日一早，他又把当晚穿的雨衣扔到一都中学旁边的一个垃圾堆里。为掩人耳目，他于次日照常去杀猪。

林要强问："你的右脚拇趾是怎么回事？"

肖春耕说："这事我不说你们也明白。今天你们看到的这辆摩托车，其实它就放在我丈人家里，我叫我哥骑过来是想最后跟你们赌一把。没想到你们一眼就看出了我的破绽。唉！"

肖春耕在一声叹息中坐上了警车。后来办案民警了解到，肖春耕在肇事逃逸后上网查询得知，构成肇事逃逸的要被判七年有期徒刑。一想到要蹲这么长时间的牢，他心里就非常恐慌，害怕到了极点。他担心平时就胆小怕事的妻子不能独自承受生活的压力，也担心患有先天性心脏病的 11 岁的儿子会在某一天突然发作而失去抢救的最佳时机，还担心 4 岁的女儿因没有爹在身边呵护而不能茁壮成长，等等。他就这些话题跟办案民警唠个不停。其实，他应该深刻反省自己，因为他最大的错误是失去了驾驶人应有的道德，只顾自己逃匿，却把老人弃于荒山小路，延误了抢救的最佳时间，导致老人经医院抢救无效于 3 月 17 日不幸去世。

【林要强的侦破体会】一起交通肇事逃逸案件，两个目击者都发现了在现场的肇事者，但由于是雨天和夜晚，都没有看清其真实面目，结果让其轻而易举地溜走了。为了对伤者负责，对社会负责，我们走遍了案发地附近的仙友村、苏合村及与之毗邻的安溪、大田、漳平等县市的村落，展开了大规模的走访调查，结果无功而返。我们岂肯放弃，又从监控视频中发现了唯一的线索——杀猪卖肉人的擦手巾入手，而杀猪卖肉人单一个村就有二十多人，可谓是大海捞针。可我们"咬定青山不放松"，发扬不怕疲劳、不厌其烦、连续作战、连续追击的拼命精神，终使此案告破。

瞎了一只尾灯

2014 年 3 月 11 日 5 时许，下了一夜的春雨，到了这个时候还是没有停歇的意思，继续在黎明前的夜幕中肆无忌惮地飘洒着。这老天爷当真不作美，淫雨霏霏的天空下，一出人间悲剧就在晋江的一条公路上上演了：在双龙路磁灶镇张林村邮电局路段，一名早起的名叫傅黎相的 57 岁的老妇人，骑着自行车经过这里的时候，被一辆迎面驶来的机动车剐蹭后倒地身亡，机动车驾车逃逸。办案民警到达现场后，发现老妇人已经死亡，在她的身边倒着一辆被撞歪了的自行车。

很显然，这是一起交通肇事逃逸案件。而对于类似的逃逸案件，办案民警首先想到的是赶快调取附近的监控录像，以尽快破案，为死者申冤。

晋江市公安局交警大队事故处理中队办案民警施良友说："我们当时走的也是这步棋。但是，现场没有监控录像，只有距离现场 50 米处的一家超市安装有一个监控。"

这家监控录像的视频很模糊，办案民警初次查看的时候，发现监控里远处的现场画面，好像是一辆二轮摩托车与自行车发生剐擦，后经仔细辨认才最终确定是一辆正三轮摩托车，再沿肇事三轮摩托车逃逸的方向调取监控录像，发现这辆车有一个明显的特征：车的左尾灯不亮。之后的监控中就再也看不到这辆车的踪影了。

施良友说："也就是说这辆车在张林村的某个角落消失了。该村是磁灶镇最大的村，拥有常住人口 1 万多人。如果再加上外来人员，整个村庄的人口密集度就相当高，要想在这个村庄找出肇事车辆，得花费些时日。怎么办？我们就从录像中发现的可疑线索入手，继续寻找来车方向的监控。"

办案民警当天早上就沿着肇事车在肇事前的来路，寻找这辆尾灯瞎了一个的三轮车，花了一个上午，找了十多公里，最终跟踪到华洲水果批发市场，并且找到了与之交易的那个卖家。这个卖家看了自己的监控录像后说，这个人今天早上确实来到他的批发店里批发了一些水果，量不多。买的东西也是一些苹果、香蕉之类的东西。当问及是否有这个人的联络方式时，卖家就很肯定地说，这个人是个小摊贩，不起眼，平时没有留下他的电话号码，但从平时与之交谈的过程中，知道他在张林菜市场做小本生意。

有了这条重要线索，接下来的事情就比较好办了。办案民警直奔张林菜市场，分头寻找瞎了尾灯的那辆三轮摩托车。

施良友说："也是事有凑巧，正当我们挨个摊位寻找时，发现了一辆疑似肇事嫌疑车，大家的心里都很高兴，就悄悄地靠近那辆车，谁知当我们走近的时候，一件让我们感到很巧的事情发生了。那个肇事嫌疑人正趴在地上仔细地查看着他的车辆底盘。此时不用多问，彼此都心照不宣了。"

肇事嫌疑人名叫肖建敏，江西省南昌市南昌县人。他在被办案民警带回询问的五个多小时里，始终不承认自己的肇事事实，尽管办案民警使出浑身解数，多次出示监控视频，多次带他比对双方的车辆，但他就是自始至终咬紧牙关，死都不肯承认。警方的询问笔录也就始终停留在"我没有经过事故现场"这几个字上。

施良友说："之后经过我们一轮紧接一轮的政策攻心，肖建敏的心理防线终于崩溃了，承认了他的肇事事实。"

原来，肖建敏这天早上无证驾驶无牌三轮摩托车经过肇事路段时，为少走一段路，就直接逆向行驶。他说当时是雨天，他身上穿着雨衣，头上的雨罩罩得比较紧，加上是雨夜，视线不是很好。直到发现前方驶来一辆自行车，想采取措施时，为时已晚。摩托车的左前侧剐倒了自行车。"你们问我为什么逃逸？我认为当时天黑，路上没人。"肖建敏说。

【施良友的侦破体会】逃逸案件大多发生在夜里，这与肇事者的心理状态有关，他们认为天黑、人少、好跑，尤其一些无牌车、假牌车、套牌车更加肆无忌惮。他们不尊重生命，不敬畏法律，即使到案了仍会百般抵赖。肇事逃逸后，肇事者同时具有逃避心理和犯罪心理两种心理状态，这就要考验我们在案件办理过程中是否能抓住事物的本质特征。这些本质特征就是我们攻破犯罪嫌疑人心理防线的炮弹。本案中，现场附近监控中的"一只不亮的尾灯"不仅引导我们搜寻出肇事车辆的活动轨迹，还引导我们找到了肇事嫌疑人。尽管嫌疑车辆是无牌车，但是这个"不亮的尾灯"就是它最明显的车牌。

消失的 22 分钟

　　2014 年 5 月 8 日凌晨 5 时 30 分许，在台商投资区东园去往张坂的县道 S355 线的鑫信汽修厂门口路段，有一个骑摩托车的老汉突然摔倒在地死亡。台商投资区公安分局交巡警大队办案民警陈伯鑫、林友江接警后驱车赶到现场，经过现场勘查和仔细分析，因为事故现场没有留下什么痕迹，初步判断为可能是单方事故。办案民警的这一说法让死者家属不能接受，要求重新勘查现场。

　　陈伯鑫说："我们经过反复勘查，实在找不出与死者碰撞的痕迹。"

　　为了弄明真相，办案民警从死者家属那里了解到死者生前的基本信息：死者洪水韬，男，63 岁，东园村人，是宰杀鸡鸭到张坂菜市场贩卖的个体商贩。这天早晨，洪水韬依旧起个大早，骑上摩托车载着宰好了的鸡鸭，顺着东张线往张坂骑行，至鑫信汽修厂门口时发生了不幸。

　　林友江说："死者家属的要求和质疑是合情合理的，我们不能当甩手掌柜，一甩了之。"

　　办案民警在接下来的侦查中，沿途查找监控录像，并且有了新的发现，在事故现场附近，刚好有一个监控录像完整地记录了事发过程：当时这辆摩托车属于正常行驶，被同向驶来的一辆货车剐倒在地。

　　陈伯鑫说："这个时候我们才弄明白，为什么现场没有痕迹，原来是摩托车被剐倒之后，把被货车碰剐的痕迹磨掉了，而且磨得干干净净，一点货车的附着物都没留下。"

　　有了监控视频提供的线索，办案民警就把肇事逃逸的货车暂定为追踪目标。紧接着他们继续寻找第二处监控。在张坂菜市场，办案民警找到了三个部位的监控录像，监控画面显示，嫌疑货车是运载猪肉到张坂或更远的地方批发的，但在录像中无法看清车牌号。办案民警只好走回头路，他们先后查找了杏田沿东园街往仑前方向及国道 324 线杏田路口等十几处的监控录像，没有发现有该类型的货车驶入张坂菜市场。

林友江说："当时我们就想，这辆货车会不会是从后渚大桥开过来的，然后走杏秀线？"

说干就干，陈伯鑫和林友江没有迟疑，立即驱车赶到杏秀线的一个三岔路口，调取了这里的监控录像，结果发现，在这天早上 5 时许，有一辆跟肇事嫌疑车辆相似的货车左转往杏田方向行驶。东园派出所的监控也有这辆车经过的记录。杏秀线皇廷酒店路口的监控显示，5 时 3 分这辆车从这里经过，而下一个监控录像是兴源超市，到达时间是 5 时 25 分。办案民警经过测算，从皇廷酒店到达兴源超市只需 4 分钟的路程，这辆车却整整走了 22 分钟才到达。在这 22 分钟里，这辆车跑到哪里去了呢？

陈伯鑫说："这里面肯定有文章。当时我们就围绕东园街的新华都、捷龙、兴源等三家超市转，发现从杏秀线过来的货车要进入这三家超市，都不能直接进入，因为这些超市旁边可以供货车通行的路，不是被水泥墩堵住，就是限高通行。唯一能通行的就只有新华都旁边的那条路。"

办案民警到新华都调取监控录像的时候，没有发现这辆货车进入，这就奇怪了，难道这辆货车会插翅飞走了不成？办案民警百思不得其解，后经核对北京时间，才知道这个监控的时间慢了 20 分钟。往前推 20 分钟，监控里的货车"走出来了"，是运载猪肉到这些超市卸货的。在完成这三家超市的卸货任务后，这辆车就直接通过张坂菜市场，消失在去往崇武新华都的路上。经查看东园街新华都的记录，我们获知这辆货车的车主是石狮市狮兴食品有限公司，驾驶人叫罗君俊，四川人。罗君俊到案后，对自己的肇事逃逸行为供认不讳。

陈伯鑫事后说："这起案件能够在 56 小时内侦破，主要是我们紧紧抓住那突然消失的 22 分钟做深入细致的排查工作。否则，可能要再走一大段弯路呢。"

【陈伯鑫、林友江的侦破体会】首先要有信心和耐心。每一起交通肇事逃逸案件的侦破都不容易，既需要办案民警的办案经验，又需要办案民警的信心和耐心，尤其是一些疑难案件，不是没有线索就是现有线索已被排除而需另寻线索。办案民警的信心和耐心在这时就显得尤为重要。其次要广辟线索来源。在这起逃逸案件中，现场并未留下有价值的线索，看起来

逃也枉然

就是一起单方事故，但经过对现场附近路段的监控进行调查，发现这是一起逃逸案件。办案民警在办案过程中，不要直观地看完现场就作出判断，而要多问、多查。最后要抓住细节，大胆推测。这起事故中，我们把肇事车辆经过的范围缩小到方圆500米内，在这500米内这辆车待了22分钟，根据这一细节，我们再大胆推测这个时间段这辆车来这周边做什么事，最后成功锁定了嫌疑车辆。

模糊的车牌号

2014 年 5 月 18 日 18 时许，在南安市水头镇水头复线的荷北路博翔汽修厂路段，南安人陈贞强的生命在这里终结。陈贞强的个人信息显示，陈贞强，50 多岁，生前系某石材厂的门卫。这天傍晚，他下班后骑着电动三轮摩托车沿水头复线回家，令他没有想到的是，死神就在这个时候突然降临。一辆摩托车从他背后突然追尾撞上来，猝不及防的他被一股巨大的冲击力撞飞，重重地摔在公路上，电动三轮摩托车也被撞翻在路旁。更不幸的是，身受重伤的陈贞强在路上躺了在 4 个小时后才有人拨打报警电话。水头派出所接手此案，陈贞强被送往医院抢救，于 21 日下午，经抢救无效死亡。

南安市公安局交警大队事故处理中队接手此案的时候已经是事故发生三天之后。按照办案规律，此时接手案件，意味着已经失去了侦查的最佳时间，没有现场，没有目击者，没有可资破案的现场遗留物，唯一的希望就是肇事路段前后的监控视频。

办案民警黄勇生说："我们接手此案后，积极调取肇事路段周边乡镇的监控资料。水头、安海、官桥等地的十三处监控被我们查了个遍。"现场有一个监控探头，真实地记录了肇事经过：二轮摩托车追尾撞击三轮摩托车，三轮摩托车连人带车翻倒在路旁，肇事的二轮摩托车驾驶人也随着撞击瞬间的反弹力飞离摩托车，摔到监控范围之外，十多秒钟之后，这个驾驶人摇摇晃晃地走进监控范围。办案民警在视频里看到这个驾驶人身穿黑色衣服，在现场待了一会儿，又走出监控范围。办案民警在与现场相邻的另一个监控视频里看到了另一番情况：这个黑衣人在肇事瞬间被撞飞到公路旁边的沟里，他从沟里爬出来后，走进肇事现场，不久，又再次返回，从身上掏出手机打电话。办案民警再看现场视频，另一幕情况又出现了。那是在黑衣人拨打电话之后，一个身穿红色衣服的男子骑着摩托车飞快地来到肇事现场。这个红衣人跟黑衣人耳语了几句后，就骑着黑衣人摔倒在路上的摩托车走人。红衣人离开现场后，黑衣人骑上红衣人的摩托车想离开现场，但在掉头转弯的时候摔倒在地上，他在爬起来之后又掏出手机打电话。这时，监控视频里又出现了红衣人的身影，红衣人迅速骑上摩托车载着黑衣人离开。

黄勇生说："这两个视频清楚地告诉我们事发经过，又清楚地告诉我们事发后肇事者的活动情况。肇事者在行驶的路上有一个同伴，他先后拨打出的那两个电话，就是叫来同伴帮忙。我们在视频里看到的他拨打的第二个电话说明，这个红衣人骑着摩托车离开现场不远，否则不可能那么快就再次返回现场骑走黑衣人的摩托车。换句话说，黑衣人的摩托车极有可能被红衣人隐藏在某个地方，或者寄放在某个熟悉的人的家里。我们沿着红衣人的逃逸路线继续寻找监控。在离现场约 500 米的郑成功陵园的一个入口处的监控里，发现红衣人驾驶摩托车驶入郑成功陵园路口，之后目标消失。"

黄勇生说："在监控视频里，看到的只是肇事者的活动轨迹，而我们最关心的是肇事摩托车的车牌号。但在我们所看到的这十三处监控，由于不是高清晰探头，无法看清摩托车的车牌号，只依稀可以看到摩托车车牌上有闽 CKY?11，其中的'?'表示看不清楚。虽然就差这一个字，但也着实让我们费了好大劲。我们首先对南安市所有的闽 CKY?11 摩托车进行搜索，发现全市尾数带"11"的车有 100 多辆，再根据肇事者驶入郑成功陵园路口这个信息，可以初步判断肇事者的居住地是蟠龙开发区一带。而且，他驶入这个地段应该是回家，这一点我们可以从另一个调查资料得到证实。因为我们在安海的一个监控视频里发现了红衣人，他曾经进入一家小卖部购买了两袋纸巾，既然是购买纸巾就可能是要回家，这才能解释得清楚。因此，我们把查找闽 CKY?11 车牌作为工作重点。经过不断排查，发现这个区域有两辆车的车牌号最值得怀疑，一辆是闽 CKY911，另一辆是闽 CKY×11。经调查得知，闽 CKY911 在 2013 年初就已经被车主骑回贵州老家了，因此被排除。这样就只剩下闽 CKY×11 了，闽 CKY×11 摩托车涉嫌肇事的嫌疑增大。6 月 5 日，住在水头镇下店村的贵州人金格明，也就是前面所说的红衣人被抓获，在确凿的证据面前，他如实供述了真正肇事者常西的居住地。办案民警依此线索在石井镇院下村将常西抓获。两个犯罪嫌人到案后，相互印证了当晚常西肇事的事实。金格明说，当晚他们相约到安海镇下洪村的老乡家里喝酒，他知道自己是骑着摩托车来的，就不敢喝酒，怕被警察抓，而常西认为没事，就敞开喝了五罐易拉罐青岛啤酒。回来的路上，起初是常西走在前面，后来自己超过常西走到前面。这就是后来常西给他打电话的原因。他第一次把常西的摩托车骑走的时候，走了还不到200米就接到常西打来的电话，说他因为手上有伤，骑摩托车时摔倒了，叫他先把摩托车停在一边，过来载他走，他就把摩托车开到一家无人看管的石材方料厂，然后走过去载着常西离开现场，回到常西的出租屋。常西说，金格明所说的都是事实，他没有什么好说的。

【黄勇生的侦破体会】这起案件是水头派出所三天后移交过来的，而且已经错过了最佳时间点，交接案时没有第一现场、没有目击者、没有任何现场遗留物。我们再次来到事故地点，在现场附近一店面找到了一个监控视频，画面显示一个身穿黑色衣服的男子驾驶一辆黑色二轮摩托车追尾撞击三轮摩托车，撞击后瞬间消失在监控画面，十多秒钟后，黑色二轮摩托车驾驶人摇摇晃晃地走进监控视频内，开始拨打电话，约过了一分钟后，一个身穿红色衣服的男子驾驶一辆红色摩托车飞快驶至现场，迅速将黑色摩托车驶离现场。黑衣男子欲驾驶红色摩托车离开，在掉头时摔倒，他爬起来后再次拨打电话。这时监控视频显示红衣男子跑来，驾驶红色摩托车载黑衣男子迅速离开。整个监控画面显示，黑衣男子与红衣男子两人各驾摩托车相距应该不远，我们立即调取黑色摩托车沿路驶来的方向的监控，从事故地点水头到官桥再到晋江，一路共调取十三处监控，都清楚地显示两人是一路并行而来的，但是却没有一个监控能够完整地将两辆车的车牌号显现出来。唯独在晋江与官桥交界处的监控，通过技术处理显示红色摩托车车牌为闽CKY?11（"?"表示看不清楚），经查得知全市同样匹配的红色摩托车有100多辆，如何排查呢？这么大的量给我们造成了一大难题，在这次排查中，我们先对水头附近的红色摩托车先进行减缩，然后确定摩托车车型，再对类似该红色摩托车的车型再次减缩，剩下十来辆摩托车，继续追踪其活动范围，最终破案。

肇事者的小九九

2014年6月9日5时37分20秒，晋江市公安局交警大队事故处理中队接到报警电话，说在晋江市博览大道吴厝安置房地段，有一个人躺在车道上，不知是死是活。报警人自称是农用车驾驶人，在路过现场时，发现对向车道中间躺着一个人，一定是遭遇车祸了，因而报了警。办案民警到达现场之后，发现现场没有报警人所说的躺着的那个人，后经询问得知，那个人已经被120送往医院抢救。办案民警按程序对现场进行了勘查。

办案民警夏继春说："现场除了地面上的一摊血迹外，没有发现散落物或刹车痕迹，显得很干净。"办案民警勘查完现场之后就马不停蹄地赶往医院，谁知到了医院，医生却说这个人送到医院不到十分钟就断气了。后经调查得知，死者名叫张眉叶，57岁，晋江市西园街道吴厝社区人，自从几年前她的丈夫亡故后，脑子就不大好使，是个苦命的女人，也是社区里的五保户对象。死者的身份确认之后，接下来的工作就是查明这个女人的死亡真相。

夏继春说："首先现场没有可资破案的东西，也没有监控视频；其次发生事故的时候这个路段往来车辆多，行人极少，或者说根本就没有人在这个路段行走。唯一的报警人是农用车驾驶人，他是路过的，不是目击者。这就给我们的侦破工作带来了极大的挑战。面对困难，我们没有退缩。"综合法医尸检的结果，民警把这起案件暂时以交通事故逃逸案立案侦查，理由是死者颅脑塌陷，左大腿的裤子被剐破一个小洞，左肘有一点轻微擦伤，右小腿皮下组织有淤血伤，左脚踝扭伤。这些比较符合交通事故构成要素的特征。通过调取周边监控进行查看，发现事故发生前来车方向上的轻工学院门口有一个测速卡口，这个卡口距现场500米，而事故发生后肇事者逃逸方向上的美旗城有一个高空监控，这个监控距离现场更远，约有1.1公里。虽然吴厝安置房的办公场所有一个监控距离现场最近，但并没有监控到事故现场，且监控探头被树叶遮挡，根本看不到公路上的任何情况。不过，轻工学院和美旗城的两个监控卡口，对侦破这起案件是有很大帮助的。

夏继春说："我们把轻工学院门口的监控视频拷贝回来，再根据报警人的报警时间提前五到十分钟进行排查，发现在这个时间段里过往的摩托车、小轿车、大中型货车、农用车、大中型客车等，应有尽有。"面对这么复杂多样的车型，民警采用的是排除法。根据死者受伤部位的高度和被碰撞的程度来暂定车型。如此推算下来，就有摩托车、小轿车、农用车、轻型货车等车型符合肇事车型特征。这样，在五到十分钟之内通过监控卡口的这类车型都被登记在册，并电话通知人车到交警大队接受询问和勘查。其中，有一个叫林晚秋的漳州漳浦人没有及时到交警大队接受调查，他说他这个时候在漳浦老家，再过几个小时准备载货到广东。当办案民警问他6月9日早晨5点多有没有在晋江博览大道看到一起交通事故时，他的回答很干脆，说看到了，并且说他当时就是这起事故的第一个目击者。这令办案民警非常高兴，连日来的奋战终于找到了破案的线索。林晚秋在电话的那头说，他当时驾车经过肇事现场的时候，是跟在一辆太子摩托车的后面，距离大约有40米，摩托车驾驶人身穿白色衣服，开车的速度非常快，起码有七八十公里。他发现白衣人把一个横穿的行人剐了一个趔趄，然后被撞行人在原地打着一个圈圈之后就倒在地上，而摩托车没有倒地，只稍微晃了一下就加速逃走了。"

夏继春说："这个目击者说得有鼻子有眼，是目前我们得到的唯一的最新线索。我们当天下午就赶到了漳浦，见到了林晚秋。他再三强调看到的驾驶人就是穿白色衣服的人。我们做完笔录回来的时候，对太子摩托车型进行比对，其高度非常符合肇事摩托车特征。"巧合的是，经过图像排查、布控，办案民警确实找到了林晚秋所说的穿白色衣服的人，这个人叫赵秒，四川人。办案民警问赵秒当天早上有没有在路上撞倒一个人，他大喊冤枉。办案民警又问他当时为什么把车开得那么快？他说他当时之所以把车开的那么快，主要是怕跟丢了工地老板的小轿车。小轿车的司机也证实，赵秒是第一次来晋江打工，他那天是开着小轿车带赵秒到工地的，路上他开多快，赵秒就开多快，一路上没有发生过交通事故。办案民警根据赵秒的驾驶速度和监控到的现场的距离进行测算，结果是在发生交通事故的瞬间，赵秒的摩托车已经超过现场100米了，赵秒的嫌疑被排除。

夏继春说："不是赵秒肇事，难道另有其人？如果是别的摩托车肇事，那就跟林晚秋的叙述不符了。"办案民警再次查看视频，发现有一个穿黑色衣服的人在发生事故的时间段经过现场，这个人叫胡轻合，重庆市人。他在接受询问的时候跟林晚秋一样痛快。办案民警把他列为第二个目击者。他说他当时到达事故地段的时候，见到一个老妇人从路右往路左横穿，他按了一下喇叭，她听到喇叭声之后就退到路边，他就从她身边开过去，开出了六米之后，他就停下车回头看了她一眼，结果看到了一场车祸。那个横穿的老妇人在第二车道被一辆轻型货车撞倒了，吓了他一大跳。办案民警问他，这辆货车是怎么撞倒老妇人的？他说货车先是向左打了一个方向，想避让，但还是出事了，货车的尾部右侧撞倒了那个老妇人。他见货车没有停留就开走了，他怕惹事，就跟着离开了。

夏继春说："胡轻合所说的轻型货车，就是林晚秋驾驶的闽 EBS××8 货车。这下就有点让人云里雾里了。"办案民警对胡轻合的描述进行分析，认为他的话不可信。这个老妇人，如果是按照胡轻合所描述的那样，是在他鸣喇叭后退到路边的，那么他的摩托车驶出 6 米后，老妇人是不可能到达第二车道的，要知道一个车道宽 3.7 米，两个车道快过完时至少也有 6 米。她的行走速度难道会超过胡轻合的摩托车吗？不可能，除非是亚洲飞人般的速度。再者说，他既然鸣喇叭驶过了避让的老妇人，又为什么平白无故地就停下来回头看那老妇人一眼呢？除非他此时此刻能够预知老妇人会被车撞死，不然他的突然停下是没有理由的。

夏继春："莫非胡轻合就是肇事者？为揭开事故真相，我们对死者受伤部位的高度，与摩托车可能碰剐的部位的高度进行比对，结果发现胡轻合的摩托车护架的突出部位与死者受伤部位的高度相互吻合。"办案民警认为，胡轻合身上的疑点最多，他有可能对警方隐瞒了什么不可告人的秘密。胡轻合被拘留审查后，林晚秋再次进入办案民警的视线。6 月 16 日，林晚秋开着车带着老婆到交警大队接受询问。在勘查这辆车的时候，民警发现这辆车右侧尾部 58 厘米的高度上，有一块突出的用于捆绑绳子的三角铁，与死者左大腿 58 厘米处的被剐破的一个小洞相互吻合。经过几个回合的深度较量，林晚秋不得不承认了自己肇事的事实，但他还是坚持说是穿白色衣服的驾驶摩托车人，先剐到了老妇人，致使老妇人站立不稳，在趔趔趄趄中占据了他行驶的车道，导致他临近采取措施不及，货车尾部剐倒了老妇人。

夏继春说："林晚秋承认了自己的肇事事实，但还是没有说实话。我们后来跟他聊天，聊着聊着他就吐了一口气，然后说出了隐藏在心底的秘密。"林晚秋在肇事逃逸后，有着自己的小九九，他说他当时之所以对警方说是穿白色衣服的人肇事的，主要是想引开办案民警的注意力，最大的希望是抓不到那个碰剐老妇人的肇事者，这样他就安全了。在再次询问时，他说那个剐倒老妇人的人，穿的是黑色衣服，剐倒后那个人开出了一小段路停下，回过头看到了他的车撞倒老妇人的经过，他当时开着车走的时候，那辆摩托车也走了。至此，胡轻合也开口承认了自己的肇事事实。真相大白后，我们对穿白色和黑色衣服的人的两辆摩托车及轻型货车的行驶速度进行了测算，测算的结果分别为 83 公里/小时、43 公里/小时和 67 公里/小时。

【夏继春的侦破体会】交通肇事逃逸案件的现场是最重要的线索集散地。遇到了没有"现场"的现场，怎么办？想办法还原现场。本案中，现场附近没有监控，最近的监控也在 500 米以外；案发在凌晨 5 时许，在人迹罕至的道路，没有目击者；伤者被送往医院，除了一摊血迹，现场没有任何散落物；伤者送到医院后深度昏迷，不到十分钟医生就宣布死亡了，没有陈述。怎么办？注意，有时死者可以"说话"——尸检报告。根据受伤部位、伤害形态、损伤点高度、损伤程度，可以排除部分车型，为下一步排查锁定范围奠定了基础。肇事者干扰侦查方向，扰乱视线，也是我们时常会遇到的情况。拨云见日的方法就是实地测算加上合理的分析推测。将所有的嫌疑车辆进行速度测算，再结合时间点、距离推算，找到最有可能的一辆或者几辆重大嫌疑肇事车辆，进行逐一排查，最终确定肇事的人和车。

后　记

当纪实侦破报告《逃也枉然》打上最后一个句号之后，我们大松了一口气：心里说终于如期付梓了。因为这是支队领导布置的命题文章，所以不敢造次，更不敢敷衍了事。从4月接到采写任务之后，我们就如履薄冰，生怕自己才疏学浅，胜任不了这项工作，这是大实话。好在采写过程中得到了支队、各大队领导及办案民警的全力支持和配合，才能如期完成创作任务。

支队领导对本书的撰写工作相当重视，专门成立了编写组，由泉州市公安局副局长邱军炼担任编写组顾问，市公安局党委委员、交巡警支队支队长庄金山担任编写组组长，支队政委谢希圣、副支队长吕亚旭、郑亚龙担任编写组副组长，洪敦煌、陈著铭、吴志军、林锦文四位科室领导为编写组成员，苏天才为执笔人。编写组在本书采访、撰写、脱稿、定稿的过程中起到了决定性的作用。

逃也枉然，字面意思为白费心机。我们认为，用这四个字反衬泉州市公安交警在侦办一起起交通肇事逃逸案时所展现出来的大智大勇是比较贴切的。因为它的言下之意是"狐狸斗不过好猎手"，如果再延伸就有"魔高一尺，道高一丈"的寓意了。换句话说，你想逃，也是枉然，达摩克利斯剑始终在你头上高悬。

交通肇事逃逸案现场不等同于凶杀案现场，凶案现场虽比逃逸案现场更可怕，侦破难度或许更大，但至少可以围绕"情杀、仇杀、财杀"先期展开侦查。而交通肇事逃逸案却少了这"三杀"要义，有的只是一个血肉模糊、惨不忍睹的现场和一些让人一时摸不着头脑的肇事车辆散落物，可资破案的线索少之又少。这样说并不是想拔高交警的侦查能力，而是想说交警有时也要像刑警那样，干的也是刑警破案的"营生"，侦破的案件同样离奇，同样令人拍案叫绝。他们是替死者申冤的人，没有刀光剑影，只有默默无闻、艰辛付出的身影和鹰一般的眼睛。他们坚毅、沉着、智慧。安溪交警根据现场遗留下的一副眼镜，几经侦查，最终《捉住"眼镜蛇"》；石狮交警通过监控找到了《偏移的光柱》、解开了《玻璃映像》之谜；惠安交警以《五百米外的瓷砖》为线索，揪出了逃离泉州的真凶；永春交警根据悬挂在摩托车左侧的一个红色塑料袋，判断出是《屠夫的擦手巾》；泉港交警通过监控找到《见不到屠夫的肉铺》，侦破了一起逃逸迷案；晋江交警通过缜密侦查，撕开了《肇事者的小九九》的面纱；南安交警通过《隔板上的八个格子》的特征，锁定了肇事车；台商投资区有一起困扰交警数十日的疑难案件，经市区两级办案民警的不懈努力，最后发现了《加长支架上的铝制箱》，使谜题得以破解。这些案件扑朔迷离，令人一时找不到答案，但办案民警没有轻言放弃，而是寻线追踪，将这些疑难案件破得奇、破得巧、破得妙，令人赞叹！

当然，这些案件的侦破，离不开市交巡警支队及各大队领导的高度重视，他们不但成立常态化机制的案件侦破专案组，集中警力、物力、财力，攻坚克难，还对侦破过程中遇到的难题及时给予指导、帮助和鼓励，有时甚至直接参与案件侦破工作，与办案民警同吃同住、同甘共苦，不但体现出领导的模范带头作用，更体现出坚强的集体战斗精神。但因为本书的重点是写案件侦破的，领导的名字很少在文中被提及，所以他们是无名英雄。同样，为了文章叙述的需要，只让一个人出来讲述案件的侦破过程，其余参与侦破的民警同样应得到我们的尊重，他们是幕后英雄。但每一起案件的侦破都不是一个人的舞台，在此，向无名英雄、幕后英雄及所有为案件侦破作出贡献的人们致敬！

需要说明的是，本书涉及的受害者及其家属、亲友，肇事者及其家属、亲友，以及所有涉事当事人和车主的姓名均为化名，私人信息均已模糊处理。

编著者

2014 年 6 月 18 日